OSCAR
DERNI

D0646044

OPERE DI ITALO CALVINO

Italo Calvino

IL BARONE RAMPANTE

Presentazione dell'autore

Con uno scritto di Cesare Cases

I edizione Oscar Opere di Italo Calvino maggio 1993
I edizione Oscar Moderni settembre 2017

ISBN 978-88-04-66819-0

Questo volume è stato stampato
presso ELCOGRAF S.p.A.
Stabilimento - Cles (TN)
Stampato in Italia. Printed in Italy

A questa edizione ha collaborato Luca Baranelli.

*Il testo di Calvino in quarta di copertina è tratto
dalla prefazione all'edizione scolastica del 1965.*

Anno 2019 - Ristampa   60 61 62 63

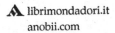 librimondadori.it
anobii.com

Presentazione

La prima edizione del Barone rampante *uscì presso l'editore Einaudi nel giugno del 1957. Nel 1965 Calvino ne curò un'edizione annotata per le scuole medie, celandosi dietro il nome anagrammato di Tonio Cavilla. Per essa scrisse la* Prefazione *che viene qui riprodotta (è stato omesso l'ultimo breve paragrafo, riferito specificamente al testo, un po' ridotto, di quell'edizione scolastica).*

La Prefazione *era preceduta da questa sua* Nota dell'editore: *«Tra sé e il proprio libro Italo Calvino ha voluto introdurre il personaggio di un meticoloso docente e pedagogista, Tonio Cavilla, il quale ha commentato e analizzato il testo col distacco critico e la serietà che all'autore parevano necessari».*

Un ragazzo sale su di un albero, si arrampica tra i rami, passa da una pianta all'altra, decide che non scenderà più. L'Autore di questo libro non ha fatto che sviluppare questa semplice immagine e portarla alle estreme conseguenze: il protagonista trascorre l'intera vita sugli alberi, una vita tutt'altro che monotona, anzi: piena d'avventure, e tutt'altro che da eremita, però sempre mantenendo tra sé e i suoi simili questa minima ma invalicabile distanza.

Ne è nato un libro, *Il barone rampante*, piuttosto insolito nella letteratura contemporanea, scritto nel 1956-57 da un autore che aveva allora trentatré anni; un libro che sfugge a ogni definizione precisa, così come il protagonista salta da un ramo di leccio a quello d'un carrubo e resta più inafferrabile d'un animale selvatico.

Umorismo, fantasia, avventura

Il vero modo d'accostarci a questo libro è quindi quello di considerarlo una specie di *Alice nel paese delle meraviglie* o di *Peter Pan* o di *Barone di Münchhausen*, cioè di riconoscerne la filiazione da quei classici dell'umorismo poetico e fantastico, da quei libri scritti per gioco, che sono tradizionalmente destinati allo scaffale dei ragazzi. Nello stesso tradizionale scaffale, quei libri si trovano fianco a fianco con gli adattamenti giovanili di classici pensosi come il *Don Chisciotte* e il *Gulliver*; e così libri il cui autore ha voluto ritornare fanciullo per dar libero corso alla sua immaginazione rivelano un'imprevedibile fratellanza con libri pieni di significati e di dottrina, su cui si sono scritte biblioteche intere, ma che i ragazzi fanno propri attraverso le situazioni e le immagini visivamente indimenticabili.

Che dietro il divertimento letterario del *Barone rampante* si senta il ricordo – anzi, la nostalgia – delle letture della fanciullezza, brulicanti di personaggi e casi paradossali, appare chiaro. Ci si può trovare anche il gusto di quei classici della narrativa avventurosa in cui un uomo deve risolvere le difficoltà d'una situazione data, d'una lotta con la natura (a cominciare da Robinson Crusoe naufrago sull'isola deserta), o d'una scommessa con se stesso, d'una prova da superare (come Phileas Fogg che corre intorno al mondo in ottanta giorni). Solo che qui la prova, la scommessa è qualcosa d'assurdo e d'incredibile; non c'è più quella immedesimazione nella vicenda che è la prima regola dei libri d'avventure, trattino essi del ragazzo Mowgli allevato dai lupi della giungla o del suo parente minore Tarzan cresciuto tra le scimmie sugli alberi africani.

Lo sfondo settecentesco

Il barone rampante è dunque un'avventura scritta per gioco, ma il gioco sembra ogni tanto complicarsi, trasformarsi in qualcosa d'altro. Il fatto di svolgersi nel secolo XVIII dapprincipio fornisce al libro solo uno scenario di maniera, poi l'Autore finisce per tuffarsi nel mondo che ha evocato, per proiettarsi nel Settecento. Il libro allora a tratti tende ad assomigliare a un libro scritto nel Settecento (a quel particolare genere di libro che fu il «racconto filosofico», come il *Candide* di Voltaire o *Jacques il fatalista* di Diderot), e a tratti tende a diventare un libro *sul* Settecento, un romanzo storico in cui attorno al protagonista si muove la cultura dell'epoca, la Rivoluzione francese, Napoleone...

«Racconto filosofico» però non è. Voltaire e Diderot avevano una tesi intellettuale ben chiara da sostenere attraverso l'umore delle loro invenzioni fantastiche, ed era la logica della loro polemica che sosteneva la struttura del racconto; mentre per l'Autore del *Barone rampante* viene prima l'immagine, e il racconto nasce dalla logica che lega lo sviluppo delle immagini e delle invenzioni fantastiche.

E non è neppure «romanzo storico». Questi aristocratici e questi «illuministi», questi giacobini e questi napoleonici, sono soltanto figurine di un balletto. Anche gli atteggiamenti morali (l'individualismo fondato sulla volontà, che anima la vita dell'Alfieri) qui ci ritornano come caricaturati da uno specchio deformante. Tutt'al più il «romanzo storico» resta per l'Autore di questo libro l'oggetto d'un amore continuamente dichiarato ma che egli sa di non poter realizzare, perché l'albero della letteratura male sopporta i frutti fuori stagione.

Un nostalgico intrecciarsi di riferimenti si può stabilire, per esempio, tra *Il barone rampante* e *Le confessioni d'un Italiano* di Ippolito Nievo (altro libro ideale di quello scaffale delle letture giovanili). L'arco della vita di Cosimo di

Rondò copre pressapoco gli stessi anni di quella di Carlino di Fratta; non manca la galleria degli eccentrici nobilotti di provincia, tra cui un familiare vestito alla turca (come in Nievo il redivivo padre di Carlino); Viola può essere considerata una sorella minore della Pisana; e gli echi della Rivoluzione, gli Alberi della Libertà, perfino l'incontro con l'Imperatore Napoleone in persona sono elementi comuni ai due libri. Ma il ricordo della calda, affettuosa, appassionata visione del mondo di Nievo non fa che dar risalto alla stilizzazione grottesca, secca, ironica, tutta scatti e saltelli ritmici del *Barone rampante*.

Siamo di fronte a una «parodia» di romanzo storico, allora? Non esattamente: l'Autore cerca sempre di evitare gli anacronismi intenzionali, le caricature troppo facili, il sapore di divertimento scolastico proprio delle parodie.

Per situare esattamente lo sfondo del libro, bisogna ricordare che negli ultimi decenni gli storici italiani (specialmente quelli dell'ambiente a cui l'Autore appartiene: la Torino della casa editrice Einaudi) si sono occupati soprattutto del periodo che precede, accompagna e segue la Rivoluzione francese, dei suoi riflessi nella storia delle idee e della letteratura anche in Italia, degli «illuministi» e dei «giacobini» che costituirono minoranze intellettuali combattive in ogni paese d'Europa. *Il barone rampante* ha anche questo significato: di una scherzosa invasione dell'Autore nel campo dei suoi amici studiosi.

Il paesaggio ligure

Questo materiale di costruzione di provenienza intellettuale non deve farci dimenticare che il libro nasce da un'immagine legata ai ricordi infantili – il ragazzo che sale sull'albero – cioè ha la sua prima spinta nell'ambito lirico di quella «letteratura della memoria» che occupa tanto posto nella narrativa del Novecento. I momenti di abbandono lirico dell'Autore, anche se rari e sempre controllati, non solo esistono, ma senza di essi il libro non sarebbe probabilmente nato. C'è, quasi nascosto dentro il libro, un altro libro più sommesso, di nostalgica evocazione d'un paesaggio, o meglio: di ri-invenzione d'un paesaggio attraverso la composizione, l'ingrandimento, la moltiplicazione di sparsi elementi di memoria. E le pagine lirico-paesaggistiche sono quelle che rivelano una maggiore precisione visiva e linguistica, sono le più elaborate nel senso d'una scrittura musicale, ricca ed esatta.

Il romanzo si svolge in un paese immaginario, Ombrosa, ma ci rendiamo presto conto che questa Ombrosa si trova in un punto imprecisato della Riviera ligure. Dai dati biografici dell'Autore sappiamo che egli è di San Remo, che nella cittadina ligure ha passato infanzia e giovinezza fino all'immediato dopoguerra; da altri scritti dell'Autore il suo legame col paese risulta nutrito di memorie più antiche (una vecchia famiglia locale di piccoli proprietari di terra), di consuetudine con la natura (ritorna in molti racconti il personaggio del vecchio padre, gran cacciatore, appassionato coltivatore, tornato alle proprie campagne dopo aver girato il mondo nella sua professione di agronomo), di una tradizione familiare laica, mazziniana, legata al razionalismo sette-ottocentesco: ed ecco che molti elementi del libro risultano non sovrapposizioni culturali ma parte costitutiva della *memoria* dell'Autore (e forse poi integrati da qualche lettura di storia locale).

Ma tutto questo paesaggio geografico e ideale appartiene al passato: sappiamo che la Riviera in questo dopoguerra è diventata irriconoscibile per il modo caotico in cui si è riempita di caseggiati urbani fino a trasformarsi in una distesa di cemento; sappiamo che le speculazioni economiche e un facile edonismo dominano i rapporti umani di una larga parte della nostra società. Ed è solo da tutti questi elementi sommati insieme che possiamo ricavare la radice *lirica* del libro, la prima spinta dell'invenzione poetica. Partendo da un mondo che non esiste più, l'Autore regredisce a un mondo mai esistito ma che contenga i nuclei di ciò che è stato e di ciò che avrebbe potuto essere, le allegorie del passato e del presente, le interrogazioni sulla propria esperienza.

La ricerca di una morale

Così la fuga dal presente verso la rievocazione del mondo infantile si salda a un radicamento nel presente, che chiama a render conto di quel che si è imparato vivendo. A trentatré anni, mentre la spinta vitale della giovinezza è ancora forte, l'Autore sente la prima illusione d'una maturità, d'una conquista d'esperienza: forse così si spiega il tono sentenzioso che il libro prende ogni tanto, quasi il suo intento fosse la definizione d'una morale di vita.

Anche questa direzione è solo sfiorata, mai approfondita. Questo ragazzo che si rifugia sugli alberi vuol essere un eroe della disobbedienza, una specie di Gian Burrasca sullo sfondo della burrasca di tutto un mondo? La prima lezione che potremmo trarre dal libro è che la disobbedienza acquista un senso solo quando diventa una disciplina morale più rigorosa e ardua di quella a cui si ribella. Ma non stiamo andando troppo in là nel caricare di significati un libro che voleva essere sempre scherzoso?

L'Autore ci dice molte cose come fossero tutte essenziali, ma alla fine di essenziale resta solo l'immagine che egli ci ha proposto: l'uomo che vive sugli alberi. È un'allegoria del poeta, del suo modo sospeso di essere nel mondo? E, più in particolare, è un'allegoria del «disimpegno»? Oppure, al contrario, dell'«impegno»? Il razionalismo settecentesco è riproposto come un ideale attuale, o è ironizzato nello stesso senso in cui Ariosto e Cervantes si facevano beffe della cavalleria? Oppure Cosimo vuol proporre una nuova sintesi di razionale e irrazionale? Ma qual è l'atteggiamento dell'Autore verso Cosimo? Non quello di distacco caricaturale venato di tragica pietà che ha Cervantes per Don Chisciotte; né quello di partecipazione romantica filtrata attraverso una spietata lucidezza critica, che ha Stendhal per Fabrizio del Dongo. Di fatto, per chi vuol trarre una morale dal libro, le vie che restano aperte sono molte, anche se nessuna si può esser certi che sia la giusta.

Quello che possiamo indicare come dato sicuro è un gusto dell'Autore per gli atteggiamenti morali, per l'autocostruzione volontaristica, per la prova umana, per lo stile di vita. E tutto questo tenendosi in bilico su sostegni fragili come rami circondati dal vuoto.

Cronologia

La presente Cronologia riproduce quella curata da Mario Barenghi e Bruno Falcetto per l'edizione dei Romanzi e racconti *di Italo Calvino nei* Meridiani Mondadori, Milano 1991.

Dati biografici: io sono ancora di quelli che credono, con Croce, che di un autore contano solo le opere. (Quando contano, naturalmente.) Perciò dati biografici non ne do, o li do falsi, o comunque cerco sempre di cambiarli da una volta all'altra. Mi chieda pure quel che vuol sapere, e Glielo dirò. *Ma non Le dirò mai la verità*, di questo può star sicura.

Lettera a Germana Pescio Bottino, 9 giugno 1964

Ogni volta che rivedo la mia vita fissata e oggettivata sono preso dall'angoscia, soprattutto quando si tratta di notizie che ho fornito io [...] ridicendo le stesse cose con altre parole, spero sempre d'aggirare il mio rapporto nevrotico con l'autobiografia.

Lettera a Claudio Milanini, 27 luglio 1985

1923

Italo Calvino nasce il 15 ottobre a Santiago de las Vegas, una piccola città presso L'Avana. Il padre, Mario, è un agronomo di vecchia famiglia sanremese che, dopo aver trascorso una ventina d'anni in Messico, si trova a Cuba per dirigere una stazione sperimentale di agricoltura e una scuola agraria. La madre, Eva (Evelina) Mameli, sassarese d'origine, è laureata in scienze naturali e lavora come assistente di botanica all'Università di Pavia.

«Mia madre era una donna molto severa, austera, rigida nelle sue idee tanto sulle piccole che sulle grandi cose. Anche mio padre era molto austero e burbero ma la sua severità era più rumorosa, collerica, intermittente. Mio padre come personaggio narrativo viene meglio, sia come vecchio ligure molto radicato nel suo paesaggio, sia come uomo che aveva girato il mondo e che aveva vissuto la rivoluzione messicana al tempo di Pancho Villa. Erano due personalità molto forti e caratterizzate [...]. L'unico modo per un figlio per non essere schiacciato [...] era opporre un sistema di difese. Il che comporta anche delle perdite: tutto il sapere che potrebbe essere trasmesso dai genitori ai figli viene in parte perduto» [RdM 80].

1925

La famiglia Calvino fa ritorno in Italia. Il rientro in patria era stato programmato da tempo, e rinviato a causa dell'arrivo del primogenito: il quale, per parte sua, non serbando del luogo di nascita che un mero e un po' ingombrante dato anagrafico, si dirà sempre ligure o, più precisamente, sanremese.

«Sono cresciuto in una cittadina che era piuttosto diversa dal resto dell'Italia, ai tempi in cui ero bambino: San Remo, a quel tempo ancora popolata di vecchi inglesi, granduchi russi, gente eccentrica e cosmopolita. E la mia famiglia era piuttosto insolita sia per San Remo sia per l'Italia d'allora: [...] scienziati, adoratori della natura, liberi pensatori [...]. Mio padre, di famiglia mazziniana repubblicana anticlericale massonica, era stato in gioventù anarchico kropotkiniano e poi socialista riformista [...]; mia madre [...], di famiglia laica, era cresciuta nella religione del dovere civile e della scienza, socialista interventista nel '15 ma con una tenace fede pacifista» [Par 60].

I Calvino vivono tra la Villa Meridiana e la campagna avita di San Giovanni Battista. Il padre dirige la Stazione sperimentale di floricoltura Orazio Raimondo, frequentata da giovani di molti paesi, anche extraeuropei. In seguito al fallimento della Banca Garibaldi di Sanremo, mette a disposizione il parco della villa per la prosecuzione dell'attività di ricerca e d'insegnamento.

«Tra i miei familiari solo gli studi scientifici erano in onore; un mio zio materno era un chimico, professore universitario, sposato a una chimica; anzi ho avuto due zii chimici sposati a due zie chimiche [...] io sono la pecora nera, l'unico letterato della famiglia» [Accr 60].

1926

«Il primo ricordo della mia vita è un socialista bastonato dagli squadristi [...] è un ricordo che deve riferirsi probabilmente all'ultima volta che gli squadristi usarono il manganello, nel 1926, dopo un attentato a Mussolini. [...] Ma far discendere dalla prima immagine infantile tutto quel che si vedrà e sentirà nella vita, è una tentazione letteraria» [Par 60].
I genitori sono contrari al fascismo; la loro critica contro il regime tende tuttavia a sfumare in una condanna generale della politica. «Tra il giudicare negativamente il fascismo e un impegno politico antifascista c'era una distanza che ora è quasi inconcepibile» [Par 60].

1927

Frequenta l'asilo infantile al St George College. Nasce il fratello Floriano, futuro geologo di fama internazionale e docente all'Università di Genova.

1929-1933

Frequenta le Scuole Valdesi. Diventerà balilla negli ultimi anni delle elementari, quando l'obbligo dell'iscrizione verrà esteso alle scuole private.
«La mia esperienza infantile non ha nulla di drammatico, vivevo in un mondo agiato, sereno, avevo un'immagine del mondo variegata e ricca di sfumature contrastanti, ma non la coscienza di conflitti accaniti» [Par 60].

1934

Superato l'esame d'ammissione, frequenta il ginnasio-liceo G.D. Cassini. I genitori non danno ai figli un'educazione religiosa, e in una scuola statale la richiesta di esonero dalle lezioni di religione e dai servizi di culto risulta decisamente anticonformista.

Ciò fa sì che Italo, a volte, si senta in qualche modo diverso dagli altri ragazzi: «Non credo che questo mi abbia nuociuto: ci si abitua ad avere ostinazione nelle proprie abitudini, a trovarsi isolati per motivi giusti, a sopportare il disagio che ne deriva, a trovare la linea giusta per mantenere posizioni che non sono condivise dai più. Ma soprattutto sono cresciuto tollerante verso le opinioni altrui, particolarmente nel campo religioso [...]. E nello stesso tempo sono rimasto completamente privo di quel gusto dell'anticlericalismo così frequente in chi è cresciuto in mezzo ai preti» [Par 60].

1935-1938

«Il primo vero piacere della lettura d'un vero libro lo provai abbastanza tardi: avevo già dodici o tredici anni, e fu con Kipling, il primo e (soprattutto) il secondo libro della Giungla. Non ricordo se ci arrivai attraverso una biblioteca scolastica o perché lo ebbi in regalo. Da allora in poi avevo qualcosa da cercare nei libri: vedere se si ripeteva quel piacere della lettura provato con Kipling» [manoscritto inedito].

Oltre ad opere letterarie, il giovane Italo legge con interesse le riviste umoristiche («Bertoldo», «Marc'Aurelio», «Settebello») di cui lo attrae lo «spirito d'ironia sistematica» [Rep 84], tanto lontano dalla retorica del regime. Disegna vignette e fumetti; si appassiona al cinema. «Ci sono stati anni in cui andavo al cinema quasi tutti i giorni e magari due volte al giorno, ed erano gli anni tra diciamo il Trentasei e la guerra, l'epoca insomma della mia adolescenza» [As 74].

Per la generazione cui Calvino appartiene, quell'epoca è però destinata a chiudersi anzitempo, e nel più drammatico dei modi. «L'estate in cui cominciavo a prender gusto alla giovinezza, alla società, alle ragazze, ai libri, era il 1938: finì con Chamberlain e Hitler e Mussolini a Monaco. La "belle époque" della Riviera era finita [...]. Con la guerra, San Remo cessò d'essere quel punto d'incontro cosmopolita che era da un secolo (lo cessò per sempre; nel dopoguerra diventò un pezzo di periferia milan-torinese) e ritornarono in primo piano le sue caratteristiche di vecchia cittadina di provincia ligure. Fu, insensibilmente, anche un cambiamento d'orizzonti» [Par 60].

1939-1940

La sua posizione ideologica rimane incerta, sospesa fra il recupero polemico di una scontrosa identità locale, «dialettale», e un confuso anarchismo. «Fino a quando non scoppiò la Seconda guerra mondiale, il mondo mi appariva un arco di diverse gradazioni di moralità e di costume, non contrapposte ma messe l'una a fianco dell'altra [...]. Un quadro come questo non imponeva affatto delle scelte categoriche come può sembrare ora» [Par 60].

Scrive brevi racconti, poesie, testi teatrali: «tra i 16 e i 20 anni sognavo di diventare uno scrittore di teatro» [Pes 83]. Coltiva il suo talento e la sua passione per il disegno, la caricatura, la vignetta: fra la primavera e l'estate del 1940 il «Bertoldo» di Giovanni Guareschi gliene pubblicherà alcune, firmate Jago, nella rubrica «Il Cestino».

1941-1942

Conseguita la licenza liceale (gli esami di maturità sono sospesi a causa della guerra) si iscrive alla facoltà di Agraria dell'Università di Torino, dove il padre era incaricato di Agricoltura tropicale, e supera quattro esami del primo anno, senza peraltro inserirsi nella dimensione metropolitana e nell'ambiente universitario; anche le inquietudini che maturavano nell'ambiente dei Guf gli rimangono estranee.

Nel quadro del suo interesse per il cinema, scrive recensioni di film; nell'estate del 1941 il «Giornale di Genova» gliene pubblicherà un paio (fra cui quella di *San Giovanni decollato* con Totò protagonista).

Nel maggio del 1942 presenta senza successo alla casa editrice Einaudi il manoscritto di *Pazzo io o pazzi gli altri*, che raccoglie i suoi primi raccontini giovanili, scritti in gran parte nel 1941. Partecipa con *La commedia della gente* al concorso del Teatro nazionale dei Guf di Firenze: nel novembre del 1942 essa viene inclusa dalla giuria fra quelle segnalate alle compagnie teatrali dei Guf.

È nei rapporti personali, e segnatamente nell'amicizia con Eugenio Scalfari (già suo compagno di liceo), che trova stimolo per interessi culturali e politici ancora immaturi, ma vivi. «A poco

a poco, attraverso le lettere e le discussioni estive con Eugenio
venivo a seguire il risveglio dell'antifascismo clandestino e ad
avere un orientamento nei libri da leggere: leggi Huizinga, leggi Montale, leggi Vittorini, leggi Pisacane: le novità letterarie di
quegli anni segnavano le tappe d'una nostra disordinata educazione etico-letteraria» [Par 60].

1943

In gennaio si trasferisce alla facoltà di Agraria e Forestale della
Regia Università di Firenze, dove sostiene tre esami. Nei mesi
fiorentini frequenta assiduamente la biblioteca del Gabinetto
Vieusseux. Le sue opzioni politiche si vanno facendo via via più
definite. Il 25 luglio, la notizia dell'incarico a Pietro Badoglio di
formare un nuovo governo (e poi della destituzione e dell'arresto di Mussolini) lo raggiunge nel campo militare di Mercata-
le di Vernio (Firenze); il 9 agosto farà ritorno a Sanremo. Dopo
l'8 settembre, renitente alla leva della Repubblica di Salò, passa alcuni mesi nascosto. È questo – secondo la sua testimonian-
za personale – un periodo di solitudine e di letture intense, che
avranno un grande peso nella sua vocazione di scrittore.

1944

Dopo aver saputo della morte in combattimento del giovane medico comunista Felice Cascione, chiede a un amico di presentarlo
al Pci; poi, insieme con il fratello sedicenne, si unisce alla seconda divisione di assalto Garibaldi intitolata allo stesso Cascione,
che opera sulle Alpi Marittime, teatro per venti mesi di alcuni
fra i più aspri scontri tra i partigiani e i nazifascisti. I genitori,
sequestrati dai tedeschi e tenuti lungamente in ostaggio, danno prova durante la detenzione di notevole fermezza d'animo.
«La mia scelta del comunismo non fu affatto sostenuta da mo-
tivazioni ideologiche. Sentivo la necessità di partire da una "ta-
bula rasa" e perciò mi ero definito anarchico [...]. Ma soprattutto sentivo che in quel momento quello che contava era l'azione;
e i comunisti erano la forza più attiva e organizzata» [Par 60].
L'esperienza della guerra partigiana risulta decisiva per la sua
formazione umana, prima ancora che politica. Esemplare gli ap-

parirà infatti soprattutto un certo spirito che animava gli uomi
ni della Resistenza: cioè «una attitudine a superare i pericoli e
le difficoltà di slancio, un misto di fierezza guerriera e autoironia sulla stessa propria fierezza guerriera, di senso di incarnare
la vera autorità legale e di autoironia sulla situazione in cui ci
si trovava a incarnarla, un piglio talora un po' gradasso e tru-
culento ma sempre animato da generosità, ansioso di far propria ogni causa generosa. A distanza di tanti anni, devo dire che
questo spirito, che permise ai partigiani di fare le cose meravi-
gliose che fecero, resta ancor oggi, per muoversi nella contrastata
realtà del mondo, un atteggiamento umano senza pari» [Gad 62].
Il periodo partigiano è cronologicamente breve, ma, sotto ogni
altro riguardo, straordinariamente intenso. «La mia vita in
quest'ultimo anno è stato un susseguirsi di peripezie [...] sono
passato attraverso una inenarrabile serie di pericoli e di disagi;
ho conosciuto la galera e la fuga, sono stato più volte sull'orlo
della morte. Ma sono contento di tutto quello che ho fatto, del
capitale di esperienze che ho accumulato, anzi avrei voluto fare
di più» [lettera a Scalfari, 6 luglio 1945].

1945
Il 17 marzo partecipa alla battaglia di Baiardo, la prima in cui i
partigiani di quella zona sono appoggiati dai caccia alleati. La
rievocherà nel 1974 in *Ricordo di una battaglia*.
Dopo la Liberazione inizia la «storia cosciente» delle idee di Calvino, che seguiterà a svolgersi, anche durante la milizia nel Pci,
attorno al nesso inquieto e personale di comunismo e anarchismo.
Questi due termini, più che delineare una prospettiva ideologica precisa, indicano due complementari esigenze ideali: «Che la
verità della vita si sviluppi in tutta la sua ricchezza, al di là delle
necrosi imposte dalle istituzioni» e «che la ricchezza del mondo
non venga sperperata ma organizzata e fatta fruttare secondo ragione nell'interesse di tutti gli uomini viventi e venturi» [Par 60].
Attivista del Pci nella provincia di Imperia, scrive su vari periodici, fra i quali «La Voce della Democrazia» (organo del Cln di
Sanremo), «La nostra lotta» (organo della sezione sanremese del
Pci), «Il Garibaldino» (organo della Divisione Felice Cascione).

...delle facilitazioni concesse ai reduci, in settembre si
...erzo anno della facoltà di Lettere di Torino, dove si tra-
...e stabilmente. «Torino [...] rappresentava per me – e allora
...amente era – la città dove movimento operaio e movimento
d'idee contribuivano a formare un clima che pareva racchiudere il
meglio d'una tradizione e d'una prospettiva d'avvenire» [Gad 62].
Diviene amico di Cesare Pavese, che negli anni seguenti sarà
non solo il suo primo lettore – «finivo un racconto e correvo da
lui a farglielo leggere. Quando morì mi pareva che non sarei più
stato buono a scrivere, senza il punto di riferimento di quel lettore ideale» [DeM 59] – ma anche un paradigma di serietà e di
rigore etico, su cui cercherà di modellare il proprio stile, e perfino il proprio comportamento. Grazie a Pavese presenta alla
rivista «Aretusa» di Carlo Muscetta il racconto *Angoscia in ca-
serma*, che esce sul numero di dicembre. In dicembre inizia anche, con l'articolo *Liguria magra e ossuta*, la sua collaborazione
al «Politecnico» di Elio Vittorini.
«Quando ho cominciato a scrivere ero un uomo di poche letture, letterariamente ero un autodidatta la cui "didassi" doveva
ancora cominciare. Tutta la mia formazione è avvenuta durante la guerra. Leggevo i libri delle case editrici italiane, quelli di
"Solaria"» [D'Er 79].

1946
Comincia a «gravitare attorno alla casa editrice Einaudi», ven-
dendo libri a rate [Accr 60]. Pubblica su periodici («l'Unità», «Il
Politecnico») numerosi racconti che poi confluiranno in *Ultimo
viene il corvo*. In maggio comincia a tenere sull'«Unità» di Torino la rubrica «Gente nel tempo». Incoraggiato da Cesare Pavese e Giansiro Ferrata si dedica alla stesura di un romanzo, che
conclude negli ultimi giorni di dicembre. Sarà il suo primo libro, *Il sentiero dei nidi di ragno*.
«Lo scrivere è però oggi il più squallido e ascetico dei mestieri:
vivo in una gelida soffitta torinese, tirando cinghia e attendendo i vaglia paterni che non posso che integrare con qualche mi-
gliaio di lire settimanali che mi guadagno a suon di collaborazioni» [lettera a Scalfari, 3 gennaio 1947].

Alla fine di dicembre vince (ex aequo con Marcello Venturi) il premio indetto dall'«Unità» di Genova, con il racconto *Campo di mine*.

1947

«Una dolce e imbarazzante bigamia» è l'unico lusso che si conceda in una vita «veramente tutta di lavoro e tutta tesa ai miei obiettivi» [lettera a Scalfari, 3 gennaio 1947]. Fra questi c'è anche la laurea, che consegue con una tesi su Joseph Conrad.

Partecipa col *Sentiero dei nidi di ragno* al premio Mondadori per giovani scrittori, ma Giansiro Ferrata glielo boccia. Nel frattempo Pavese lo aveva presentato a Einaudi che lo pubblicherà in ottobre nella collana I coralli: il libro riscuote un buon successo di vendite e vince il premio Riccione.

Presso Einaudi Calvino si occupa ora dell'ufficio stampa e di pubblicità. Nell'ambiente della casa editrice torinese, animato dalla continua discussione tra sostenitori di diverse tendenze politiche e ideologiche, stringe legami di amicizia e di fervido confronto intellettuale non solo con letterati (i già citati Pavese e Vittorini, Natalia Ginzburg), ma anche con storici (Delio Cantimori, Franco Venturi) e filosofi, tra i quali Norberto Bobbio e Felice Balbo. Durante l'estate partecipa come delegato al Festival mondiale della gioventù che si svolge a Praga.

1948

Alla fine di aprile lascia l'Einaudi per lavorare all'edizione torinese dell'«Unità», dove si occuperà, fino al settembre del 1949, della redazione della terza pagina. Comincia a collaborare al mensile del Pci «Rinascita» con racconti e note di letteratura.

Insieme con Natalia Ginzburg va a trovare Hemingway, in vacanza a Stresa.

1949

La partecipazione, in aprile, al congresso dei Partigiani della pace di Parigi gli costerà per molti anni il divieto di entrare in Francia. In luglio, insoddisfatto del lavoro all'«Unità» di Torino, si reca a Roma per esaminare due proposte d'impiego giornalistico che non si concreteranno. In agosto partecipa al Festival della gioventù di Budapest; scrive una serie di articoli per «l'Unità». Per diversi mesi cura anche la rubrica delle cronache teatrali («Prime al Carignano»). In settembre torna a lavorare da Einaudi, dove fra le altre cose si occupa dell'ufficio stampa e dirige la sezione letteraria della Piccola Biblioteca Scientifico-Letteraria. Come ricorderà Giulio Einaudi, «furono suoi, e di Vittorini, e anche di Pavese, quei risvolti di copertina e quelle schede che crearono [...] uno stile nell'editoria italiana».

Esce la raccolta di racconti *Ultimo viene il corvo*. Rimane invece inedito il romanzo *Il Bianco Veliero*, sul quale Vittorini aveva espresso un giudizio negativo.

1950

Il 27 agosto Pavese si toglie la vita. Calvino è colto di sorpresa: «Negli anni in cui l'ho conosciuto, non aveva avuto crisi suicide, mentre gli amici più vecchi sapevano. Quindi avevo di lui un'immagine completamente diversa. Lo credevo un duro, un forte, un divoratore di lavoro, con una grande solidità. Per cui l'immagine del Pavese visto attraverso i suicidi, le grida amorose e di disperazione del diario, l'ho scoperta dopo la morte» [D'Er 79]. Dieci anni dopo, con la commemorazione *Pavese: essere e fare* traccerà un bilancio della sua eredità morale e letteraria. Rimarrà invece allo stato di progetto (documentato fra le carte di Calvino) una raccolta di scritti e interventi su Pavese e la sua opera.

Per la casa editrice è un momento di svolta: dopo le dimissioni di Balbo, il gruppo einaudiano si rinnova con l'ingresso, nei primi anni Cinquanta, di Giulio Bollati, Paolo Boringhieri, Daniele Ponchiroli, Renato Solmi, Luciano Foà e Cesare Cases. «Il massimo della mia vita l'ho dedicato ai libri degli altri, non ai miei. E ne sono contento, perché l'editoria è una cosa importante nell'Italia in cui viviamo e l'aver lavorato in un ambiente editoriale che è stato di modello per il resto dell'editoria italiana, non è cosa da poco» [D'Er 79].

Collabora a «Cultura e realtà», rivista fondata da Felice Balbo con altri esponenti della ex «sinistra cristiana» (Fedele d'Amico, Mario Motta, Franco Rodano, Ubaldo Scassellati).

1951

Conclude la travagliata elaborazione di un romanzo d'impianto realistico-sociale, *I giovani del Po*, che apparirà solo più tardi in rivista (su «Officina», tra il gennaio '57 e l'aprile '58), come documentazione di una linea di ricerca interrotta. In estate, pressoché di getto, scrive *Il visconte dimezzato*.

Fra ottobre e novembre compie un viaggio in Unione Sovietica («dal Caucaso a Leningrado»), che dura una cinquantina di giorni. Il resoconto (*Taccuino di viaggio in Urss di Italo Calvino*) sarà pubblicato sull'«Unità» nel febbraio-marzo dell'anno successivo in una ventina di puntate, e gli varrà il premio Saint Vincent. Rifuggendo da valutazioni ideologiche generali, coglie della realtà sovietica soprattutto dettagli di vita quotidiana, da cui emerge un'immagine positiva e ottimistica («Qui la società pare una gran pompa aspirante di vocazioni: quel che ognuno ha di meglio, poco o tanto, se c'è deve saltar fuori in qualche modo»), anche se per vari aspetti reticente.

Durante la sua assenza (il 25 ottobre) muore il padre. Dieci anni dopo ne ricorderà la figura nel racconto autobiografico *La strada di San Giovanni*.

1952

Il visconte dimezzato, pubblicato nella collana I gettoni di Vittorini, ottiene un notevole successo e genera reazioni contrastanti nella critica di sinistra.

In maggio esce il primo numero del «Notiziario Einaudi», da lui redatto, e di cui diviene direttore responsabile a partire dal n. 7 di questo stesso anno.

Estate: insieme con Paolo Monelli, inviato della «Stampa», segue le Olimpiadi di Helsinki scrivendo articoli di colore per «l'Unità». «Monelli era molto miope, ed ero io che gli dicevo: guarda qua, guarda là. Il giorno dopo aprivo "La Stampa" e vedevo che lui aveva scritto tutto quello che gli avevo indicato, mentre io non ero stato capace di farlo. Per questo ho rinunciato a diventare giornalista» [Nasc 84].

Pubblica su «Botteghe Oscure» (una rivista internazionale di letteratura diretta dalla principessa Marguerite Caetani di Bassiano e redatta da Giorgio Bassani) il racconto *La formica argentina*. Prosegue la collaborazione con «l'Unità», scrivendo articoli di vario genere (mai raccolti in volume), sospesi tra la narrazione, il reportage e l'apologo sociale; negli ultimi mesi dell'anno appaiono le prime novelle di *Marcovaldo*.

1953

Dopo *Il Bianco Veliero* e *I giovani del Po*, lavora per alcuni anni a un terzo tentativo di narrazione d'ampio respiro, *La collana della regina*, «un romanzo realistico-social-grottesco-gogoliano» di ambiente torinese e operaio, destinato anch'esso a rimanere inedito. Sulla rivista romana «Nuovi Argomenti» esce il racconto *Gli avanguardisti a Mentone*.

1954

Inizia a scrivere sul settimanale «Il Contemporaneo», diretto da Romano Bilenchi, Carlo Salinari e Antonello Trombadori; la collaborazione durerà quasi tre anni.

Esce nei Gettoni *L'entrata in guerra*.

Viene definito il progetto delle *Fiabe italiane*, scelta e trascrizione di duecento racconti popolari delle varie regioni d'Italia dalle raccolte folkloristiche ottocentesche, corredata da introduzione e note di commento. Durante il lavoro preparatorio Calvino si avvale dell'assistenza dell'etnologo Giuseppe Cocchiara, ispiratore, per la collana dei Millenni, della collezione dei Classici della fiaba. Comincia con una corrispondenza dalla XV Mostra cinematografica di Venezia una collaborazione con la rivista «Cinema Nuovo», che durerà alcuni anni. Si reca spesso a Roma, dove, a partire da quest'epoca, trascorre buona parte del suo tempo.

1955

Dal 1° gennaio ottiene da Einaudi la qualifica di dirigente, che manterrà fino al 30 giugno 1961; dopo quella data diventerà consulente editoriale.

Esce su «Paragone» Letteratura *Il midollo del leone*, primo di una serie di impegnativi saggi, volti a definire la propria idea di letteratura rispetto alle principali tendenze culturali del tempo.

Fra gli interlocutori più aggguerriti e autorevoli, quelli che Calvino chiamerà gli hegelo-marxiani: Cesare Cases, Renato Solmi, Franco Fortini.
Stringe con l'attrice Elsa De Giorgi una relazione destinata a durare qualche anno.

1956

In gennaio la segreteria del Pci lo nomina membro della Commissione culturale nazionale.
Partecipa al dibattito sul romanzo *Metello* con una lettera a Vasco Pratolini, pubblicata su «Società».
Il XX congresso del Pcus apre un breve periodo di speranze in una trasformazione del mondo del socialismo reale. «Noi comunisti italiani eravamo schizofrenici. Sì, credo proprio che questo sia il termine esatto. Con una parte di noi eravamo e volevamo essere i testimoni della verità, i vendicatori dei torti subiti dai deboli e dagli oppressi, i difensori della giustizia contro ogni sopraffazione. Con un'altra parte di noi giustificavamo i torti, le sopraffazioni, la tirannide del partito, Stalin, in nome della Causa. Schizofrenici. Dissociati. Ricordo benissimo che quando mi capitava di andare in viaggio in qualche paese del socialismo, mi sentivo profondamente a disagio, estraneo, ostile. Ma quando il treno mi riportava in Italia, quando ripassavo il confine, mi domandavo: ma qui, in Italia, in questa Italia, che cos'altro potrei essere se non comunista? Ecco perché il disgelo, la fine dello stalinismo, ci toglieva un peso terribile dal petto: perché la nostra figura morale, la nostra personalità dissociata, finalmente poteva ricomporsi, finalmente rivoluzione e verità tornavano a coincidere. Questo era, in quei giorni, il sogno e la speranza di molti di noi» [Rep 80]. In vista di una possibile trasformazione del Pci, Calvino ha come punto di riferimento Antonio Giolitti. Interviene sul «Contemporaneo» nell'acceso *Dibattito sulla cultura marxista* che si svolge fra marzo e luglio, mettendo in discussione la linea culturale del Pci; più tardi (24 luglio), in una riunione della Commissione culturale centrale polemizza con Alicata ed esprime «una mozione di sfiducia verso tutti i compagni che attualmente occupano posti direttivi nelle istanze

culturali del partito» [cfr. «l'Unità», 13 giugno 1990]. Il disagio nei confronti delle scelte politiche del vertice comunista si fa più vivo: il 26 ottobre Calvino presenta all'organizzazione di partito dell'Einaudi, la cellula Giaime Pintor, un ordine del giorno che denuncia «l'inammissibile falsificazione della realtà» operata dall'«Unità» nel riferire gli avvenimenti di Poznań e di Budapest, e critica con asprezza l'incapacità del partito di rinnovarsi alla luce degli esiti del XX congresso e dell'evoluzione in corso all'Est. Tre giorni dopo, la cellula approva un «appello ai comunisti» nel quale si chiede fra l'altro che «sia sconfessato l'operato della direzione» e che «si dichiari apertamente la nostra piena solidarietà con i movimenti popolari polacco e ungherese e con i comunisti che non hanno abbandonato le masse protese verso un radicale rinnovamento dei metodi e degli uomini».

Dedica uno dei suoi ultimi interventi sul «Contemporaneo» a Pier Paolo Pasolini, in polemica con una parte della critica di sinistra. Scrive l'atto unico *La panchina*, musicato da Sergio Liberovici, che sarà rappresentato in ottobre al Teatro Donizetti di Bergamo. In novembre escono le *Fiabe italiane*. Il successo dell'opera consolida l'immagine di un Calvino «favolista» (che diversi critici vedono in contrasto con l'intellettuale impegnato degli interventi teorici).

1957

Esce *Il barone rampante*, mentre sul quaderno XX di «Botteghe Oscure» appare *La speculazione edilizia*.

Pubblica su «Città aperta» (periodico fondato da un gruppo dissidente di intellettuali comunisti romani) il racconto-apologo *La gran bonaccia delle Antille*, che mette alla berlina l'immobilismo del Pci.

Dopo l'abbandono del Pci da parte di Antonio Giolitti, il 1° agosto rassegna le proprie dimissioni con una sofferta lettera al Comitato federale di Torino del quale faceva parte, pubblicata il 7 agosto sull'«Unità». Oltre a illustrare le ragioni del suo dissenso politico e a confermare la sua fiducia nelle prospettive democratiche del socialismo internazionale, ricorda il peso decisivo che la milizia comunista ha avuto nella sua formazione intellettuale e umana.

Tuttavia questi avvenimenti lasciano una traccia profonda nel suo atteggiamento: «Quelle vicende mi hanno estraniato dalla politica, nel senso che la politica ha occupato dentro di me uno spazio molto più piccolo di prima. Non l'ho più ritenuta, da allora, un'attività totalizzante e ne ho diffidato. Penso oggi che la politica registri con molto ritardo cose che, per altri canali, la società manifesta, e penso che spesso la politica compia operazioni abusive e mistificanti» [Rep 80].

1958

Pubblica su «Nuova Corrente» *La gallina di reparto*, frammento del romanzo inedito *La collana della regina*, e su «Nuovi Argomenti» *La nuvola di smog*. Appare il grande volume antologico dei *Racconti*, a cui verrà assegnato l'anno seguente il premio Bagutta.

Collabora al settimanale «Italia domani» e alla rivista di Antonio Giolitti «Passato e Presente», partecipando per qualche tempo al dibattito per una nuova sinistra socialista.

Per un paio di anni collabora con il gruppo torinese di «Cantacronache», scrivendo tra il '58 e il '59 testi per quattro canzoni di Liberovici (*Canzone triste*, *Dove vola l'avvoltoio*, *Oltre il ponte* e *Il padrone del mondo*), e una di Fiorenzo Carpi (*Sul verde fiume Po*). Scriverà anche le parole per una canzone di Laura Betti, *La tigre*, e quelle di *Turin-la-nuit*, musicata da Piero Santi.

1959

Esce *Il cavaliere inesistente*.

Con il n. 3 dell'anno VIII cessa le pubblicazioni il «Notiziario Einaudi». Esce il primo numero del «Menabò di letteratura»: «Vittorini lavorava da Mondadori a Milano, io lavoravo da Einaudi a Torino. Siccome durante tutto il periodo dei "Gettoni" ero io che dalla redazione torinese tenevo i contatti con lui, Vittorini volle che il mio nome figurasse accanto al suo come condirettore del "Menabò". In realtà la rivista era pensata e composta da lui, che decideva l'impostazione d'ogni numero, ne discuteva con gli amici invitati a collaborare, e raccoglieva la maggior parte dei testi» [Men 73].

Declina un'offerta di collaborazione al quotidiano socialista
«Avanti!».

Alla fine di giugno, al Festival dei Due Mondi di Spoleto, nel
quadro dello spettacolo *Fogli d'album*, viene rappresentato un
breve sketch tratto dal suo racconto *Un letto di passaggio*.

In settembre viene messo in scena alla Fenice di Venezia il racconto mimico *Allez-hop*, musicato da Luciano Berio. A margine
della produzione narrativa e saggistica e dell'attività giorna-
listica ed editoriale, Calvino coltiva infatti lungo l'intero arco
della sua carriera l'antico interesse per il teatro, la musica e lo
spettacolo in generale, tuttavia con sporadici risultati compiuti.
A novembre, grazie a un finanziamento della Ford Foundation,
parte per un viaggio negli Stati Uniti che lo porta nelle principali località del paese. Il viaggio dura sei mesi: quattro ne trascorre
a New York. La città lo colpisce profondamente, anche per la varietà degli ambienti con cui entra in contatto. Anni dopo dirà che
New York è la città che ha sentito sua più di qualsiasi altra. Ma
già nella prima delle corrispondenze per il settimanale «ABC»
scriveva: «Io amo New York, e l'amore è cieco. E muto: non so
controbattere le ragioni degli odiatori con le mie [...]. In fondo,
non si è mai capito bene perché Stendhal amasse tanto Milano.
Farò scrivere sulla mia tomba, sotto il mio nome, "newyorkese"?» (11 giugno 1960).

1960

Raccoglie la trilogia araldica nel volume dei *Nostri antenati*, ac-
compagnandola con un'importante introduzione.
Sul «Menabò» n. 2 appare il saggio *Il mare dell'oggettività*.

1961

La sua notorietà va sempre più consolidandosi. Di fronte al mol-
tiplicarsi delle offerte, appare combattuto fra disponibilità cu-
riosa ed esigenza di concentrazione: «Da un po' di tempo, le richieste di collaborazioni da tutte le parti – quotidiani, settimanali,
cinema, teatro, radio, televisione –, richieste una più allettante
dell'altra come compenso e risonanza, sono tante e così pressanti,
che io – combattuto fra il timore di disperdermi in cose effimere,

l'esempio di altri scrittori più versatili e fecondi che a momenti mi dà il desiderio d'imitarli ma poi invece finisce per ridarmi il piacere di star zitto pur di non assomigliare a loro, il desiderio di raccogliermi per pensare al "libro" e nello stesso tempo il sospetto che solo mettendosi a scrivere qualunque cosa anche "alla giornata" si finisce per scrivere ciò che rimane – insomma, succede che non scrivo né per i giornali, né per le occasioni esterne né per me stesso» [lettera a Emilio Cecchi, 3 novembre]. Tra le proposte rifiutate, quella di collaborare al «Corriere della Sera». Raccoglie le cronache e le impressioni del suo viaggio negli Stati Uniti in un libro, *Un ottimista in America*, che però decide di non pubblicare quando è già in bozze.

In aprile compie un viaggio di quindici giorni in Scandinavia: tiene conferenze a Copenhagen, a Oslo e a Stoccolma (all'Istituto italiano di cultura).

Fra la fine di aprile e l'inizio di maggio è nell'isola di Maiorca per il premio internazionale Formentor.

In settembre, insieme con colleghi e amici dell'Einaudi e di Cantacronache, partecipa alla prima marcia della pace Perugia-Assisi, promossa da Aldo Capitini.

In ottobre si reca a Monaco di Baviera, e a Francoforte per la Fiera del libro.

1962

In aprile a Parigi fa conoscenza con Esther Judith Singer, detta Chichita, traduttrice argentina che lavora presso organismi internazionali come l'Unesco e l'International Atomic Energy Agency (attività che proseguirà fino al 1984, in qualità di free lance). In questo periodo Calvino si dice affetto da «dromomania»: si sposta di continuo fra Roma (dove ha affittato un pied-à-terre), Torino, Parigi e Sanremo.

«I liguri sono di due categorie: quelli attaccati ai propri luoghi come patelle allo scoglio che non riusciresti mai a spostarli; e quelli che per casa hanno il mondo e dovunque siano si trovano come a casa loro. Ma anche i secondi, e io sono dei secondi [...] tornano regolarmente a casa, restano attaccati al loro paese non meno dei primi» [Bo 60].

Inizia con il quotidiano milanese «Il Giorno» una collaborazione sporadica che si protrarrà per diversi anni.

Sul n. 5 del «Menabò» vede la luce il saggio *La sfida al labirinto*, sul n. 1 di «Questo e altro» il racconto *La strada di San Giovanni*.

1963

È l'anno in cui prende forma in Italia il movimento della cosiddetta neoavanguardia; Calvino, pur senza condividerne le istanze, ne segue gli sviluppi con interesse. Dell'attenzione e della distanza di Calvino verso le posizioni del Gruppo '63 è significativo documento la polemica con Angelo Guglielmi seguita alla pubblicazione della *Sfida al labirinto*.

Pubblica nella collana Libri per ragazzi la raccolta *Marcovaldo ovvero Le stagioni in città*. Illustrano il volume (cosa di cui Calvino si dichiarerà sempre fiero) 23 tavole di Sergio Tofano. Escono *La giornata d'uno scrutatore* e l'edizione in volume autonomo della *Speculazione edilizia*.

Alla metà di marzo compie un viaggio in Libia: all'Istituto italiano di cultura di Tripoli tiene una conferenza su «Natura e storia nei romanzi di ieri e di oggi».

In maggio passa una settimana a Corfù come membro della giuria del premio Formentor. Il 18 maggio riceve a Losanna il premio internazionale Charles Veillon per *La giornata d'uno scrutatore*. Compie lunghi soggiorni in Francia.

1964

Il 19 febbraio a L'Avana sposa Chichita.

«Nella mia vita ho incontrato donne di grande forza. Non potrei vivere senza una donna al mio fianco. Sono solo un pezzo d'un essere bicefalo e bisessuato, che è il vero organismo biologico e pensante» [RdM 80].

Il viaggio a Cuba gli dà l'occasione di visitare i luoghi natali e la casa dove abitavano i genitori. Fra i vari incontri, un colloquio personale con Ernesto «Che» Guevara.

Scrive una fondamentale prefazione per la nuova edizione del *Sentiero dei nidi di ragno*.

Dopo l'estate si stabilisce con la moglie a Roma, in un appartamento in via di Monte Brianzo. Della famiglia fa parte anche Marcelo Weil, il figlio sedicenne che Chichita ha avuto dal primo marito. Ogni due settimane si reca a Torino per le riunioni einaudiane e per sbrigare la corrispondenza.

Appare sul «Menabò» n. 7 il saggio *L'antitesi operaia*, che avrà scarsa eco. Nella raccolta *Una pietra sopra* (1980) Calvino lo presenterà come «un tentativo di inserire nello sviluppo del mio discorso (quello dei miei precedenti saggi sul "Menabò") una ricognizione delle diverse valutazioni del ruolo storico della classe operaia e in sostanza di tutta la problematica della sinistra di quegli anni [...] forse l'ultimo mio tentativo di comporre gli elementi più diversi in un disegno unitario e armonico».

Sul «Caffè» di novembre escono le prime quattro cosmicomiche: *La distanza della Luna, Sul far del giorno, Un segno nello spazio, Tutto in un punto*.

1965

Interviene con due articoli («Rinascita», 30 gennaio e «Il Giorno», 3 febbraio) nel dibattito sul nuovo italiano «tecnologico» aperto da Pier Paolo Pasolini.

In aprile nasce a Roma la figlia Giovanna. «Fare l'esperienza della paternità per la prima volta dopo i quarant'anni dà un grande senso di pienezza, ed è oltretutto un inaspettato divertimento» [lettera del 24 novembre a Hans Magnus Enzensberger].

Pubblica *Le Cosmicomiche*. Con lo pseudonimo Tonio Cavilla, cura un'edizione ridotta e commentata del *Barone rampante* nella collana Letture per la scuola media. Esce il dittico *La nuvola di smog* e *La formica argentina* (in precedenza edite nei *Racconti*).

1966

Il 12 febbraio muore Vittorini. «È difficile associare l'idea della morte – e fino a ieri quella della malattia – alla figura di Vittorini. Le immagini della negatività esistenziale, fondamentali per tanta parte della letteratura contemporanea, non erano le sue: Elio era sempre alla ricerca di nuove immagini di vita. E sapeva suscitarle negli altri» [Conf 66]. Un anno dopo, in un numero monografico del «Menabò» dedicato allo scrittore siciliano, pubblicherà l'ampio saggio *Vittorini: progettazione e letteratura.* Dopo la scomparsa di Vittorini la posizione di Calvino nei riguardi dell'attualità muta: subentra, come dichiarerà in seguito, una presa di distanza, con un cambiamento di ritmo. «Una vocazione di topo di biblioteca che prima non avevo mai potuto seguire [...] adesso ha preso il sopravvento, con mia piena soddisfazione, devo dire. Non che sia diminuito il mio interesse per quello che succede, ma non sento più la spinta a esserci in mezzo in prima persona. È soprattutto per via del fatto che non sono più giovane, si capisce. Lo stendhalismo, che era stata la filosofia pratica della mia giovinezza, a un certo punto è finito. Forse è solo un processo del metabolismo, una cosa che viene con l'età, ero stato giovane a lungo, forse troppo, tutt'a un tratto ho sentito che doveva cominciare la vecchiaia, sì proprio la vecchiaia, sperando magari d'allungare la vecchiaia cominciandola prima» [Cam 73]. La presa di distanza non è però una scontrosa chiusura all'esterno. In maggio riceve da Jean-Louis Barrault la proposta di scrivere un testo per il suo teatro. All'inizio di giugno partecipa a La Spezia alle riunioni del Gruppo '63. In settembre invia a un editore inglese un contributo al volume *Authors take sides on Vietnam* («In un mondo in cui nessuno può essere contento di se stesso o in pace con la propria coscienza, in cui nessuna nazione o istituzione può pretendere d'incarnare un'idea universale e neppure soltanto la propria verità particolare, la presenza della gente del Vietnam è la sola che dia luce»).

1967
Nella seconda metà di giugno si trasferisce con la famiglia a Parigi, in una villetta sita in Square de Châtillon, col proposito di restarvi cinque anni. Vi abiterà invece fino al 1980, compiendo peraltro frequenti viaggi in Italia, dove trascorre anche i mesi estivi.
Finisce di tradurre *I fiori blu* di Raymond Queneau. Alla poliedrica attività del bizzarro scrittore francese rinviano vari aspetti del Calvino maturo: il gusto della comicità estrosa e paradossale (che non sempre s'identifica con il *divertissement*), l'interes-

se per la scienza e per il gioco combinatorio, un'idea artigianale della letteratura in cui convivono sperimentalismo e classicità. Da una conferenza sul tema «Cibernetica e fantasmi» ricava il saggio *Appunti sulla narrativa come processo combinatorio*, che pubblica su «Nuova Corrente». Sulla stessa rivista e su «Rendiconti» escono rispettivamente *La cariocinesi* e *Il sangue, il mare*, entrambi poi raccolti nel volume *Ti con zero*.

Verso la fine dell'anno s'impegna con Giovanni Enriques della casa editrice Zanichelli a progettare e redigere, in collaborazione con G.B. Salinari e quattro insegnanti, un'antologia per la scuola media che uscirà nel 1969 col titolo *La lettura*.

1968

Il nuovo interesse per la semiologia è testimoniato dalla partecipazione ai due seminari di Barthes su *Sarrasine* di Balzac all'École des Hautes Études della Sorbona, e a una settimana di studi semiotici all'Università di Urbino, caratterizzata dall'intervento di Algirdas Julien Greimas.

A Parigi frequenta Queneau, che lo presenterà ad altri membri dell'*Oulipo* (*Ouvroir de littérature potentielle*, emanazione del Collège de Pataphysique di Alfred Jarry), fra i quali Georges Perec, François Le Lionnais, Jacques Roubaud, Paul Fournel. Per il resto, nella capitale francese i suoi contatti sociali e culturali non saranno particolarmente intensi: «Forse io non ho la dote di stabilire dei rapporti personali con i luoghi, resto sempre un po' a mezz'aria, sto nelle città con un piede solo. La mia scrivania è un po' come un'isola: potrebbe essere qui come in un altro paese [...] facendo lo scrittore una parte del mio lavoro la posso svolgere in solitudine, non importa dove, in una casa isolata in mezzo alla campagna, o in un'isola, e questa casa di campagna io ce l'ho nel bel mezzo di Parigi. E così, mentre la vita di relazione connessa col mio lavoro si svolge tutta in Italia, qui ci vengo quando posso o devo stare solo» [EP 74].

Come già nei riguardi dei movimenti giovanili di protesta dei primi anni Sessanta, segue la contestazione studentesca con interesse, ma senza condividerne atteggiamenti e ideologia.

Il suo «contributo al rimescolio di idee di questi anni» [Cam 73] è legato piuttosto alla riflessione sul tema dell'utopia. Matura così la proposta di una rilettura di Fourier, che si concreta nel '71 con la pubblicazione di un'originale antologia di scritti: «È dell'indice del volume che sono particolarmente fiero: il mio vero saggio su Fourier è quello» [Four 71].

Rifiuta il premio Viareggio per *Ti con zero* («Ritenendo definitivamente conclusa epoca premi letterari rinuncio premio perché non mi sento di continuare ad avallare con mio consenso istituzioni ormai svuotate di significato stop. Desiderando evitare ogni clamore giornalistico prego non annunciare mio nome fra vincitori stop. Credete mia amicizia»); accetterà invece due anni dopo il premio Asti, nel '72 il premio Feltrinelli dell'Accademia dei Lincei, poi quello della Città di Nizza, il Mondello e altri.

Per tutto l'anno lavora intensamente ai tre volumi dell'antologia scolastica *La lettura*; i suoi interlocutori alla Zanichelli sono Delfino Insolera e Gianni Sofri.

Pubblica presso il Club degli Editori di Milano *La memoria del mondo e altre storie cosmicomiche.*

Fra il 1968 e il 1972 – insieme con alcuni amici (Guido Neri, Carlo Ginzburg, Enzo Melandri e soprattutto Gianni Celati) – ragiona a voce e per scritto sulla possibilità di dar vita a una rivista («Alì Babà»). Particolarmente viva in lui è l'esigenza di rivolgersi a «un pubblico nuovo, che non ha ancora pensato al posto che può avere la lettura nei bisogni quotidiani»: di qui il progetto, mai realizzato, di «una rivista a larga tiratura, che si vende nelle edicole, una specie di "Linus", ma non a fumetti, romanzi a puntate con molte illustrazioni, un'impaginazione attraente. E molte rubriche che esemplificano strategie narrative, tipi di personaggi, modi di lettura, istituzioni stilistiche, funzioni poetico-antropologiche, ma tutto attraverso cose divertenti da leggere. Insomma un tipo di ricerca fatto con gli strumenti della divulgazione» [Cam 73].

1969

Nel volume *Tarocchi. Il mazzo visconteo di Bergamo e New York* di Franco Maria Ricci appare *Il castello dei destini incrociati*. Prepara la seconda edizione di *Ultimo viene il corvo*. Sul «Caffè» appare *La decapitazione dei capi*.

In primavera esce *La lettura*. Di concezione interamente calviniana sono i capitoli *Osservare e descrivere*, nei quali si propone un'idea di descrizione come esperienza conoscitiva, «*problema da risolvere*» («Descrivere vuol dire tentare delle approssimazioni che ci portano sempre un po' più vicino a quello che vogliamo dire, e nello stesso tempo ci lasciano sempre un po' insoddisfatti, per cui dobbiamo continuamente rimetterci ad osservare e a cercare come esprimere meglio quel che abbiamo osservato» [Let 69]).

1970
Nella nuova collana einaudiana degli Struzzi esce in giugno *Gli amori difficili*, primo e unico volume della serie I racconti di Italo Calvino; il libro si apre con una sua nota bio-bibliografica non firmata.
Rielaborando il materiale di un ciclo di trasmissioni radiofoniche, pubblica una scelta di brani del poema ariostesco, *Orlando furioso di Ludovico Ariosto raccontato da Italo Calvino*.
Durante gli anni Settanta torna più volte a occuparsi di fiaba, scrivendo tra l'altro prefazioni a nuove edizioni di celebri raccolte (Lanza, Basile, Grimm, Perrault, Pitré).

1971
Einaudi gli affida la direzione della collana Centopagine, che lo impegnerà per alcuni anni. Fra gli autori pubblicati si conteranno, oltre ai classici a lui più cari (Stevenson, Conrad, James, Stendhal, Hoffmann, un certo Balzac, un certo Tolstòj), svariati minori italiani a cavallo fra Otto e Novecento.
Nella miscellanea *Adelphiana* appare *Dall'opaco*.

1972
In marzo lo scrittore americano John Barth lo invita a sostituirlo per l'anno accademico 1972-73 nel corso di *fiction-writing* da lui tenuto a Buffalo, alla facoltà di Arts and Letters della State University di New York. Alla fine di aprile, sia pure a malincuore, Calvino rinuncia all'invito.
In giugno l'Accademia nazionale dei Lincei gli assegna il pre-

mio Antonio Feltrinelli 1972 per la narrativa; il conferimento del premio avverrà in dicembre.

Pubblica *Le città invisibili*.

In novembre partecipa per la prima volta a un *déjeuner* dell'*Oulipo*, di cui diventerà *membre étranger* nel febbraio successivo. Sempre in novembre esce, sul primo numero dell'edizione italiana di «Playboy», *Il nome, il naso*.

1973

Esce l'edizione definitiva del *Castello dei destini incrociati*.

Rispondendo a un'inchiesta di «Nuovi Argomenti» sull'estremismo, dichiara: «Credo giusto avere una coscienza estremista della gravità della situazione, e che proprio questa gravità richieda spirito analitico, senso della realtà, responsabilità delle conseguenze di ogni azione parola pensiero, doti insomma non estremiste per definizione» [NA 73].

Viene ultimata la costruzione della casa nella pineta di Roccamare, presso Castiglione della Pescaia, dove Calvino trascorrerà d'ora in poi tutte le estati. Fra gli amici più assidui Carlo Fruttero e Pietro Citati.

1974

L'8 gennaio, finalista con *Le città invisibili* del XXIII premio Pozzale, partecipa al dibattito sulla narrativa italiana del dopoguerra svoltosi alla biblioteca Renato Fucini di Empoli.

Inizia a scrivere sul «Corriere della Sera» racconti, resoconti di viaggio e una nutrita serie d'interventi sulla realtà politica e sociale del paese. La collaborazione durerà sino al 1979; tra i primi contributi, il 25 aprile, *Ricordo di una battaglia*. Nello stesso anno un altro scritto d'indole autobiografica, l'*Autobiografia di uno spettatore*, appare come prefazione a *Quattro film* di Federico Fellini.

Per la serie radiofonica "Le interviste impossibili" scrive i dialoghi *Montezuma* e *L'uomo di Neanderthal*.

1975

Nella seconda metà di maggio compie un viaggio in Iran, incaricato dalla Rai di effettuare i sopralluoghi per la futura eventuale realizzazione del programma "Le città della Persia".

Il 1° di agosto si apre sul «Corriere della Sera», con *La corsa delle giraffe*, la serie dei racconti del signor Palomar.

Ripubblica nella Biblioteca Giovani di Einaudi *La memoria del mondo e altre storie cosmicomiche*.

1976

Fra la fine di febbraio e la metà di marzo è negli Stati Uniti: prima ospite del College di Amherst (Mass.); poi una settimana a Baltimora per i Writing Seminars della Johns Hopkins University (dove tiene seminari sulle *Cosmicomiche* e sui *Tarocchi*, una conferenza e una lettura pubblica delle *Città invisibili*); poi una settimana a New York. Passa infine una decina di giorni in Messico con la moglie Chichita.

Il viaggio in Messico e quello che farà nel mese di novembre in Giappone gli danno lo spunto per una serie di articoli sul «Corriere della Sera».

1977

L'8 febbraio, a Vienna, il ministero austriaco dell'Istruzione e dell'Arte gli conferisce lo Staatspreis für Europäische Literatur.

Esce su «Paragone» Letteratura *La poubelle agréée*.

Dà alle stampe *La penna in prima persona* (*Per i disegni di Saul Steinberg*). Lo scritto si inserisce in una serie di brevi lavori, spesso in bilico tra saggio e racconto, ispirati alle arti figurative (in una sorta di libero confronto con opere di Fausto Melotti, Giulio Paolini, Lucio Del Pezzo, Cesare Peverelli, Valerio Adami, Alberto Magnelli, Luigi Serafini, Domenico Gnoli, Giorgio De Chirico, Enrico Baj, Arakawa...).

Sull'«Approdo letterario» di dicembre, col titolo *Il signor Palomar in Giappone*, pubblica la serie integrale dei pezzi ispirati dal viaggio dell'anno precedente.

1978

In una lettera a Guido Neri del 31 gennaio scrive che *La poubelle agréée* fa parte di «una serie di testi autobiografici con una densità più saggistica che narrativa, testi che in gran parte esistono solo nelle mie intenzioni, e in parte in redazioni ancora insoddisfacenti, e che un giorno forse saranno un volume che forse si chiamerà *Passaggi obbligati*».
In aprile, all'età di 92 anni muore la madre. La Villa Meridiana sarà venduta qualche tempo dopo.

1979

Pubblica il romanzo *Se una notte d'inverno un viaggiatore.*
Con l'articolo *Sono stato stalinista anch'io?* (16-17 dicembre) inizia una fitta collaborazione al quotidiano «la Repubblica» in cui i racconti si alternano alla riflessione su libri, mostre e altri fatti di cultura. Sono quasi destinati a sparire invece, rispetto a quanto era avvenuto con il «Corriere della Sera», gli articoli di tema sociale e politico (fra le eccezioni l'*Apologo sull'onestà nel paese dei corrotti*, 15 marzo 1980).

1980

Raccoglie nel volume *Una pietra sopra. Discorsi di letteratura e società* la parte più significativa dei suoi interventi saggistici dal 1955 in poi.
Nel mese di settembre si trasferisce con la famiglia a Roma, in piazza Campo Marzio, in una casa con terrazza a un passo dal Pantheon.
Accetta da Rizzoli l'incarico di curare un'ampia scelta di testi di Tommaso Landolfi.

1981

Riceve la Legion d'onore.
Cura l'ampia raccolta di scritti di Queneau *Segni, cifre e lettere.*
Sulla rivista «Il cavallo di Troia» appare *Le porte di Bagdad*, azione scenica per i bozzetti di Toti Scialoja. Su richiesta di Adam Pollock (che ogni estate organizza a Batignano, presso Grosseto, spettacoli d'opera del Seicento e del Settecento) compone un testo a ca-

rattere combinatorio, con funzione di cornice, per l'incompiuto *Singspiel* di Mozart *Zaide*. Presiede a Venezia la giuria della XXIX Mostra internazionale del cinema, che premia, oltre ad *Anni di piombo* di Margarethe von Trotta, *Sogni d'oro* di Nanni Moretti.

1982

All'inizio dell'anno, tradotta da Sergio Solmi, esce da Einaudi la *Piccola cosmogonia portatile* di Queneau; il poema è seguito da una *Piccola guida alla Piccola cosmogonia* cui Calvino ha lavorato fra il 1978 e il 1981, discutendo e risolvendo ardui problemi d'interpretazione e di resa del testo in un fitto dialogo epistolare con Solmi.

All'inizio di marzo, al Teatro alla Scala di Milano, viene rappresentata *La Vera Storia*, opera in due atti scritta da Berio e Calvino. Di quest'anno è anche l'azione musicale *Duo*, primo nucleo del futuro *Un re in ascolto*, sempre composta in collaborazione con Berio. Su «FMR» di giugno appare il racconto *Sapore sapere*.

In ottobre Rizzoli pubblica il volume *Le più belle pagine di Tommaso Landolfi scelte da Italo Calvino*, con una sua nota finale dal titolo *L'esattezza e il caso*.

In dicembre esce da Einaudi la *Storia naturale* di Plinio con una sua introduzione dal titolo *Il cielo, l'uomo, l'elefante*.

1983

Viene nominato per un mese «directeur d'études» all'École des Hautes Études. Il 25 gennaio tiene una lezione su «Science et métaphore chez Galilée» al seminario di Greimas. Legge in inglese alla New York University («James Lecture») la conferenza *Mondo scritto e mondo non scritto*.

Nel pieno della grave crisi che ha colpito la casa editrice Einaudi esce in novembre *Palomar*.

1984

Nel mese di aprile, insieme con la moglie Chichita, compie un viaggio in Argentina, accogliendo l'invito della Feria Internacional del Libro di Buenos Aires. S'incontra anche con Raúl Alfonsín, eletto alcuni mesi prima presidente della repubblica.

In agosto diserta la prima di *Un re in ascolto*; in una lettera a Claudio Varese del mese successivo scrive: «L'opera di Berio a Salisburgo di mio ha il titolo e credo nient'altro».

In settembre è a Siviglia, dove è stato invitato insieme con Borges a un convegno sulla letteratura fantastica.

In seguito alle perduranti difficoltà finanziarie dell'Einaudi decide di accettare l'offerta dell'editore milanese Garzanti, presso il quale appaiono in autunno *Collezione di sabbia* e *Cosmicomiche vecchie e nuove*.

1985

S'impegna con la casa editrice Einaudi a scrivere un'introduzione per *America* di Kafka.

Passa l'estate lavorando intensamente nella sua casa di Roccamare: traduce *La canzone del polistirene* di Queneau (il testo apparirà postumo presso Scheiwiller, come strenna fuori commercio della Montedison); mette a punto la stesura definitiva di un'intervista a Maria Corti che uscirà nel numero di ottobre di «Autografo»; e soprattutto prepara il testo delle conferenze (*Six Memos for the Next Millennium*) che dovrà tenere all'Università Harvard («Norton Lectures») nell'anno accademico 1985-86. Colpito da ictus il 6 settembre, viene ricoverato e operato all'ospedale Santa Maria della Scala di Siena. Muore in seguito a emorragia cerebrale nella notte fra il 18 e il 19.

Nella *Cronologia* si è fatto ricorso alle seguenti abbreviazioni:

Accr 60 = *Ritratti su misura di scrittori italiani*, a cura di Elio Filippo Accrocca, Sodalizio del Libro, Venezia 1960.

As 74 = *Autobiografia di uno spettatore*, prefazione a Federico Fellini, *Quattro film*, Einaudi, Torino 1974; poi in *La strada di San Giovanni*, Mondadori, Milano 1990.

Bo 60 = *Il comunista dimezzato*, intervista di Carlo Bo, «L'Europeo», 28 agosto 1960.

Cam 73 = Ferdinando Camon, *Il mestiere di scrittore*. Conversazioni critiche con G. Bassani, I. Calvino, C. Cassola, A. Moravia, O. Ottieri, P.P. Pasolini, V. Pratolini, R. Roversi, P. Volponi, Garzanti, Milano 1973.

Conf 66 = «Il Confronto», II, 10, luglio-settembre 1966.

DeM 59 = *Pavese fu il mio lettore ideale*, intervista di Roberto De Monticelli, «Il Giorno», 18 agosto 1959.

D'Er 79 = *Italo Calvino*, intervista di Marco d'Eramo, «mondoperaio», 6, giugno 1979, pp. 133-38.

EP 74 = *Eremita a Parigi*, Edizioni Pantarei, Lugano 1974.

Four 71 = *Calvino parla di Fourier*, «Libri – Paese Sera», 28 maggio 1971.

Gad 62 = Risposta all'inchiesta *La generazione degli anni difficili*, a cura di Ettore A. Albertoni, Ezio Antonini, Renato Palmieri, Laterza, Bari 1962.

Let 69 = *Descrizioni di oggetti*, in *La lettura. Antologia per la scuola media*, a cura di Italo Calvino e Giambattista Salinari, con la collaborazione di Maria D'Angiolini, Melina Insolera, Mietta Penati, Isa Violante, vol. I, Zanichelli, Bologna 1969.

Men 73 = *Presentazione del Menabò (1959-1967)*, a cura di Donatella Fiaccarini Marchi, Edizioni dell'Ateneo, Roma 1973.

NA 73 = *Quattro risposte sull'estremismo*, «Nuovi Argomenti», n.s., 31, gennaio-febbraio 1973.

Nasc 84 = *Sono un po' stanco di essere Calvino*, intervista di Giulio Nascimbeni, «Corriere della Sera», 5 dicembre 1984.

Par 60 = Risposta al questionario di un periodico milanese, «Il paradosso», rivista di cultura giovanile, 23-24, settembre-dicembre 1960, pp. 11-18.

Pes 83 = «*Il gusto dei contemporanei». Quaderno numero tre. Italo Calvino*, Banca Popolare Pesarese, Pesaro 1987.

RdM 80 = *Se una sera d'autunno uno scrittore*, intervista di Ludovica Ripa di Meana, «L'Europeo», 17 novembre 1980, pp. 84-91.

Rep 80 = *Quel giorno i carri armati uccisero le nostre speranze*, «la Repubblica», 13 dicembre 1980.

Rep 84 = *L'irresistibile satira di un poeta stralunato*, «la Repubblica», 6 marzo 1984.

Bibliografia essenziale

Monografie e raccolte di saggi

G. Pescio Bottino, *Italo Calvino*, La Nuova Italia, Firenze 1967 (nuova ed. 1972).

G. Bonura, *Invito alla lettura di Italo Calvino*, Mursia, Milano 1972 (nuova ed. 1985).

C. Calligaris, *Italo Calvino*, Mursia, Milano 1973 (nuova ed. a cura di G.P. Bernasconi, 1985).

F. Bernardini Napoletano, *I segni nuovi di Italo Calvino. Da «Le Cosmicomiche» a «Le città invisibili»*, Bulzoni, Roma 1977.

C. Benussi, *Introduzione a Calvino*, Laterza, Roma-Bari 1989.

G.C. Ferretti, *Le capre di Bikini. Calvino giornalista e saggista 1945-1985*, Editori Riuniti, Roma 1989.

C. Milanini, *L'utopia discontinua. Saggio su Italo Calvino*, Garzanti, Milano 1990.

K. Hume, *Calvino's Fictions: Cogito and Cosmos*, Clarendon Press, Oxford 1992.

R. Bertoni, *Int'abrigu int'ubagu. Discorso su alcuni aspetti dell'opera di Italo Calvino*, Tirrenia Stampatori, Torino 1993.

G. Bertone, *Italo Calvino. Il castello della scrittura*, Einaudi, Torino 1994.

R. Deidier, *Le forme del tempo. Saggio su Italo Calvino*, Guerini e Associati, Milano 1995.

G. Bonsaver, *Il mondo scritto. Forme e ideologia nella narrativa di Italo Calvino*, Tirrenia Stampatori, Torino 1995.

Ph. Daros, *Italo Calvino*, Hachette, Paris 1995.

M. Belpoliti, *L'occhio di Calvino*, Einaudi, Torino 1996.

C. De Caprio, *La sfida di Aracne. Studi su Italo Calvino*, Dante & Descartes, Napoli 1996.

E. Zinato (a cura di), *Conoscere i romanzi di Calvino*, Rusconi, Milano 1997.

M.L. McLaughlin, *Italo Calvino*, Edinburgh University Press, Edinburgh 1998.

P. Castellucci, *Un modo di stare al mondo. Italo Calvino e l'America*, Adriatica, Bari 1999.

S. Perrella, *Calvino*, Laterza, Roma-Bari 1999.

D. Scarpa, *Italo Calvino*, Bruno Mondadori, Milano 1999.

J.-P. Manganaro, *Italo Calvino, romancier et conteur*, Seuil, Paris 2000.

A. Asor Rosa, *Stile Calvino. Cinque studi*, Einaudi, Torino 2001.

M. Belpoliti, *Settanta*, Einaudi, Torino 2001.

M. Lavagetto, *Dovuto a Calvino*, Bollati Boringhieri, Torino 2001.

N. Turi, *L'identità negata. Il secondo Calvino e l'utopia del tempo fermo*, Società Editrice Fiorentina, Firenze 2003.

F. Serra, *Calvino*, Salerno editrice, Roma 2006.

L. Baranelli, *Bibliografia di Italo Calvino*, Edizioni della Normale, Pisa 2007.

M. Barenghi, *Italo Calvino, le linee e i margini*, il Mulino, Bologna 2007 (raccolta di saggi).

M. Bucciantini, *Italo Calvino e la scienza. Gli alfabeti del mondo*, Donzelli, Roma 2007.

A. Nigro, *Dalla parte dell'effimero ovvero Calvino e il paratesto*, Serra, Pisa-Roma 2007.

M. Barenghi, *Calvino*, il Mulino, Bologna 2009 (profilo complessivo).

Articoli e saggi in libri e riviste

G. Almansi, *Il mondo binario di Italo Calvino*, in «Paragone», agosto 1971; poi ripreso in parte, con il titolo *Il fattore Gnac*, in *La ragione comica*, Feltrinelli, Milano 1986.

G. Falaschi, *Italo Calvino*, in «Belfagor», XXVII, 5, 30 settembre 1972.

G. Vidal, *Fabulous Calvino*, in «The New York Review of Books», vol. 21, n. 9, 30 May 1974, pp. 13-21; trad. it. *I romanzi di Calvino*, in G. Vidal, *Le parole e i fatti*, Bompiani, Milano 1978, pp. 107-27; poi in «Riga», 9, 1995, *Italo Calvino. Enciclopedia: arte, scienza e letteratura*, a cura di M. Belpoliti, pp. 136-53; poi in G. Vidal, *Il canarino e la miniera. Saggi letterari (1956-2000)*, Fazi, Roma 2003, pp. 252-69.

M. Barenghi, *Italo Calvino e i sentieri che s'interrompono*, in «Quaderni piacentini» (n.s.), 15, 1984, pp. 127-50; poi, con il titolo *Reti, percorsi, labirinti. Calvino 1984*, in *Italo Calvino, le linee e i margini*, pp. 35-60.

C. Cases, *Non era un dilettante*, in «L'Indice dei libri del mese», II, 8, settembre-ottobre 1985, p. 24; poi, con il titolo *Ricordo di Calvino*, in *Patrie lettere*, nuova ed. Einaudi, Torino 1987, pp. 172-75.

G. Vidal, *On Italo Calvino*, in «The New York Review of Books», vol. 32, n. 18, 21 November 1985, pp. 3-10; trad. it. *La morte di Calvino*, in *Il canarino e la miniera*, pp. 270-80.

G. Pampaloni, *Italo Calvino*, in *Storia della letteratura italiana* diretta da E. Cecchi e N. Sapegno, nuova ed. diretta da N. Sapegno, *Il Novecento*, II, Garzanti, Milano 1987, pp. 554-59.

P.V. Mengaldo, *Aspetti della lingua di Calvino*, in G. Folena (a cura di), *Tre narratori. Calvino, Primo Levi, Parise*, Liviana, Padova 1989, pp. 9-55; poi in *La tradizione del Novecento. Terza serie*, Einaudi, Torino 1991, pp. 227-91.

A. Berardinelli, *Calvino moralista. Ovvero restare sani dopo la fine del mondo*, in «Diario», VII, 9, febbraio 1991, pp. 37-58; poi in *Casi critici. Dal postmoderno alla mutazione*, Quodlibet, Macerata 2007, pp. 91-109.

G. Ferroni, *Italo Calvino*, in *Storia della letteratura italiana*, vol. IV (*Il Novecento*), Einaudi, Torino 1991, pp. 565-89.

J. Starobinski, *Prefazione*, in I. Calvino, *Romanzi e racconti*, ed. diretta da C. Milanini, a cura di M. Barenghi e B. Falcetto, I Meridiani Mondadori, I, Milano 1991.

C. Milanini, *Introduzione*, in I. Calvino, *Romanzi e racconti*, I e II, 1991 e 1992.

M. Barenghi, *Introduzione*, in I. Calvino, *Saggi. 1945-1985*, I Meridiani Mondadori, Milano 1995; poi rielaborata, con il titolo *Una storia, un diario, un trattato (o quasi)*, in *Italo Calvino, le linee e i margini*, pp. 125-57.

M. Marazzi, *L'America critica e fantapolitica di Italo Calvino*, in «Ácoma», II, 5, estate-autunno 1995, pp. 23-31.

R. Ceserani, *Il caso Calvino*, in *Raccontare il postmoderno*, Bollati Boringhieri, Torino 1997, pp. 166-80.

G. Nava, *La teoria della letteratura in Italo Calvino*, in «Allegoria», IX, 25, gennaio-aprile 1997, pp. 169-85.

P.V. Mengaldo, *Italo Calvino*, in *Profili di critici del Novecento*, Bollati Boringhieri, Torino 1998, pp. 82-86.

G. Zaccaria, *Italo Calvino*, in *Storia della letteratura italiana* diretta da E. Malato, IX: *Il Novecento*, Salerno editrice, Roma 2000, pp. 883-923.

Atti di convegni e altri volumi collettanei

G. Bertone (a cura di), *Italo Calvino: la letteratura, la scienza, la città*. Atti del convegno nazionale di studi di Sanremo (28-29 novembre 1986), Marietti, Genova 1988. Contributi di G. Bertone, N. Sapegno, E. Gioanola, V. Coletti, G. Conte, P. Ferrua, M. Quaini, F. Biamonti, G. Dossena, G. Celli, A. Oliverio, R. Pierantoni, G. Dematteis, G. Poletto, L. Berio, G. Einaudi, E. Sanguineti, E. Scalfari, D. Cossu, G. Napolitano, M. Biga Bestagno, S. Dian, L. Lodi, S. Perrella, L. Surdich.

G. Falaschi (a cura di), *Italo Calvino*. Atti del convegno internazionale (Firenze, 26-28 febbraio 1987), Garzanti, Milano 1988. Contributi di L. Baldacci, G. Bàrberi Squarotti, C. Bernardini, G.R. Cardona, L. Caretti, C. Cases, Ph. Daros, D. Del Giudice, A.M. Di Nola, A. Faeti, G. Falaschi, G.C. Ferretti, F. Fortini, M. Fusco, J.-M. Gardair, E. Ghidetti, L. Malerba, P.V. Mengaldo, G. Nava, G. Pampaloni, L. Waage Petersen, R. Pierantoni, S. Romagnoli, A. Asor Rosa, J. Risset, G.C. Roscioni, A. Rossi, G. Sciloni, V. Spinazzola, C. Varese.

D. Frigessi (a cura di), *Inchiesta sulle fate. Italo Calvino e la fiaba* (convegno di San Giovanni Valdarno, 1986), Lubrina, Bergamo 1988. Contributi di A.M. Cirese, M. Barenghi, B. Falcetto, C. Pagetti, L. Clerici, H. Rölleke, G. Cusatelli, P. Clemente, F. Mugnaini, P. Boero, E. Casali, J. Despinette.

L. Pellizzari (a cura di), *L'avventura di uno spettatore. Italo Calvino e il cinema* (convegno di San Giovanni Valdarno, 1987), Lubrina, Bergamo 1990. Contributi di G. Fofi, A. Costa, L. Pellizzari, M. Canosa, G. Fink, G. Bogani, L. Clerici.

L. Clerici e B. Falcetto (a cura di), *Calvino & l'editoria* (convegno di San Giovanni Valdarno, 1990), Marcos y Marcos, Milano 1993. Contributi di V. Spinazzola, L. Clerici e B. Falcetto, G. Bollati, C. Segre, P. Giovannetti, I. Bezzera Violante, S. Taddei, G. Patrizi, A. Cadioli, M. Corti, E. Ferrero, G. Davico Bonino, G. Ragone, M. Dogliotti e F. Enriques, G. Tortorelli, G. Ferretti, L. Baranelli.

L. Clerici e B. Falcetto (a cura di), *Calvino & il comico* (convegno di San Giovanni Valdarno, 1988), Marcos y Marcos, Milano 1994. Contributi di A. Faeti, U. Schulz Buschhaus, C. Milanini, B. Falcetto, G. Bottiroli, A. Civita, G. Ferroni, L. Clerici, V. Spinazzola, B. Pischedda, G. Canova.

G. Bertone (a cura di), *Italo Calvino, A Writer for the Next Millennium*. Atti del convegno internazionale di studi di Sanremo (28 novembre - 1° dicembre 1996), Edizioni dell'Orso, Alessandria 1998. Contributi di G. Bertone, F. Biamonti, G. Ferroni, E. Sanguineti, E. Ferrero, C. Milanini, G.C. Ferretti, G. Einaudi, E. Franco, A. Canobbio, M. Ciccuto, B. Ferraro, G.L. Beccaria, G. Falaschi, M. Belpoliti, P.L. Crovetto, M.L. McLaughlin, V. Coletti, M. Quaini, L. Mondada, C. Raffestin, V. Guarrasi, G. Dematteis, M. Corti, L. Surdich, C. Benussi, P. Zublena.

C. De Caprio e U.M. Olivieri (a cura di), *Il fantastico e il visibile. L'itinerario di Italo Calvino dal neorealismo alle «Lezioni americane»* (Napoli, 9 maggio 1997), con una *Bibliografia della critica calviniana 1947-2000* di D. Scarpa, Libreria Dante & Descartes, Napoli 2000. Contributi di G. Ferroni, C. Ossola, C. De Caprio, M.A. Martinelli, P. Montefoschi, M. Palumbo, F.M. Risolo, C. Bologna, G. Patrizi, M. Boselli, J. Jouet, L. Montella, U.M. Olivieri, D. Scarpa, C. Vallini, M. Belpoliti, S. Perrella, A. Bruciamonti, E.M. Ferrara, L. Palma.

A. Botta e D. Scarpa (a cura di), *Italo Calvino newyorkese*. Atti del colloquio internazionale *Future perfect: Italo Calvino and the reinvention of the Literature*, New York University, New York City 12-13 aprile 1999, Avagliano, Cava de' Tirreni 2002. Contributi di M. Barenghi, M. McLaughlin, M. Bénabou, L. Re, A. Botta, M. Riva, A. Ricciardi, F. La Porta, D. Scarpa, con un'intervista di P. Fournel a Italo Calvino (1985).

P. Grossi (a cura di), *Italo Calvino narratore*. Atti della giornata di studi (19 novembre 2004), Istituto Italiano di Cultura, Parigi 2005. Contributi di V. d'Orlando, C. Milanini, D. Scarpa, D. Ferraris, P. Grossi.

Numeri speciali di periodici

«Nuova Corrente», n. 99, gennaio-giugno 1987: *Italo Calvino/1*, a cura di M. Boselli. Contributi di B. Falcetto, C. Milanini, K. Hume, M. Carlino, L. Gabellone, F. Muzzioli, M. Barenghi, M. Boselli, E. Testa.

«Nuova Corrente», n. 100, luglio-dicembre 1987: *Italo Calvino/2*, a cura di M. Boselli. Contributi di G. Celati, A. Prete, S. Verdino, E. Gioanola, V. Coletti, G. Patrizi, G. Guglielmi, G. Gramigna, G. Terrone, R. West, G.L. Lucente, G. Almansi.

«Riga», 9, 1995, *Italo Calvino. Enciclopedia: arte, scienza e letteratura*, a cura di M. Belpoliti. Testi di I. Calvino, E. Sanguineti, E. Montale, P.P. Pasolini, J. Updike, G. Vidal, M. Tournier, G. Perec, P. Citati, S. Rushdie, C. Fuentes, D. Del Giudice, Fruttero & Lucentini, L. Malerba, N. Ginzburg, H. Mathews, F. Biamonti, A. Tabucchi, G. Manganelli, G. Celati, P. Antonello, M. Belpoliti, R. Deidier, B. Falcetto, M. Porro, F. Ricci, M. Rizzante, D. Scarpa, F. De Leonardis, G. Paolini.

«europe», 815, Mars 1997, *Italo Calvino*. Contributi di J.-B. Para e R. Bozzetto, N. Ginzburg, S. Rushdie, G. Celati, M.-A. Rubat du Mérac, M. Fusco, J. Jouet, A. Asor Rosa, J. Updike, P. Citati, M. Lavagetto, D. Del Giudice, G. Manganelli, M. Belpoliti, J.-P. Manganaro, P. Braffort, M. Barenghi, C. Milanini.

Recensioni e studi su «Il barone rampante»

L. Baldacci, recensione (1957), in *Letteratura e verità. Saggi e cronache sull'Otto e sul Novecento italiano*, Ricciardi, Milano-Napoli 1963, pp. 181-84.

G. Pampaloni, *Le fantasie di Calvino*, in «L'Espresso», III, 27, 7 luglio 1957, p. 13.

E. Cecchi, «*Il barone rampante*», «L'Illustrazione italiana», 84, 8, agosto 1957, pp. 25-26.

E. Craveri Croce, *Il barone rampante*, in «Tempo presente», II, 8, agosto 1957, pp. 679-81.

A. Bocelli, *Il barone rampante*, in «Il Mondo», IX, 37, 10 settembre 1957, p. 8.

L'invitato [Giulia Massari], *Un libro*, in «Il Mondo», IX, 39, 24 settembre 1957, p. 16.

E. Montale, *Due narratori*, in «Corriere della Sera», 11 ottobre 1957; poi in *Il secondo mestiere. Prose 1920-1979*, a cura di G. Zampa, I Meridiani Mondadori, II, Milano 1996, pp. 2085-87.

G. Pullini, *Il barone rampante*, in «Comunità», XI, 54, novembre 1957, pp. 101-2; poi in *Narratori italiani del Novecento*, Liviana, Padova 1959.

L. Sciascia, *Italo Calvino, «Il barone rampante»*, in «Il Ponte», XIII, 12, dicembre 1957, pp. 1880-82.

G. De Robertis, *Il barone rampante* (1958), in *Altro Novecento* (cap. *Il punto su Calvino*), Le Monnier, Firenze 1962, pp. 573-77.

C. Cases, *Calvino e il «pathos della distanza». La Repubblica di Arborea in una tesi del Duemila*, in «Città aperta», II, 7-8, luglio-agosto 1958, pp. 33-35; poi in *Patrie lettere* (1974), nuova ed. Einaudi, Torino 1987, pp. 160-66.

C. Varese, *Italo Calvino*, III (1958), in *Occasioni e valori della letteratura contemporanea*, Cappelli, Bologna 1967, pp. 213-17.

J.R. Woodhouse, *Italo Calvino: A Reappraisal and an Appreciation of the Trilogy*, University of Hull, Hull 1968.

F. Di Carlo, *Come leggere «I nostri antenati» di Italo Calvino*, Mursia, Milano 1978.

J.M. Carlton, *The Genesis of «Il barone rampante»*, in «Italica», 61, Autumn 1984, pp. 195-206.

U. Schulz-Buschhaus, *Italo Calvino und die Poetik des «Barone rampante»*, in «Italienisch», 20, November 1988, pp. 39-55.

P. Palmieri, *Il sistema spaziale del «Barone rampante»*, in «Lingua e stile», XXIII, 2, giugno 1988, pp. 251-70.

M. Barenghi, *Note e notizie. Il barone rampante*, in I. Calvino, *Romanzi e racconti*, I Meridiani Mondadori, I, Milano 1991.

E. Testa, *Lo stile semplice. Discorso e romanzo*, Einaudi, Torino 1997, pp. 284-92.

Il barone rampante

I

Fu il 15 di giugno del 1767 che Cosimo Piovasco di Rondò, mio fratello, sedette per l'ultima volta in mezzo a noi. Ricordo come fosse oggi. Eravamo nella sala da pranzo della nostra villa d'Ombrosa, le finestre inquadravano i folti rami del grande elce del parco. Era mezzogiorno, e la nostra famiglia per vecchia tradizione sedeva a tavola a quell'ora, nonostante fosse già invalsa tra i nobili la moda, venuta dalla poco mattiniera Corte di Francia, d'andare a desinare a metà del pomeriggio. Tirava vento dal mare, ricordo, e si muovevano le foglie. Cosimo disse: – Ho detto che non voglio e non voglio! – e respinse il piatto di lumache. Mai s'era vista disubbidienza più grave.

A capotavola era il Barone Arminio Piovasco di Rondò, nostro padre, con la parrucca lunga sulle orecchie alla Luigi XIV, fuori tempo come tante cose sue. Tra me e mio fratello sedeva l'Abate Fauchelafleur, elemosiniere della nostra famiglia ed aio di noi ragazzi. Di fronte avevamo la Generalessa Corradina di Rondò, nostra madre, e nostra sorella Battista, monaca di casa. All'altro capo della tavola, rimpetto a nostro padre, sedeva, vestito alla turca, il Cavalier Avvocato Enea Silvio Carrega, amministratore e idraulico dei nostri poderi, e nostro zio naturale, in quanto fratello illegittimo di nostro padre.

Da pochi mesi, Cosimo avendo compiuto i dodici anni ed io gli otto, eravamo stati ammessi allo stesso desco dei nostri genitori; ossia, io avevo beneficiato della stessa promozione di mio fratello prima del tempo, perché non vollero lasciarmi di là a mangiare da solo. Dico beneficiato così per dire: in realtà sia per Cosimo che per me era finita la cuccagna, e rimpiangevamo i desinari nella nostra stanzetta, noi due soli con l'Abate Fauchelafleur. L'Abate era un vecchietto secco e grinzoso, che aveva fama di giansenista, ed era difatti fuggito dal Delfinato, sua terra natale, per scampare a un processo dell'Inquisizione. Ma il carattere rigoroso che di lui solitamente tutti lodavano, la severità interiore che imponeva a sé e agli altri, cedevano continuamente a una sua fondamentale vocazione per l'indifferenza e il lasciar correre, come se le sue lunghe meditazioni a occhi fissi nel vuoto non avessero approdato che a una gran noia e svogliatezza, e in ogni difficoltà anche minima vedesse il segno d'una fatalità cui non valeva opporsi. I nostri pasti in compagnia dell'Abate cominciavano dopo lunghe orazioni, con movimenti di cucchiai composti, rituali, silenziosi, e guai a chi alzava gli occhi dal piatto o faceva anche il più lieve risucchio sorbendo il brodo; ma alla fine della minestra l'Abate era già stanco, annoiato, guardava nel vuoto, schioccava la lingua a ogni sorso di vino, come se soltanto le sensazioni più superficiali e caduche riuscissero a raggiungerlo; alla pietanza noi già ci potevamo mettere a mangiare con le mani, e finivamo il pasto tirandoci torsoli di pera, mentre l'Abate faceva cadere ogni tanto uno dei suoi pigri: – ... Ooo *bien!*... Ooo *alors!*

Adesso, invece, stando a tavola con la famiglia, prendevano corpo i rancori familiari, capitolo triste dell'infanzia. Nostro padre, nostra madre sempre lì davanti, l'uso delle posate per il pollo, e sta' dritto, e via i gomiti dalla tavola, un continuo! e per di più quell'antipatica di nostra sorella

Battista. Cominciò una serie di sgridate, di ripicchi, di castighi, d'impuntature, fino al giorno in cui Cosimo rifiutò le lumache e decise di separare la sua sorte dalla nostra.

Di quest'accumularsi di risentimenti familiari mi resi conto solo in seguito: allora avevo otto anni, tutto mi pareva un gioco, la guerra di noi ragazzi contro i grandi era la solita di tutti i ragazzi, non capivo che l'ostinazione che ci metteva mio fratello celava qualcosa di più fondo.

Il Barone nostro padre era un uomo noioso, questo è certo, anche se non cattivo: noioso perché la sua vita era dominata da pensieri stonati, come spesso succede nelle epoche di trapasso. L'agitazione dei tempi a molti comunica un bisogno d'agitarsi anche loro, ma tutto all'incontrario, fuori strada: così nostro padre, con quello che bolliva allora in pentola, vantava pretese al titolo di Duca d'Ombrosa, e non pensava ad altro che a genealogie e successioni e rivalità e alleanze con i potentati vicini e lontani.

Perciò a casa nostra si viveva sempre come si fosse alle prove generali d'un invito a Corte, non so se quella dell'Imperatrice d'Austria, di Re Luigi, o magari di quei montanari di Torino. Veniva servito un tacchino, e nostro padre a guatarci se lo scalcavamo e spolpavamo secondo tutte le regole reali, e l'Abate quasi non ne assaggiava per non farsi cogliere in fallo, lui che doveva tener bordone a nostro padre nei suoi rimbrotti. Del Cavalier Avvocato Carrega, poi, avevamo scoperto il fondo d'animo falso: faceva sparire cosciotti interi sotto le falde della sua zimarra turca, per poi mangiarseli a morsi come piaceva a lui, nascosto nella vigna; e noi avremmo giurato (sebbene mai fossimo riusciti a coglierlo sul fatto, tanto leste erano le sue mosse) che venisse a tavola con una tasca piena d'ossicini già spolpati, da lasciare nel suo piatto al posto dei quarti di tacchino fatti sparire sani sani. Nostra madre Generalessa non contava, perché usava bruschi modi militari anche nel servirsi a tavola, – *So! Noch ein wenig! Gut!* – e nessuno ci trovava da ridire; ma con noi teneva, se non all'etichetta, alla disciplina, e dava man forte al Barone coi suoi ordini da piazza d'armi, – *Sitz' ruhig!* E puliscíti il muso! – L'unica che si trovasse a suo agio era Battista, la monaca di casa, che scarnificava pollastri con un accanimento minuzioso, fibra per fibra, con certi coltellini appuntiti che aveva solo lei, specie di lancette da chirurgo. Il Barone, che pure avrebbe dovuto portarcela ad esempio, non osava guardarla, perché, con quegli occhi stralunati sotto le ali della cuffia inamidata, i denti stretti in quella sua gialla faccina da topo, faceva paura anche a lui. Si capisce quindi come fosse la tavola il luogo dove venivano alla luce tutti gli antagonismi, le incompatibilità tra noi, e anche tutte le nostre follie e ipocrisie; e come proprio a tavola si determinasse la ribellione di Cosimo. Per questo mi dilungo a raccontare, tanto di tavole imbandite nella vita di mio fratello non ne troveremo più, si può esser certi.

Era anche l'unico posto in cui ci incontravamo coi grandi. Per il resto della giornata nostra madre stava ritirata nelle sue stanze a fare pizzi e ricami e filé, perché la Generalessa in verità solo a questi lavori tradizionalmente donneschi sapeva accudire e solo in essi sfogava la sua passione guerriera. Erano pizzi e ricami che rappresentavano di solito mappe geografiche; e stesi su cuscini o drappi d'arazzo, nostra madre li punteggiava di spilli e bandierine, segnando i piani di battaglia delle Guerre di Successione, che conosceva a menadito. Oppure ricamava cannoni, con le varie traiettorie che partivano dalla bocca da fuoco, e le forcelle di tiro, e gli angoli di proiezione, perché era molto competente di balistica, e aveva per di più a disposizione tutta la biblioteca di suo padre il Generale, con trattati d'arte militare e tavole di tiro e atlanti. Nostra madre era una Von Kurtewitz, Konradine, figlia del Generale Konrad von Kurtewitz, che vent'anni prima aveva occupato le nostre terre al comando delle truppe di Maria

Teresa d'Austria. Orfana di madre, il Generale se la portava dietro al campo; niente di romanzesco, viaggiavano ben equipaggiati, alloggiati nei castelli migliori, con uno stuolo di serve, e lei passava le giornate facendo pizzi al tombolo; quello che si racconta, che andasse in battaglia anche lei, a cavallo, sono tutte leggende; era sempre stata una donnetta con la pelle rosata e il naso in su come ce la ricordiamo noi, ma le era rimasta quella paterna passione militare, forse per protesta contro suo marito.

Nostro padre era tra i pochi nobili delle nostre parti che si fossero schierati con gli Imperiali in quella guerra: aveva accolto a braccia aperte il Generale von Kurtewitz nel suo feudo, gli aveva messo a disposizione i suoi uomini, e per meglio dimostrare la sua dedizione alla causa imperiale aveva sposato Konradine, tutto sempre nella speranza del Ducato, e gli andò male anche allora, come al solito, perché gli Imperiali sloggiarono presto e i Genovesi lo caricarono di tasse. Però ci aveva guadagnato una brava sposa, la Generalessa, come venne chiamata dopo che il padre morì nella spedizione di Provenza, e Maria Teresa le mandò un collare d'oro su un cuscino di damasco; una sposa con cui egli andò quasi sempre d'accordo, anche se lei, allevata negli accampamenti, non sognava che eserciti e battaglie e lo rimproverava di non essere altro che un maneggione sfortunato.

Ma in fondo erano tutt'e due rimasti ai tempi delle Guerre di Successione, lei con le artiglierie per la testa, lui con gli alberi genealogici; lei che sognava per noi figlioli un grado in un esercito non importa quale, lui che ci vedeva invece sposati a qualche granduchessa elettrice dell'Impero... Con tutto questo, furono degli ottimi genitori, ma talmente distratti che noi due potemmo venir su quasi abbandonati a noi stessi. Fu un male o un bene? E chi può dirlo? La vita di Cosimo fu tanto fuori del comune, la mia così regolata e modesta, eppure la nostra fanciullezza trascorse insieme, indifferenti entrambi a questi rovelli degli adulti, cercando vie diverse da quelle battute dalla gente.

Ci arrampicavamo sugli alberi (questi primi giochi innocenti si caricano adesso nel mio ricordo come d'una luce d'iniziazione, di presagio; ma chi ci pensava, allora?), risalivamo i torrenti saltando da uno scoglio all'altro, esploravamo caverne in riva al mare, scivolavamo per le balaustre di marmo delle scalinate della villa. Fu da una di queste scivolate che ebbe origine per Cosimo una delle più gravi ragioni d'urto coi genitori, perché fu punito, ingiustamente, egli ritenne, e da allora covò un rancore contro la famiglia (o la società? o il mondo in genere?) che s'espresse poi nella sua decisione del 15 giugno.

Di scivolare per la balaustra di marmo delle scale, a dire il vero, eravamo stati digià diffidati, non per paura che ci rompessimo una gamba o un braccio, che di questo i nostri genitori non si preoccuparono mai e fu perciò – io credo – che non ci rompemmo mai nulla; ma perché crescendo e aumentando di peso potevamo buttar giù le statue di antenati che nostro padre aveva fatto porre sui pilastrini terminali delle balaustre a ogni rampa di scale. Difatti, Cosimo una volta aveva già fatto crollare un trisavolo vescovo, con la mitria e tutto; fu punito, e da allora imparò a frenare un attimo prima d'arrivare alla fine della rampa e a saltar giù proprio a un pelo dallo sbattere contro la statua. Anch'io imparai, perché lo seguivo in tutto, solo che io, sempre più modesto e prudente, saltavo giù a metà rampa, oppure facevo le scivolate a pezzettini, con frenate continue. Un giorno lui scendeva per la balaustra come una freccia, e chi c'era che saliva per le scale? L'Abate Fauchelafleur che se n'andava a zonzo col breviario aperto davanti, ma con lo sguardo fisso nel vuoto come una gallina. Fosse stato mezz'addormentato come il solito! No, era in uno di quei momenti che pure gli venivano, d'estrema attenzione e apprensione per tutte le cose. Vede Cosimo, pensa: balaustra, statua, ora ci sbatte, ora sgridano anche me (perché ad ogni monelleria nostra veniva sgridato anche lui che non sapeva sorvegliarci) e si butta sulla balaustra a trattenere mio fratello. Cosimo sbatte contro l'Abate, lo travolge giù per la balaustra (era un vecchiettino pelle e ossa), non può frenare, cozza con raddoppiato slancio contro la statua del nostro antenato Cacciaguerra Piovasco crociato in Terrasanta, e diroccano tutti a piè delle scale: il crociato in frantumi (era di gesso), l'Abate e lui. Furono ramanzine a non finire, frustate, pensi, reclusione a pane e minestrone freddo. E Cosimo, che si sentiva innocente perché la colpa non era stata sua ma dell'Abate, uscì in quell'invettiva feroce: – Io me n'infischio di tutti i vostri antenati, signor padre! – che già annunciava la sua vocazione di ribelle.

Nostra sorella lo stesso, in fondo. Anche lei, se pure l'isolamento in cui viveva le era stato imposto da nostro padre, dopo la storia del Marchesino della Mela, era sempre stata un animo ribelle e solitario. Come fosse andata quella volta del Marchesino, non si seppe mai bene. Figlio d'una famiglia a noi ostile, come s'era intrufolato in casa? E perché? Per sedurre, anzi, per violentare nostra sorella, si disse nella lunga lite che ne seguì tra le famiglie. Di fatto, quel bietolone lentigginoso non riuscimmo mai a immaginarcelo come un seduttore, e meno che mai con nostra sorella, certo più forte di lui, e famosa per fare a braccio di ferro anche con gli stallieri. E poi: perché fu lui a gridare? E come mai fu trovato, dai servi accorsi insieme a nostro padre, con i calzoni a brandelli, lacerati come dagli artigli d'una tigre? I Della Mela mai vollero ammettere che loro figlio avesse attentato all'onore di Battista e consentire al matrimonio. Così nostra sorella finì sepolta in casa, con gli abiti da monaca, pur senz'aver pronunciato voti neppure di terziaria, data la sua dubbia vocazione.

Il suo animo tristo s'esplicava soprattutto nella cucina. Era bravissima nel cucinare, perché non le mancava né la diligenza né la fantasia, doti prime d'ogni cuoca, ma dove metteva le mani lei non si sapeva che sorprese mai potessero arrivarci in tavola: certi crostini di paté, aveva preparato una volta, finissimi a dire il vero, di fegato di topo, e non ce l'aveva detto che quando li avevamo mangiati e trovati buoni; per non dire delle zampe di cavalletta, quelle di dietro, dure e seghettate, messe a mosaico su una torta; e i codini di porco arrostiti come fossero ciambelle; e quella volta che fece cuocere un porcospino intero, con tutte le spine, chissà perché, certo solo per farci impressione quando si sollevò il coprivivande, perché neanche lei, che pure mangiava sempre ogni razza di roba che avesse preparato, lo volle assaggiare, ancorché fosse un porcospino cucciolo, rosa, certo tenero. Infatti, molta di questa sua orrenda cucina era studiata solo per la figura, più che per il piacere di farci gustare insieme a lei cibi dai sapori raccapriccianti. Erano, questi piatti di Battista, delle opere di finissima oraferia animale o vegetale: teste di cavolfiore con orecchie di lepre poste su un colletto di pelo di lepre; o una testa di porco dalla cui bocca usciva, come cacciasse fuori la lingua, un'aragosta rossa, e l'aragosta nelle pinze teneva la lingua del maiale come se glie l'avesse strappata. Poi le lumache: era riuscita a decapitare non so quante lumache, e le teste, quelle teste di cavallucci molli molli, le aveva infisse, credo con uno stecchino, ognuna su un bigné, e parevano, come vennero in tavola, uno stormo di piccolissimi cigni. E ancor più della vista di quei manicaretti faceva impressione pensare dello zelante accanimento che certo Battista v'aveva messo a prepararli, immaginare le sue mani sottili mentre smembravano quei corpicini d'animali.

Il modo in cui le lumache eccitavano la macabra fantasia di nostra sorella, ci spinse, mio fratello e me, a una ribellione, che era insieme di solidarietà con le povere bestie straziate, di disgusto per il sapore delle lumache cotte e d'insofferenza per tutto e per tutti, tanto che non c'è da stupirsi se di lì Cosimo maturò il suo gesto e quel che ne seguì.

Avevamo architettato un piano. Come il Cavalier Avvocato portava a casa un canestro pieno di lumache mangerecce, queste erano messe in cantina in un barile, perché stessero in digiuno, mangiando solo crusca, e si purgassero. A spostare la copertura di tavole di questo barile appariva una specie d'inferno, in cui le lumache si muovevano su per le doghe con una lentezza che era già un presagio d'agonia, tra rimasugli di crusca, strie d'opaca bava aggrumata e lumacheschi escrementi colorati, memoria del bel tempo dell'aria aperta e delle erbe. Quale di loro era tutta fuori del guscio, a capo proteso e corna divaricate, quale tutta rattrappita in sé, sporgendo solo diffidenti antenne; altre a crocchio come comari, altre addormentate e chiuse, altre morte con la chiocciola riversa. Per salvarle dall'incontro con quella sinistra cuoca, e per salvare noi dalle sue imbandigioni, praticammo un foro nel fondo del barile, e di lì tracciammo, con fili d'erba tritata e miele, una strada il più possibile nascosta, dietro botti e attrezzi della cantina, per attrarre le lumache sulla via della fuga, fino a una finestrella che dava in un'aiola incolta e sterposa.

Il giorno dopo, quando scendemmo in cantina a controllare gli effetti del nostro piano, e a lume di candela ispezionammo i muri e gli anditi, – Una qui!... E un'altra qua! – ... E vedi questa dov'è arrivata! – già una fila di lumache a non lunghi intervalli percorreva dal barile alla finestrella il pavimento e i muri, seguendo la nostra traccia. – Presto, lumachine! Fate presto, scappate! – non potemmo trattenerci dal dir loro, vedendo le bestiole andare lemme lemme, non senza deviare in giri oziosi sulle ruvide pareti della cantina, attratte da occasionali depositi e muffe e ingrommature; ma la cantina era buia, ingombra, accidentata: speravamo che nessuno potesse scoprirle, che avessero il tempo di scappare tutte.

Invece, quell'anima senza pace di nostra sorella Battista percorreva la notte tutta la casa a caccia di topi, reggendo un candeliere, e con lo schioppo sotto il braccio. Passò in cantina, quella notte, e la luce del candeliere illuminò una lumaca sbandata sul soffitto, con la scia di bava argentea. Risuonò una fucilata. Tutti nei letti sobbalzammo, ma subito riaffondammo il capo nei guanciali, avvezzi com'eravamo alle cacce notturne della monaca di casa. Ma Battista, distrutta la lumaca e fatto crollare un pezzo d'intonaco con quella schioppettata irragionevole, cominciò a gridare con la sua vocetta stridula: – Aiuto! Scappano tutte! Aiuto! – Accorsero i servi mezzo spogliati, nostro padre armato d'una sciabola, l'Abate senza parrucca, e il Cavalier Avvocato, prim'ancora di capir nulla, per paura di seccature scappò nei campi e andò a dormire in un pagliaio.

Al chiaror delle torce tutti si misero a dar la caccia alle lumache per la cantina, sebbene a nessuno stessero a cuore, ma ormai erano svegliati e non volevano, per il solito amor proprio, ammettere d'esser stati disturbati per nulla. Scoprirono il buco nel barile e capirono subito che eravamo stati noi. Nostro padre ci venne ad agguantare in letto, con la frusta del cocchiere. Finimmo ricoperti di striature viola sulla schiena le natiche e le gambe, chiusi nello stanzino squallido che ci faceva da prigione.

Ci tennero lì tre giorni, a pane acqua insalata cotenne di bue e minestrone freddo (che, fortunatamente, ci piaceva). Poi, primo pasto in famiglia, come niente fosse stato, tutti a puntino, quel mezzogiorno del 15 giugno: e cos'aveva preparato nostra sorella Battista, sovrintendente alla cucina? Zuppa di lumache e pietanza di lumache. Cosimo non volle toccare neanche un guscio. – Mangiate o subito vi rinchiudiamo nello stanzino! – Io cedetti, e cominciai a trangugiare quei molluschi. (Fu un po' una viltà, da parte mia, e fece sì che mio fratello si sentisse più solo, cosicché nel suo lasciarci c'era anche una protesta contro di me, che l'avevo deluso; ma avevo solo otto anni, e poi a che vale paragonare la mia forza di volontà, anzi, quella che potevo avere da bambino, con l'ostinazione sovrumana che contrassegnò la vita di mio fratello?)

– E allora? – disse nostro padre a Cosimo.

– No, e poi no! – fece Cosimo, e respinse il piatto.

– Via da questa tavola!

Ma già Cosimo aveva voltato le spalle a tutti noi e stava uscendo dalla sala.

– Dove vai?

Lo vedevamo dalla porta a vetri mentre nel vestibolo prendeva il suo tricorno e il suo spadino.

– Lo so io! – Corse in giardino.

Di lì a poco, dalle finestre, lo vedemmo che s'arrampicava su per l'elce. Era vestito e acconciato con grande proprietà, come nostro padre voleva venisse a tavola, nonostante i suoi dodici anni: capelli incipriati col nastro al codino, tricorno, cravatta di pizzo, marsina verde a code, calzonetti color malva, spadino, e lunghe ghette di pelle bianca a mezza coscia, unica concessione a un modo di vestirsi più intonato alla nostra vita campagnola. (Io, avendo solo otto anni, ero esentato dalla cipria sui capelli, se non nelle occasioni di gala, e dallo spadino, che pure mi sarebbe piaciuto portare.) Così egli saliva per il nodoso albero, muovendo braccia e gambe per i rami con la sicurezza e la rapidità che gli venivano dalla lunga pratica fatta insieme.

Ho già detto che sugli alberi noi trascorrevamo ore e ore, e non per motivi utilitari come fanno tanti ragazzi, che ci salgono solo per cercar frutta o nidi d'uccelli, ma per il piacere di superare difficili bugne del tronco e inforcature, e arrivare più in alto che si poteva, e trovare bei posti dove fermarci a guardare il mondo laggiù, a fare scherzi e voci a chi passava sotto. Trovai quindi naturale che il primo pensiero di Cosimo, a quell'ingiusto accanirsi contro di lui, fosse stato d'arrampicarsi sull'elce, albero a noi

familiare, e che protendendo i rami all'altezza delle finestre della sala, imponeva il suo contegno sdegnoso e offeso alla vista di tutta la famiglia.

– *Vorsicht! Vorsicht!* Ora casca, poverino! – esclamò piena
d'ansia nostra madre, che ci avrebbe visto volentieri alla
carica sotto le cannonate, ma intanto stava in pena per
ogni nostro gioco.

Cosimo salì fino alla forcella d'un grosso ramo dove
poteva stare comodo, e si sedette lì, a gambe penzoloni, a
braccia incrociate con le mani sotto le ascelle, la testa in-
saccata nelle spalle, il tricorno calcato sulla fronte.

Nostro padre si sporse dal davanzale. – Quando sarai
stanco di star lì cambierai idea! – gli gridò.

– Non cambierò mai idea, – fece mio fratello, dal ramo.

– Ti farò vedere io, appena scendi!

– E io non scenderò più! – E mantenne la parola.

II

Cosimo era sull'elce. I rami si sbracciavano, alti ponti sopra la terra. Tirava un lieve vento; c'era sole. Il sole era tra le foglie, e noi per vedere Cosimo dovevamo farci schermo con la mano. Cosimo guardava il mondo dall'albero: ogni cosa, vista di lassù, era diversa, e questo era già un divertimento. Il viale aveva tutt'un'altra prospettiva, e le aiole, le ortensie, le camelie, il tavolino di ferro per prendere il caffè in giardino. Più in là le chiome degli alberi si sfittivano e l'ortaglia digradava in piccoli campi a scala, sostenuti da muri di pietre; il dosso era scuro di oliveti, e, dietro, l'abitato d'Ombrosa sporgeva i suoi tetti di mattone sbiadito e ardesia, e ne spuntavano pennoni di bastimenti, là dove sotto c'era il porto. In fondo si stendeva il mare, alto d'orizzonte, ed un lento veliero vi passava.

Ecco che il Barone e la Generalessa, dopo il caffè, uscivano in giardino. Guardavano un rosaio, ostentavano di non badare a Cosimo. Si davano il braccio, ma poi subito si staccavano per discutere e far gesti. Io venni sotto l'elce, invece, come giocando per conto mio, ma in realtà cercando d'attirare l'attenzione di Cosimo; lui però mi serbava rancore e restava lassù a guardar lontano. Smisi, e m'accoccolai dietro una panca per poter continuare a osservarlo senz'essere veduto.

Mio fratello stava come di vedetta. Guardava tutto, e tutto era come niente. Tra i limoneti passava una donna con un cesto. Saliva un mulattiere per la china, reggendosi alla coda della mula. Non si videro tra loro; la donna, al rumore degli zoccoli ferrati, si voltò e si sporse verso strada, ma non fece in tempo. Si mise a cantare allora, ma il mulattiere passava già la svolta, tese l'orecchio, schioccò la frusta e alla mula disse: – Aah! – E tutto finì lì. Cosimo vedeva questo e quello.

Per il viale passò l'Abate Fauchelafleur col breviario aperto. Cosimo prese un qualcosa dal ramo e glielo lasciò cadere in testa; non capii cos'era, forse un ragnetto, o una scheggia di scorza; non lo prese. Con lo spadino Cosimo si mise a frugare in un buco del tronco. Ne uscì una vespa arrabbiata, lui la cacciò via sventolando il tricorno e ne seguì il volo con lo sguardo fino ad una pianta di zucche, dove s'acquattò. Veloce come sempre, il Cavalier Avvocato uscì di casa, prese per le scalette del giardino e si perse tra i filari della vigna; Cosimo, per vedere dove andava, s'arrampicò su un altro ramo. Lì, di tra il fogliame, s'udì un frullo, e s'alzò a volo un merlo. Cosimo ci restò male perché era stato lassù tutto quel tempo e non se n'era accorto. Stette a guardare controsole se ce n'erano degli altri. No, non ce n'erano.

L'elce era vicino a un olmo; le due chiome quasi si toccavano. Un ramo dell'olmo passava mezzo metro sopra a un ramo dell'altro albero; fu facile a mio fratello fare il passo e così conquistare la sommità dell'olmo, che non avevamo mai esplorato, per esser alto di palco e poco arrampicabile da terra. Dall'olmo, sempre cercando dove un ramo passava gomito a gomito con i rami d'un'altra pianta, si passava su un carrubo, e poi su un gelso. Così vedevo Cosimo avanzare da un ramo all'altro, camminando sospeso sul giardino.

Certi rami del grande gelso raggiungevano e scavalcavano il muro di cinta della nostra villa, e di là c'era il giardino dei D'Ondariva. Noi, benché confinanti, non sapevamo nulla dei Marchesi d'Ondariva e Nobili d'Ombrosa, perché godendo essi da parecchie generazioni di certi diritti feudali su cui nostro padre vantava pretese, un astio reciproco divideva le due famiglie, così come un muro alto che pareva un mastio di fortezza divideva le nostre ville, non so se fatto erigere da nostro padre o dal Marchese. S'aggiunga a ciò la gelosia di cui gli Ondariva circondavano il loro giardino, popolato, a quanto si diceva, di specie di piante mai vedute. Infatti, digià il padre degli attuali Marchesi, discepolo di Linneo, aveva mosso tutte le vaste parentele che la famiglia contava alle Corti di Francia e d'Inghilterra, per farsi mandare le più preziose rarità botaniche delle colonie, e per anni i bastimenti avevano sbarcato a Ombrosa sacchi di semi, fasci di talee, arbusti in vaso, e perfino alberi interi, con enormi involti di pan di terra attorno alle radici; finché in quel giardino era cresciuta – dicevano – una mescolanza di foreste delle Indie e delle Americhe, se non addirittura della Nuova Olanda.

Tutto quel che ne potevamo vedere noi era l'affacciarsi all'orlo del muro delle foglie oscure d'una pianta nuovamente importata dalle colonie americane, la *magnolia*, che sui rami neri sporgeva un carnoso fiore bianco. Dal nostro gelso Cosimo fu sulla cornice del muro, fece qualche passo in equilibrio, e poi, tenendosi con le mani, si calò dall'altra parte, dov'erano le foglie e il fiore di magnolia. Di lì scomparve alla mia vista; e quello che ora dirò, come molte delle cose di questo racconto della sua vita, mi furono riferite da lui in seguito, oppure fui io a ricavarle da sparse testimonianze ed induzioni.

Cosimo era sulla magnolia. Benché fitta di rami questa pianta era ben praticabile a un ragazzo esperto di tutte le specie d'alberi come mio fratello; e i rami resistevano al peso, ancorché non molto grossi e d'un legno dolce che la punta delle scarpe di Cosimo sbucciava, aprendo bianche ferite nel nero della scorza; ed avvolgeva il ragazzo in un profumo fresco di foglie, come il vento le muoveva, voltandone le pagine in un verdeggiare ora opaco ora brillante.

Ma era tutto il giardino che odorava, e se Cosimo ancora non riusciva a percorrerlo con la vista, tanto era irregolarmente folto, già lo esplorava con l'olfatto, e cercava di discernerne i vari aromi, che pur gli erano noti da quando, portati dal vento, giungevano fin nel nostro giardino e ci parevano una cosa sola col segreto di quella villa. Poi guardava le fronde e vedeva foglie nuove, quali grandi e lustre come ci corresse sopra un velo d'acqua, quali minuscole e pennate, e tronchi tutti lisci o tutti scaglie.

C'era un gran silenzio. Solo un volo si levò di piccolissimi luì, gridando. E si sentì una vocetta che cantava: – Oh là là là! La *ba-la-nçoire*... – Cosimo guardò giù. Appesa al ramo d'un grande albero vicino dondolava un'altalena, con seduta una bambina sui dieci anni.

Era una bambina bionda, con un'alta pettinatura un po' buffa per una bimba, un vestito azzurro anche quello troppo da grande, la gonna che ora, sollevata sull'altalena, traboccava di trine. La bambina guardava a occhi socchiusi e naso in su, come per un suo vezzo di far la dama, e mangiava una mela a morsi, piegando il capo ogni volta verso la mano che doveva insieme reggere la mela e reggersi alla fune dell'altalena, e si dava spinte colpendo con la punta degli scarpini il terreno ogni volta che l'altalena era al punto più basso del suo arco, e soffiava via dalle labbra i frammenti di buccia di mela morsicata, e cantava: – Oh là là là! La *ba-la-nçoire*... – come una ragazzina che ormai non le importa più nulla né dell'altalena, né della canzone, né (ma pure un po' di più) della mela, e ha già altri pensieri per il capo.

Cosimo, d'in cima alla magnolia, era calato fino al palco più basso, ed ora stava coi piedi piantati uno qua uno là in due forcelle e i gomiti appoggiati a un ramo davanti a lui come a un davanzale. I voli dell'altalena gli portavano la bambina proprio sotto il naso.

Lei non stava attenta e non se n'era accorta. Tutt'a un tratto se lo vide lì, ritto sull'albero, in tricorno e ghette. – Oh! – disse.

La mela le cadde di mano e rotolò al piede della magnolia. Cosimo sguainò lo spadino, s'abbassò giù dall'ultimo ramo, raggiunse la mela con la punta dello spadino, la infilzò e la porse alla bambina che nel frattempo aveva fatto un percorso completo d'altalena ed era di nuovo lì. – La prenda, non s'è sporcata, è solo un po' ammaccata da una parte.

La bambina bionda s'era già pentita d'aver mostrato tanto stupore per quel ragazzetto sconosciuto apparso lì sulla magnolia, e aveva ripreso la sua aria sussiegosa a naso in su. – Siete un ladro? – disse.

– Un ladro? – fece Cosimo, offeso; poi ci pensò su: lì per lì l'idea gli piacque. – Io sì, – disse, calcandosi il tricorno sulla fronte. – Qualcosa in contrario?

– E cosa siete venuto a rubare?

Cosimo guardò la mela che aveva infilzato sulla punta dello spadino, e gli venne in mente che aveva fame, che non aveva quasi toccato cibo in tavola. – Questa mela, – disse, e prese a sbucciarla con la lama dello spadino, che teneva, a dispetto dei divieti familiari, affilatissima.

– Allora siete un ladro di frutta, – disse la ragazza.

Mio fratello pensò alle masnade dei ragazzi poveri d'Ombrosa, che scavalcavano i muri e le siepi e saccheggiavano i frutteti, una genìa di ragazzi che gli era stato insegnato di disprezzare e di sfuggire, e per la prima volta pensò a quanto doveva essere libera e invidiabile quella vita. Ecco: forse poteva diventare uno come loro, e vivere così, d'ora in avanti. – Sì, – disse. Aveva tagliato a spicchi la mela e si mise a masticarla.

La ragazzina bionda scoppiò in una risata che durò tutto un volo d'altalena, su e giù. – Ma va'! I ragazzi che rubano la frutta io li conosco! Sono tutti miei amici! E quel-

li vanno scalzi, in maniche di camicia, spettinati, non con
le ghette e il parrucchino!

Mio fratello diventò rosso come la buccia della mela.
L'esser preso in giro non solo per l'incipriatura, cui non
teneva affatto, ma anche per le ghette, cui teneva moltis-
simo, e l'esser giudicato d'aspetto inferiore a un ladro di
frutta, a quella genìa fino a un momento prima disprez-
zata, e soprattutto lo scoprire che quella damigella che
faceva da padrona nel giardino dei D'Ondariva era amica di tutti i ladri di frutta ma non amica sua, tutte queste
cose insieme lo riempirono di dispetto, vergogna e gelosia.

– Oh là là là... Con le ghette e il parrucchin! – canterel-
lava la bambina sull'altalena.

A lui prese un ripicco d'orgoglio. – Non sono un ladro
di quelli che conoscete voi! – gridò. – Non sono affatto un
ladro! Dicevo così per non spaventarvi: perché se sapeste
chi sono io sul serio, morireste di paura: sono un brigante! Un terribile brigante!

La ragazzina continuava a volargli fin sul naso, si sarebbe detto volesse arrivare a sfiorarlo con le punte dei piedi.
– Ma va'! E dov'è lo schioppo? I briganti hanno tutti lo
schioppo! O la spingarda! Io li ho visti! A noi ci hanno fermato cinque volte la carrozza, nei viaggi dal castello a qua!

– Ma il capo no! Io sono il capo! Il capo dei briganti non
ha lo schioppo! Ha solo la spada! – e protese il suo spadino.

La ragazzina si strinse nelle spalle. – Il capo dei briganti, – spiegò, – è uno che si chiama Gian dei Brughi e viene
sempre a portarci dei regali, a Natale e a Pasqua!

– Ah! – esclamò Cosimo di Rondò, raggiunto da un'on-
data di faziosità familiare. – Allora ha ragione mio padre,
quando dice che il Marchese d'Ondariva è il protettore di
tutto il brigantaggio e il contrabbando della zona!

La bambina passò vicino a terra, invece di darsi la spinta frenò con un rapido sgambettio, e saltò giù. L'altalena
vuota sobbalzò in aria sulle corde. – Scendete subito di las-

sù! Come vi siete permesso d'entrare nel nostro terreno! – fece, puntando un indice contro il ragazzo, incattivita.

– Non sono entrato e non scenderò, – disse Cosimo con pari calore. – Sul vostro terreno non ho mai messo piede, e non ce lo metterei per tutto l'oro del mondo!

La ragazzina allora, con gran calma, prese un ventaglio che era posato su una poltrona di vimini, e sebbene non facesse molto caldo, si sventolò passeggiando avanti e indietro. – Adesso, – fece con tutta calma, – chiamerò i servi e vi farò prendere e bastonare. Così imparerete a intrufolarvi nel nostro terreno! – Cambiava sempre tono, questa bambina, e mio fratello tutte le volte restava stonato.

– Dove son io non è terreno e non è vostro! – proclamò Cosimo, e già gli veniva la tentazione di aggiungere: «E poi io sono il Duca d'Ombrosa e sono il signore di tutto il territorio!» ma si trattenne, perché non gli piaceva di ripetere le cose che diceva sempre suo padre, adesso che era scappato via da tavola in lite con lui; non gli piaceva e non gli pareva giusto, anche perché quelle pretese sul Ducato gli erano sempre parse fissazioni; che c'entrava che ci si mettesse anche lui Cosimo, ora, a millantarsi Duca? Ma non voleva smentirsi e continuò il discorso come gli veniva. – Qui non è vostro, – ripeté, – perché vostro è il suolo, e se ci posassi un piede allora sarei uno che s'intrufola. Ma quassù no, e io vado dappertutto dove mi pare.

– Sì, allora è tuo, lassù...

– Certo! Territorio mio personale, tutto quassù, – e fece un vago gesto verso i rami, le foglie controsole, il cielo. – Sui rami degli alberi è tutto mio territorio. Di' che vengano a prendermi, se ci riescono!

Adesso, dopo tante rodomontate, s'aspettava che lei lo prendesse in giro chissà come. Invece si mostrò imprevedibilmente interessata. – Ah sì? E fin dove arriva, questo tuo territorio?

– Tutto fin dove si riesce ad arrivare andando sopra gli

alberi, di qua, di là, oltre il muro, nell'oliveto, fin sulla collina, dall'altra parte della collina, nel bosco, nelle terre del Vescovo...

– Anche fino in Francia?

– Fino in Polonia e in Sassonia, – disse Cosimo, che di geografia sapeva solo i nomi sentiti da nostra madre quando parlava delle Guerre di Successione. – Ma io non sono egoista come te. Io nel mio territorio ti ci invito –. Ormai erano passati a darsi del tu tutt'e due, ma era lei che aveva cominciato.

– E l'altalena di chi è? – disse lei, e ci si sedette, col ventaglio aperto in mano.

– L'altalena è tua, – stabilì Cosimo, – ma siccome è legata a questo ramo, dipende sempre da me. Quindi, se tu ci stai mentre tocchi terra coi piedi, stai nel tuo, se ti sollevi per aria sei nel mio.

Lei si dette la spinta e volò, le mani strette alle funi. Cosimo dalla magnolia saltò sul grosso ramo che reggeva l'altalena, e di là afferrò le funi e si mise lui a farla dondolare. L'altalena andava sempre più in su.

– Hai paura?

– Io no. Come ti chiami?

– Io Cosimo... E tu?

– Violante ma mi dicono Viola.

– A me mi chiamano Mino, anche, perché Cosimo è un nome da vecchi.

– Non mi piace.

– Cosimo?

– No, Mino.

– Ah... Puoi chiamarmi Cosimo.

– Neanche per idea! Senti, tu, dobbiamo fare patti chiari.

– Come dici? – fece lui, che continuava a restarci male ogni volta.

– Dico: io posso salire nel tuo territorio e sono un'ospite sacra, va bene? Entro ed esco quando voglio. Tu invece sei sacro e inviolabile finché sei sugli alberi, nel tuo territorio, ma appena tocchi il suolo del mio giardino diventi mio schiavo e vieni incatenato.

– No, io non scendo nel tuo giardino e nemmeno nel mio. Per me è tutto territorio nemico ugualmente. Tu verrai su con me, e verranno i tuoi amici che rubano la frutta, forse anche mio fratello Biagio, sebbene sia un po' vigliacco, e faremo un esercito tutto sugli alberi e ridurremo alla ragione la terra e i suoi abitanti.

– No, no, niente di tutto questo. Lascia che ti spieghi come stanno le cose. Tu hai la signoria degli alberi, va bene?, ma se tocchi una volta terra con un piede, perdi tutto il tuo regno e resti l'ultimo degli schiavi. Hai capito? Anche se ti si spezza un ramo e caschi, tutto perduto!

– Io non sono mai caduto da un albero in vita mia!

– Certo, ma se caschi, se caschi diventi cenere e il vento ti porta via.

– Tutte storie. Io non vado a terra perché non voglio.

– Oh, come sei noioso.

– No, no, giochiamo. Per esempio, sull'altalena potrei starci?

– Se ti riuscisse di sederti sull'altalena senza toccar terra, sì.

Vicino all'altalena di Viola ce n'era un'altra, appesa allo stesso ramo, ma tirata su con un nodo alle funi perché non s'urtassero. Cosimo dal ramo si lasciò scendere giù aggrappato a una delle funi, esercizio in cui era molto bravo perché nostra madre ci faceva fare molte prove di palestra, arrivò al nodo, lo sciolse, si pose in piedi sull'altalena e per darsi lo slancio spostò il peso del corpo piegandosi sulle ginocchia e scattando avanti. Così si spingeva sempre più in su. Le due altalene andavano una in un senso una nell'altro e ormai arrivavano alla stessa altezza, e si passavano vicino a metà percorso.

– Ma se tu provi a sederti e a darti una spinta coi piedi, vai più in alto, – insinuò Viola.

Cosimo le fece uno sberleffo.

– Vieni giù a darmi una spinta, sii bravo, – fece lei, sorridendogli, gentile.

– Ma no, io, s'era detto che non devo scendere a nessun costo... – e Cosimo ricominciava a non capire.

– Sii gentile.

– No.

– Ah, ah! Stavi già per cascarci. Se mettevi un piede per terra avevi già perso tutto! – Viola scese dall'altalena e prese a dare delle leggere spinte all'altalena di Cosimo. – Uh! – Aveva afferrato tutt'a un tratto il sedile dell'altalena su cui mio fratello teneva i piedi e l'aveva rovesciato. Fortuna che Cosimo si teneva ben saldo alle corde! Altrimenti sarebbe piombato a terra come un salame!

– Traditrice! – gridò, e s'arrampicò su, stringendosi alle due corde, ma la salita era molto più difficile della discesa, soprattutto con la bambina bionda che era in uno dei suoi momenti maligni e tirava le corde da giù in tutti i sensi.

Finalmente raggiunse il grosso ramo, e ci si mise a cavalcioni. Con la cravatta di pizzo s'asciugò il sudore dal viso. – Ah! ah! Non ce l'hai fatta!

– Per un pelo!

– Ma io ti credevo mia amica!

– Credevi! – e riprese a sventagliarsi.

– Violante! – proruppe in quel momento un'acuta voce femminile. – Con chi stai parlando?

Sulla scalinata bianca che portava alla villa era apparsa una signora: alta, magra, con una larghissima gonna; guardava con l'occhialino. Cosimo si ritrasse tra le foglie, intimidito.

– Con un giovane, *ma tante*, – disse la bambina, – che è nato in cima a un albero e per incantesimo non può metter piede a terra.

Cosimo, tutto rosso, domandandosi se la bambina parlava così per prenderlo in giro davanti alla zia, o per prendere in

giro la zia davanti a lui, o solo per continuare il gioco, o perché non le importava nulla né di lui né della zia né del gioco,
si vedeva scrutato dall'occhialino della dama, che s'avvicinava all'albero come per contemplare uno strano pappagallo.
– *Uh, mais c'est un des Piovasques, ce jeune homme, je crois.*
Viens, Violante.

Cosimo avvampava d'umiliazione: l'averlo riconosciuto
con quell'aria naturale, nemmeno domandandosi perché
lui era lì, e l'aver subito richiamato la bambina, con fermezza ma senza severità, e Viola che docile, senza neanche voltarsi, seguiva il richiamo della zia; tutto pareva sot-
tintendere ch'egli era persona di nessun conto, che quasi
non esisteva nemmeno. Così quel pomeriggio straordina-
rio sprofondava in una nube di vergogna.

Ma ecco che la bambina fa segno alla zia, la zia abbassa
il capo, la bambina le dice qualcosa nell'orecchio. La zia
ripunta l'occhialino su Cosimo. – Allora, signorino, – gli
dice, – vuol favorire a prendere una tazza di cioccolata?
Così faremo conoscenza anche noi, – e dà un'occhiata di
sbieco a Viola, – visto che è già amico di famiglia.

Restò lì a guardare zia e nipote a occhi tondi, Cosimo.
Gli batteva forte il cuore. Ecco che era invitato dai D'Ondariva e D'Ombrosa, la famiglia più sussiegosa di quei
posti, e l'umiliazione d'un momento prima si trasforma-
va in rivincita e si vendicava di suo padre, venendo accolto da avversari che l'avevano sempre guardato dall'alto
in basso, e Viola aveva interceduto per lui, e lui era ormai
ufficialmente accettato come amico di Viola, e avrebbe
giocato con lei in quel giardino diverso da tutti i giardini.
Tutto questo provò Cosimo, ma, insieme, un sentimento
opposto, se pur confuso: un sentimento fatto di timidezza, orgoglio, solitudine, puntiglio; e in questo contrasto di
sentimenti mio fratello s'afferrò al ramo sopra di sé, s'arrampicò, si spostò nella parte più frondosa, passò su di
un altro albero, disparve.

III

Fu un pomeriggio che non finiva mai. Ogni tanto si sentiva un tonfo, un fruscio, come spesso nei giardini, e correvamo fuori sperando che fosse lui, che si fosse deciso a scendere. Macché, vidi oscillare la cima della magnolia col fiore bianco, e Cosimo apparire di là dal muro e scavalcarlo.

Gli andai incontro sul gelso. Vedendomi, parve contrariato; era ancora arrabbiato con me. Si sedette su un ramo del gelso più in su di me e si mise a farci delle tacche con lo spadino, come se non volesse rivolgermi parola.

– Si sale bene sul gelso, – dissi, tanto per parlare, – prima non c'eravamo mai saliti...

Lui continuò a scalfire il ramo con la lama, poi disse, agro: – Allora, ti son piaciute le lumache?

Io protesi un canestro: – T'ho portato due fichi secchi, Mino, e un po' di torta...

– T'hanno mandato *loro*? – fece lui, sempre scostante, ma già guardava il canestro inghiottendo saliva.

– No, sapessi, ho dovuto scappare di nascosto dall'Abate! – dissi in fretta. – Volevano tenermi a far lezione tutta la sera, perché non comunicassi con te, ma il vecchio s'è addormentato! La mamma è in pensiero che tu possa cadere e vorrebbe che ti si cercasse, ma il babbo da quando non t'ha visto più sull'elce dice che sei sceso e ti sei rim-

piattato in qualche angolo a meditare sul malfatto e non
c'è da aver paura.

– Io non sono mai sceso! – disse mio fratello.

– Sei stato nel giardino dei D'Ondariva?

– Sì, ma sempre da un albero all'altro, senza mai toccar terra!

– Perché? – chiesi io; era la prima volta che lo sentivo
enunciare quella sua regola, ma ne aveva parlato come
d'una cosa già convenuta tra noi, quasi tenesse a rassicu-
rarmi di non avervi trasgredito; tanto che io non osai più
insistere nella mia richiesta di spiegazioni.

– Sai, – disse, invece di rispondermi, – è un posto che ci
vuole dei giorni a esplorarlo tutto, dai D'Ondariva! Con
alberi delle foreste dell'America, vedessi! – Poi si ricordò
che con me era in lite e che quindi non doveva avere alcun piacere a comunicarmi le sue scoperte. Troncò, brusco: – Comunque non ti ci porto. Tu puoi andare a spasso con Battista, d'ora in avanti, o col Cavalier Avvocato!

– No, Mino, portamici! – feci io, – non devi avercela con
me per le lumache, erano schifose, ma io non ne potevo
più di sentirli gridare!

Cosimo stava ingozzandosi di torta. – Ti metterò alla
prova, – disse, – devi dimostrarmi d'essere dalla parte
mia, non dalla loro.

– Dimmi tutto quello che vuoi che faccia.

– Devi procurarmi delle corde, lunghe e forti, perché
per fare certi passaggi devo legarmi; poi una carrucola, e
ganci, chiodi di quelli grossi...

– Ma cosa vuoi fare? Una gru?

– Dovremo trasportare su molta roba, vedremo in seguito: tavole, canne...

– Vuoi costruire una capannuccia su un albero! E dove?

– Se sarà il caso. Il posto lo sceglieremo. Intanto il mio
recapito è là da quella quercia cava. Calerò il cestino con la
fune e tu potrai metterci tutto quello di cui avrò bisogno.

– Ma perché? Parli come se tu restassi chissà quanto na-scosto... Non credi che ti perdoneranno?

Si voltò rosso in viso. – Che me ne importa se mi per-donano? E poi non sono nascosto: io non ho paura di nes-suno! E tu, hai paura di aiutarmi?

Non che io non avessi capito che mio fratello per ora si rifiutava di scendere, ma facevo finta di non capire per ob-bligarlo a pronunciarsi, a dire: «Sì, voglio restare sugli al-beri fino all'ora di merenda, o fino al tramonto, o all'ora di cena, o finché non è buio», qualcosa che insomma segnasse un limite, una proporzione al suo atto di protesta. Invece non diceva nulla di simile, e io ne provavo un po' paura.

Chiamarono, da basso. Era nostro padre che gridava: – Cosimo! Cosimo! – e poi, già persuaso che Cosimo non dovesse rispondergli: – Biagio! Biagio! – chiamava me.

– Vado a vedere cosa vogliono. Poi ti vengo a raccon-tare, – dissi in fretta. Questa premura d'informare mio fratello, l'ammetto, si combinava a una mia fretta di svi-gnarmela, per paura d'esser colto a confabulare con lui in cima al gelso e dover dividere con lui la punizione che certo l'aspettava. Ma Cosimo non parve leggermi in viso quest'ombra di codardia: mi lasciò andare, non senz'aver ostentato con un'alzata di spalle la sua indifferenza per quel che nostro padre poteva avergli da dire.

Quando tornai era ancora lì; aveva trovato un buon po-sto per star seduto, su di un tronco capitozzato, teneva il mento sulle ginocchia e le braccia strette attorno agli stinchi.

– Mino! Mino! – feci, arrampicandomi, senza fiato. – T'han-no perdonato! Ci aspettano! C'è la merenda in tavola, e bab-bo e mamma sono già seduti e ci mettono le fette di torta nel piatto! Perché c'è una torta di crema e cioccolato, ma non fatta da Battista, sai! Battista dev'essersi chiusa in ca-mera sua, verde dalla bile! Loro m'hanno carezzato sulla testa e m'hanno detto così: «Va' dal povero Mino e digli che facciamo la pace e non ne parliamo più!» Presto, andiamo!

Cosimo mordicchiava una foglia. Non si mosse.

– Di', – fece, – cerca di prendere una coperta, senza farti vedere, e portamela. Deve far freddo, qua, la notte.

– Ma non vorrai passare la notte sugli alberi!

Lui non rispondeva, il mento sui ginocchi, masticava una foglia e guardava dinanzi a sé. Seguii il suo sguardo, che finiva dritto sul muro del giardino dei D'Ondariva, là dove faceva capolino il bianco fior di magnolia, e più in là volteggiava un aquilone.

Così fu sera. I servi andavano e venivano apparecchiando tavola; nella sala i candelieri erano già accesi. Cosimo dall'albero doveva veder tutto; ed il Barone Arminio rivolto alle ombre fuori della finestra gridò: – Se vuoi restare lassù, morrai di fame!

Quella sera per la prima volta ci sedemmo a cena senza Cosimo. Lui era a cavallo d'un ramo alto dell'elce, di lato, cosicché ne vedevamo solo le gambe ciondoloni. Vedevamo, dico, se ci facevamo al davanzale e scrutavamo nell'ombra, perché la stanza era illuminata e fuori buio.

Perfino il Cavalier Avvocato si sentì in dovere d'affacciarsi e dir qualcosa, ma come suo solito riuscì a non esprimere un giudizio sulla questione. Disse: – Oooh... Legno robusto... Dura cent'anni... – poi alcune parole turche, forse il nome dell'elce; insomma, come se si stesse parlando dell'albero e non di mio fratello.

Nostra sorella Battista invece tradiva nei riguardi di Cosimo una specie d'invidia, come se, abituata a tener la famiglia col fiato sospeso per le sue stranezze, ora avesse trovato qualcuno che la superava; e continuava a mordersi le unghie (se le mangiava non alzando un dito alla bocca, ma abbassandolo, con la mano a rovescio, il gomito alzato).

Alla Generalessa venne in mente di certi soldati di vedetta sugli alberi in un accampamento non so più se in Slavonia o in Pomerania, e di come riuscirono, avvistando i nemici, a evitare un'imboscata. Questo ricordo, tutt'a un tratto, da smarrita che era per apprensione materna, la riportò al clima militare suo favorito, e, come fosse riuscita finalmente a darsi ragione del comportamento di suo figlio, divenne più tranquilla e quasi fiera. Nessuno le diede retta, tranne l'Abate Fauchelafleur che assentì con gravità al racconto guerresco e al parallelo che mia madre ne traeva, perché si sarebbe aggrappato a qualsiasi argomento pur di trovar naturale quel che stava succedendo e di sgombrar il capo da responsabilità e preoccupazioni.

Dopo cena, noi s'andava presto a dormire, e non cambiammo orario neppure quella sera. Ormai i nostri genitori erano decisi a non dar più a Cosimo la soddisfazione di badargli, aspettando che la stanchezza, la scomodità e il freddo della notte lo snidassero. Ognuno salì nei suoi quartieri e sulla facciata della casa le candele accese aprivano occhi d'oro nel riquadro delle impannate. Che nostalgia, che ricordo di calore doveva dare quella casa tanto nota e vicina, a mio fratello che pernottava al sereno! M'affacciai alla finestra della nostra stanza, e indovinai la sua ombra rannicchiata in un incavo dell'elce, tra ramo e tronco, avvolta nella coperta, e – credo – legata a più giri con la corda per non cadere.

La luna si levò tardi e risplendeva sopra i rami. Nei nidi dormivano le cince, rannicchiate come lui. Nella notte, all'aperto, il silenzio del parco attraversavano cento fruscii e rumori lontani, e trascorreva il vento. A tratti giungeva un remoto mugghio: il mare. Io dalla finestra tendevo l'orecchio a questo frastagliato respiro e cercavo d'immaginarlo udito senza l'alveo familiare della casa alle spalle, da chi si trovava pochi metri più in là soltanto, ma tutto affidato ad esso, con solo la notte intorno a sé; unico oggetto amico cui tenersi abbracciato un tronco d'albero dalla scorza ruvida, percorso da minute gallerie senza fine in cui dormivano le larve.

Andai a letto, ma non volli spegnere la candela. Forse quella luce alla finestra della sua stanza poteva tenergli compagnia. Avevamo una camera in comune, con due lettini ancora da ragazzi. Io guardavo il suo, intatto, e il buio fuor dalla finestra in cui egli stava, e mi rivoltavo tra le lenzuola avvertendo forse per la prima volta la gioia dello stare spogliato, a piedi nudi, in un letto caldo e bianco, e come sentendo insieme il disagio di lui legato lassù nella coperta ruvida, le gambe allacciate nelle ghette, senza potersi girare, le ossa rotte. È un sentimento che non m'ha più abbandonato da quella notte, la coscienza di che fortuna sia aver un letto, lenzuola pulite, materasso morbido! In questo sentimento i miei pensieri, per tante ore proiettati sulla persona che era oggetto di tutte le nostre ansie, vennero a richiudersi su di me e così m'addormentai.

IV

Io non so se sia vero quello che si legge nei libri, che in antichi tempi una scimmia che fosse partita da Roma saltando da un albero all'altro poteva arrivare in Spagna senza mai toccare terra. Ai tempi miei di luoghi così fitti d'alberi c'era solo il golfo d'Ombrosa da un capo all'altro e la sua valle fin sulle creste dei monti; e per questo i nostri posti erano nominati dappertutto.

Ora, già non si riconoscono più, queste contrade. S'è cominciato quando vennero i Francesi, a tagliar boschi come fossero prati che si falciano tutti gli anni e poi ricrescono. Non sono ricresciuti. Pareva una cosa della guerra, di Napoleone, di quei tempi: invece non si smise più. I dossi sono nudi che a guardarli, noi che li conoscevamo da prima, fa impressione.

Allora, dovunque s'andasse, avevamo sempre rami e fronde tra noi e il cielo. L'unica zona di vegetazione più bassa erano i limoneti, ma anche là in mezzo si levavano contorti gli alberi di fico, che più a monte ingombravano tutto il cielo degli orti, con le cupole del pesante loro fogliame, e se non erano fichi erano ciliegi dalle brune fronde, o più teneri cotogni, peschi, mandorli, giovani peri, prodighi susini, e poi sorbi, carrubi, quando non era un gelso o un noce annoso. Finiti gli orti, cominciava l'oliveto, grigio-argento, una nuvola che sbiocca a mezza costa. In fondo c'era il paese accatastato, tra il porto in basso e in su la rocca; ed anche lì, tra i tetti, un continuo spuntare di chiome di piante: lecci, platani, anche roveri, una vegetazione più disinteressata e altera che prendeva sfogo – un ordinato sfogo – nella zona dove i nobili avevano costruito le ville e cinto di cancelli i loro parchi.

Sopra gli olivi cominciava il bosco. I pini dovevano un tempo aver regnato su tutta la plaga, perché ancora s'infiltravano in lame e ciuffi di bosco giù per i versanti fino sulla spiaggia del mare, e così i larici. Le roveri erano più frequenti e fitte di quel che oggi non sembri, perché furono la prima e più pregiata vittima della scure. Più in su i pini cedevano ai castagni, il bosco saliva la montagna, e non se ne vedevano confini. Questo era l'universo di linfa entro il quale noi vivevamo, abitanti d'Ombrosa, senza quasi accorgercene.

Il primo che vi fermò il pensiero fu Cosimo. Capì che, le piante essendo così fitte, poteva passando da un ramo all'altro spostarsi di parecchie miglia, senza bisogno di scendere mai. Alle volte, un tratto di terra spoglia l'obbligava a lunghissimi giri, ma lui presto s'impratichì di tutti gli itinerari obbligati e misurava le distanze non più secondo i nostri estimi, ma sempre con in mente il tracciato contorto che doveva seguire lui sui rami. E dove neanche con un salto si raggiungeva il ramo più vicino, prese a usare degli accorgimenti; ma questo lo dirò più in là; ora siamo ancora all'alba in cui svegliandosi si trovò in cima a un elce, tra lo schiamazzo degli storni, madido di rugiada fredda, intirizzito, le ossa rotte, il formicolio alle gambe ed alle braccia, e felice si diede a esplorare il nuovo mondo.

Giunse sull'ultimo albero dei parchi, un platano. Giù digradava la valle sotto un cielo di corone di nubi e fumo che saliva da qualche tetto d'ardesia, casolari nascosti dietro le ripe come mucchi di sassi; un cielo di foglie alzate in aria

dai fichi e dai ciliegi; e più bassi prugni e peschi divarica-
vano tarchiati rami; tutto si vedeva, anche l'erba, fogliolli-
na a fogliolina, ma non il colore della terra, ricoperta dalle pigre foglie della zucca o dall'accesparsi di lattughe o
verze nei semenzai; e così era da una parte e dall'altra del
V in cui s'apriva la valle ad un imbuto alto di mare.

E in questo paesaggio correva come un'onda, non visibile e nemmeno, se non di tanto in tanto, udibile, ma quel
che se n'udiva bastava a propagarne l'inquietudine: uno
scoppio di gridi acuti tutt'a un tratto, e poi come un croscio di tonfi e forse anche lo scoppio d'un ramo spezza-
to, e ancora grida, ma diverse, di vociacce infuriate, che
andavano convergendo nel luogo da cui prima erano venuti i gridi acuti. Poi niente, un senso fatto di nulla, come
d'un trascorrere, di qualcosa che c'era da aspettarsi non là
ma da tutt'altra parte, e difatti riprendeva quell'insieme
di voci e rumori, e questi luoghi di probabile provenienza
erano, di qua o di là della valle, sempre dove si muovevano al vento le piccole foglie dentate dei ciliegi. Perciò Cosimo, con la parte della sua mente che veleggiava distratta – un'altra parte di lui invece sapeva e capiva tutto in
precedenza – formulò questo pensiero: le ciliege parlano.

Era verso il più vicino ciliegio, anzi una fila d'alti ciliegi
d'un bel verde frondoso, che Cosimo si dirigeva, e carichi
di ciliege nere, ma mio fratello ancora non aveva l'occhio
a distinguere subito tra i rami quello che c'era e quello che
non c'era. Stette lì: prima ci si sentiva del rumore ed ora
no. Lui era sui rami più bassi, e tutte le ciliege che c'erano sopra di lui se le sentiva addosso, non avrebbe saputo
spiegare come, parevano convergere su di lui, pareva insomma un albero con occhi invece che ciliege.

Cosimo alzò il viso e una ciliegia troppo matura gli cascò
sulla fronte con un ciacc! Socchiuse le palpebre per guardare in su controcielo (dove il sole cresceva) e vide che su
quello e sugli alberi vicini c'era pieno di ragazzi appollaiati.

Al vedersi visti non stettero più zitti, e con voci acute benché smorzate dicevano qualcosa come: – Guardalo lì quanto l'è bello! – e spartendo davanti a sé le foglie ognuno dal ramo in cui stava scese a quello più basso, verso il ragazzo col tricorno in capo. Loro erano a capo nudo o con sfrangiati cappelli di paglia, e alcuni incappucciati in sacchi; vestivano lacere camicie e brache; ai piedi chi non era scalzo aveva fasce di pezza, e qualcuno legati al collo portava gli zoccoli, tolti per arrampicarsi; erano la gran banda dei ladruncoli di frutta, da cui Cosimo ed io c'eravamo sempre – in questo obbedienti alle ingiunzioni familiari – tenuti ben lontani. Quel mattino invece mio fratello sembrava non cercasse altro, pur non essendo nemmeno a lui ben chiaro che cosa se ne ripromettesse.

Stette fermo ad aspettarli mentre calavano indicandoselo e lanciandogli, in quel loro agro sottovoce, motti come: – Cos'è ch'è qui che cerca questo qui? – e sputandogli anche qualche nocciolo di ciliegia o tirandogliene qualcuna di quelle bacate o beccate da un merlo, dopo averle fatte vorticare in aria sul picciòlo con mossa da frombolieri.

– Uuuh! – fecero tutt'a un tratto. Avevano visto lo spadino che gli pendeva dietro. – Lo vedete cosa ci ha? – E giù risate. – Il battichiappe!

Poi fecero silenzio e soffocavano le risa perché stava per succedere una cosa da diventare matti dal divertimento: due di questi piccoli manigoldi, zitti zitti, si erano portati su di un ramo proprio sopra a Cosimo e gli calavano la bocca d'un sacco sulla testa (uno di quei lerci sacchi che a loro servivano certo per metterci il bottino, e quando erano vuoti si acconciavano in testa come cappucci che scendevano sulle spalle). Tra poco mio fratello si sarebbe trovato insaccato senza neanche capir come e lo potevano legare come un salame e caricarlo di pestoni.

Cosimo fiutò il pericolo, o forse non fiutò niente: si sentì deriso per lo spadino e volle sfoderarlo per punto d'onore. Lo brandì alto, la lama sfiorò il sacco, lui lo vide, e con un'accartocciata lo strappò di mano ai due ladroncelli e lo fece volar via.

Era una buona mossa. Gli altri fecero degli «Oh!» insieme di disappunto e meraviglia, e ai due compari che s'erano lasciati portar via il sacco lanciarono insulti dialettali come: – *Cuiasse! Belinùi!*

Non ebbe tempo di rallegrarsi del successo, Cosimo. Una furia opposta si scatenò da terra; latravano, tiravano dei sassi, gridavano: – Stavolta non ci scappate, bastardelli ladri! – e s'alzavano punte di forcone. Tra i ladruncoli sui rami ci fu un rannicchiarsi, un tirar su di gambe e gomiti. Era stato quel chiasso attorno a Cosimo a dar l'allarme agli agricoltori che stavano all'erta.

L'attacco era preparato in forze. Stanchi di farsi rubar la frutta man mano che maturava, parecchi dei piccoli proprietari e dei fittavoli della vallata s'erano federati tra loro; perché alla tattica dei furfantelli di dar la scalata tutti insieme a un frutteto, saccheggiarlo e scappare da tutt'altra parte, e lì daccapo, non c'era da opporre che una tattica simile: cioè far la posta tutti insieme in un podere dove prima o poi sarebbero venuti, e prenderli in mezzo. Ora i cani sguinzagliati abbaiavano rampando al piede dei ciliegi con bocche irte di denti, e in aria si protendevano le forche da fieno. Dei ladruncoli tre o quattro saltarono a terra giusto in tempo per farsi bucare la schiena dalle punte dei tridenti e il fondo dei calzoni dal morso dei cani, e correre via urlando e sfondando a testate i filari delle vigne. Così nessuno osò più scendere: stavano sbigottiti sui rami, tanto loro che Cosimo. Già gli agricoltori mettevano le scale contro i ciliegi e salivano facendosi precedere dai denti puntati dei forconi.

Ci vollero alcuni minuti prima che Cosimo capisse che essere lui spaventato perché era spaventata quella banda di vagabondi era una cosa senza senso, com'era senza senso quell'idea che loro fossero tanto in gamba e lui no. Il fatto che se ne stessero lì come dei tonti era già una prova: cosa aspettavano a scappare sugli alberi intorno? Mio fratello così era giunto fin lì e così poteva andarsene: si calcò il tricorno in testa, cercò il ramo che gli aveva fatto da ponte, passò dall'ultimo ciliegio a un carrubo, dal carrubo penzolandosi calò su di un susino, e così via. Quelli, al vederlo girare per quei rami come fosse in piazza, capirono che dovevano tenergli subito dietro, se no prima di ritrovare la sua strada chissà quanto avrebbero penato; e lo seguirono zitti, carponi per quell'itinerario tortuoso. Lui intanto, salendo per un fico, scavalcava la siepe del campo, calava su di un pesco, tenero di rami tanto che bisognava passarci uno alla volta. Il pesco serviva solo ad aggrapparsi al tronco storto d'un olivo che sporgeva da un muro; dall'olivo con un salto s'era su una rovere che allungava un robusto braccio oltre il torrente, e si poteva passare sugli alberi di là.

Gli uomini con le forche, che credevano ormai d'avere in mano i ladri di frutta, se li videro scappare per l'aria come uccelli. Li inseguirono, correndo insieme ai cani latranti, ma dovettero aggirare la siepe, poi il muro, poi in quel punto del torrente non c'erano ponti, e per trovare un guado persero tempo ed i monelli erano lontani che correvano.

Correvano come cristiani, con i piedi per terra. Sui rami c'era rimasto solo mio fratello. – Dov'è finito quel saltimpalo con le ghette? – si chiedevano loro, non vedendoselo più davanti. Alzarono lo sguardo: era là che rampava per gli olivi. – Ehi, tu, cala dabbasso, ormai non ci pigliano! – Lui non calò, saltò tra fronda e fronda, da un olivo passò a un altro, sparì alla vista tra le fitte foglie argentee.

Il branco dei piccoli vagabondi, con i sacchi per cappuccio e in mano canne, ora assaltava certi ciliegi in fondo valle. Lavoravano con metodo, spogliando ramo dopo ramo, quando, in cima alla pianta più alta, appollaiato con le gambe intrecciate, spiccando con due dita i picciòli delle ciliege e mettendole nel tricorno posato sulle ginocchia, chi videro? Il ragazzo con le ghette! – Ehi, di dove arrivi? – gli chiesero, arroganti. Ma c'erano restati male perché pareva proprio che fosse venuto lì volando.

Mio fratello ora prendeva a una a una le ciliege dal tricorno e le portava alla bocca come fossero canditi. Poi soffiava via i nòccioli con uno sbuffo delle labbra, attento che non gli macchiassero il panciotto.

– Questo mangiagelati, – disse uno, – cosa avanza da noi? Perché ci viene tra i piedi? Perché non si mangia quelle del suo giardino, di ciliege? – Ma erano un po' intimiditi, perché avevano capito che sugli alberi era più in gamba lui di tutti loro.

– Tra questi mangiagelati, – disse un altro, – ogni tanto ne nasce per sbaglio uno più in gamba: vedi la Sinforosa...

A questo nome misterioso, Cosimo tese l'orecchio e, non sapeva nemmeno lui perché, arrossì.

– La Sinforosa ci ha tradito! – disse un altro.

– Ma era in gamba, per essere una mangiagelati pure lei, e se ci fosse stata ancora lei a suonare il corno stamane non ci avrebbero preso.

– Può stare con noi anche un mangiagelati, si capisce, se vuole essere dei nostri!

(Cosimo capì che *mangiagelati* voleva dire abitante delle ville, o nobile, o comunque persona altolocata.)

– Senti tu, – gli disse uno, – patti chiari: se vuoi essere con noi, le battute le fai con noi e ci insegni tutti i passi che sai.

– E ci lasci entrare nel frutteto di tuo padre! – disse un altro. – A me una volta mi ci hanno sparato col sale!

Cosimo li stava a sentire, ma come assorto in un suo pensiero. Poi fece: – Ma ditemi, chi è la Sinforosa?

Allora tutti quegli straccioncelli tra le fronde scoppiarono a ridere, a ridere, tanto che qualcuno per poco non ca-

deva dal ciliegio, e qualcuno si buttava indietro tenendosi con le gambe al ramo, e qualcuno si lasciava penzolare
appeso per le mani, sempre sghignazzando e urlando.

Con quel chiasso, si capisce, riebbero gli inseguitori alle
calcagna. Anzi doveva esser proprio lì, la squadra di quelli
coi cani, perché si levò un alto abbaio e rieccoli lì tutti con
le forche. Solo che questa volta, fatti esperti dallo scacco
subito, per prima cosa occuparono gli alberi intorno salen-
doci con scale a pioli, e di là coi tridenti e i rastrelli li circondavano. A terra, i cani, in quel diramare di uomini su
per le piante, non capirono subito da che parte aizzarsi e
restarono un po' sparpagliati ad abbaiare a muso all'aria.
Così i ladruncoli poterono buttarsi svelti a terra, correre
via ognuno da una parte, in mezzo ai cani disorientati, e
se qualcuno di loro prese un morso in un polpaccio o una
bastonata o una pietrata, i più sgombrarono sani il campo.

Sull'albero restò Cosimo. – Scendi! – gli gridavano gli altri salvandosi. – Che fai? Dormi? Salta a terra finché la via
è sgombra! – Ma lui, stretto coi ginocchi al ramo, sguainò
lo spadino. Dagli alberi vicini, gli agricoltori sporgevano
le forche legate in cima a bastoni per arrivarlo, e Cosimo,
mulinando lo spadino, le teneva lontane, finché non glie
ne puntarono una in pieno petto inchiodandolo al tronco.

– Ferma! – gridò una voce. – È il Baroncino di Piovasco!
Cosa fa, signorino, costassù? Come mai s'è mischiato con
quella marmaglia?

Cosimo riconobbe Giuà della Vasca, un manente di nostro padre.

Le forche si ritirarono. Molti della squadra si tolsero il
cappello. Anche mio fratello sollevò con due dita il tricorno dal capo e s'inchinò.

– Ehi, voi di giù, legate i cani! – gridarono quelli. – Fate-
lo scendere! Può scendere, signorino, ma stia attento che
l'albero è alto! Aspetti, le mettiamo una scala! Poi la riac-
compagno a casa io!

– No, grazie, grazie – disse mio fratello. – Non v'incomodate, so la mia strada, so la mia strada da me!

Sparì dietro il tronco e riapparve su un altro ramo, girò ancora dietro il tronco e riapparve un ramo più su, risparì dietro il tronco ancora e se ne videro solamente i piedi su un ramo più alto, perché sopra c'erano fitte fronde, e i piedi saltarono, e non si vide più niente.

– Dov'è andato? – si dicevano gli uomini, e non sapevano dove guardare, su o giù.

– Eccolo! – Era in cima a un altro albero, distante, e risparì.

– Eccolo! – Era in cima a un altro ancora, ondeggiava come portato dal vento, e fece un salto.

– È caduto! No! È là! – Se ne vedeva, sopra lo svettare del verde, solo il tricorno ed il codino.

– Ma che padrone ci hai? – chiesero quelli a Giuà della Vasca. – È uomo o animale selvatico? O è il diavolo in persona?

Giuà della Vasca era restato senza parola. Si segnò.

S'udì il canto di Cosimo, una specie di grido solfeggiato.

– O la Sin-fo-ro-saaa...!

V

La Sinforosa: a poco a poco, dai discorsi dei ladruncoli Cosimo apprese molte cose sul conto di questo personaggio. Con quel nome essi chiamavano una ragazzina delle ville, che girava su di un cavallino nano bianco, ed era entrata in amicizia con loro straccioni, e per un certo tempo li aveva protetti e anche, prepotente com'era, comandati. Correva sul cavallino bianco le strade e i sentieri, e quando vedeva frutta matura in frutteti incustoditi, li avvertiva, e accompagnava i loro assalti da cavallo come un ufficiale. Portava appeso al collo un corno da caccia; mentre loro saccheggiavano mandorli o peri, incrociava sul cavallino su e giù per le costiere, donde si dominava la campagna, e appena vedeva movimenti sospetti di padroni o contadini che potevano scoprire i ladri e piombar loro addosso, dava fiato al corno. A quel suono, i monelli saltavano dagli alberi e correvano via; così non erano stati mai sorpresi, finché la bambina era rimasta con loro.

Cosa fosse successo poi, era più difficile da capire: quel «tradimento» che Sinforosa aveva commesso ai loro danni un po' pareva fosse l'averli attirati nella sua villa a mangiar frutta e poi fatti bastonare dai servi; un po' pareva fosse l'aver prediletto uno di loro, un certo Bel-Loré, che per questo veniva ancora canzonato, e nello stesso tempo un altro, un certo Ugasso, e averli messi l'uno contro l'altro; e che appunto quella bastonatura dei servi non fosse stata in occasione d'un furto di frutta ma d'una spedizione dei due beniamini gelosi, che si erano finalmente alleati contro di lei; oppure si parlava anche di certe torte che lei aveva promesso a loro ripetute volte e finalmente dato, ma condite d'olio di ricino, per cui erano stati a torcersi la pancia per una settimana. Qualche episodio di questi o sul tipo di questi oppure tutti questi episodi insieme, avevano fatto sì che tra Sinforosa e la banda ci fosse stata una rottura, ed essi ora parlavano di lei con rancore ma insieme con rimpianto.

Cosimo ascoltava queste cose tutt'orecchi, assentendo come se ogni particolare si ricomponesse in un'immagine a lui nota, e alla fine si decise a chiedere: – Ma in che villa sta, questa Sinforosa?

– Ma come, vuoi dire che non la conosci? Se siete vicini! La Sinforosa della villa d'Ondariva!

Cosimo non aveva certo bisogno di quella conferma per esser sicuro che l'amica dei vagabondi era Viola, la bambina dell'altalena. Era – io credo – proprio perché lei gli aveva detto di conoscere tutti i ladri di frutta dei dintorni, che lui s'era messo subito in cerca della banda. Pure, da quel momento, la smania che lo muoveva, se pur sempre indeterminata, si fece più acuta. Avrebbe voluto ora guidare la banda a saccheggiare le piante della villa d'Ondariva, ora mettersi al servizio di lei contro di loro, magari prima incitandoli ad andare a darle noia per poi poterla difendere, ora far bravure che indirettamente le giungessero all'orecchio; e in mezzo a questi propositi seguiva sempre più straccamente la banda e quando loro scendevano dagli alberi lui restava solo e un velo di malinconia passava sul suo viso, come le nuvole passano sul sole.

Poi scattava d'improvviso e svelto come un gatto s'arrampicava per i rami e trascorreva su frutteti e giardini, cantarellando tra i denti chissacché, un cantarellare nervoso, quasi muto, gli occhi fissi in avanti che pareva non vedessero niente e lui si tenesse in equilibrio per istinto proprio come i gatti.

Così invasato lo vedemmo diverse volte passare sui rami del nostro giardino. – È là! È là! – scoppiavamo a gridare, perché ancora, qualunque cosa cercassimo di fare, era sempre lui il nostro pensiero, e contavamo le ore, i giorni che lui era sugli alberi, e nostro padre diceva: – È matto! È indemoniato! – e se la pigliava con l'Abate Fauchelafleur: – Non c'è che esorcizzarlo! Che aspettate, voi, dico a voi, *l'abbé*, cosa state lì con le mani in mano! Ha il demonio in corpo, mio figlio, capite, *sacré nom de Dieu!*

L'Abate pareva riscuotersi tutt'a un tratto, la parola «demonio» pareva risvegliargli in mente una precisa concatenazione di pensieri, e iniziava un discorso teologico molto complicato su come andasse rettamente intesa la presenza del demonio, e non si capiva se volesse contraddire mio padre o parlare così in generale: insomma, non si pronunciava sul fatto se una relazione tra il demonio e mio fratello fosse da reputarsi possibile o da escludersi a priori.

Il Barone si spazientiva, l'Abate perdeva il filo, io m'ero già annoiato. In nostra madre, invece, lo stato d'ansietà materna, da sentimento fluido che sovrasta tutto, s'era consolidato, come in lei dopo un po' tendeva a fare ogni sentimento, in decisioni pratiche e ricerche di strumenti adatti, come devono risolversi appunto le preoccupazioni d'un generale. Aveva scovato un cannocchiale da campagna, lungo, col treppiede; ci applicava l'occhio, e così passava le ore sulla terrazza della villa, regolando continuamente le lenti per tenere a fuoco il ragazzo in mezzo al fogliame, anche quando noi avremmo giurato che era fuori raggio.

– Lo vedi ancora? – le chiedeva dal giardino nostro padre, che andava avanti e indietro sotto gli alberi e non riusciva a scorgere mai Cosimo, se non quando l'aveva proprio sulla testa. La Generalessa faceva cenno di sì e insieme di star zitti, che non la disturbassimo, come seguisse movimenti di truppe su una altura. Era chiaro che a volte non lo vedeva per nulla, ma s'era fatta l'idea, chissà perché, che dovesse rispuntare in quel dato posto e non altrove, e ci teneva puntato il cannocchiale. Ogni tanto tra sé e sé doveva pur ammettere d'essersi sbagliata, e allora staccava l'occhio dalla lente e si metteva a esaminare una mappa catastale che teneva aperta sulle ginocchia, con una mano ferma sulla bocca in atteggiamento pensoso e l'altra che seguiva i geroglifici della carta finché non stabiliva il punto in cui suo figlio doveva esser giunto, e, calcolata l'angolazione, puntava il cannocchiale su una qualsiasi cima d'albero in quel mare di foglie, metteva lentamente a fuoco le lenti, e da come le appariva sulle labbra un trepido sorriso capivamo che l'aveva visto, che lui era lì davvero!

Allora, ella poneva mano a certe bandierine colorate che aveva accanto allo sgabello, e ne sventolava una e poi l'altra con movimenti decisi, ritmati, come messaggi in un linguaggio convenzionale. (Io ne provai un certo dispetto, perché non sapevo che nostra madre possedesse quelle bandierine e le sapesse maneggiare, e certo sarebbe stato bello se ci avesse insegnato a giocare con lei alle bandierine, soprattutto prima, quand'eravamo tutti e due più piccoli; ma nostra madre non faceva mai nulla per gioco, e adesso non c'era più da sperare.)

Devo dire che con tutta la sua attrezzatura da battaglia, rimaneva pur sempre madre lo stesso, col cuore stretto in gola, e il fazzoletto appallottolato in mano, però si sarebbe detto che fare la generalessa la riposasse, o che vivere quest'apprensione in veste da generalessa anziché di semplice madre le impedisse d'esserne straziata, proprio perché era una donnina delicata, che per unica difesa aveva quello stile militare ereditato dai Von Kurtewitz.

Era lì che agitava una di quelle sue banderuole guardando nel cannocchiale, ed ecco che s'illumina tutta in viso e ride. Capimmo che Cosimo le aveva risposto. Come non so, forse sventolando il cappello, o facendo svettare un ramo. Certo che da allora nostra madre cambiò, non ebbe più l'apprensione di prima, e se pure il suo destino di madre fu così diverso da quello d'ogni altra, con un figlio così strano e perduto alla consueta vita degli affetti, lei questa stranezza di Cosimo finì per accettarla prima di tutti noi, come fosse paga, ora, di quei saluti che di là in poi ogni tanto imprevedibilmente le mandava, di quei silenziosi messaggi che si scambiavano.

Il curioso fu che nostra madre non si fece alcuna illusione che Cosimo, avendole mandato un saluto, si disponesse a metter fine alla sua fuga e a tornare tra noi. In questo stato d'animo invece viveva perpetuamente nostro padre e ogni pur minima novità che riguardasse Cosimo lo faceva almanaccare: – Ah sì? Avete visto? Tornerà? – Ma nostra madre, la più lontana da lui, forse, pareva la sola che riuscisse ad accettarlo com'era, forse perché non tentava di darsene una spiegazione.

Ma torniamo a quel giorno. Dietro a nostra madre fece capolino un momento pure Battista, che non s'affacciava quasi mai, e con aria soave protendeva un piatto con certa pappa e alzava un cucchiaino: – Cosimo... Vuoi? – Si prese uno schiaffo da suo padre e tornò in casa. Chissà quale mostruosa poltiglia aveva preparato. Nostro fratello era scomparso.

Io smaniavo di seguirlo, soprattutto adesso che lo sapevo partecipe alle imprese di quella banda di piccoli pezzenti, e mi pareva che m'avesse aperto le porte d'un regno nuovo, da guardare non più con paurosa diffidenza ma con solidale entusiasmo. Facevo la spola tra la terrazza e un abbaino alto da dove potevo spaziare sulle chiome degli alberi, e di là, più con l'udito che con la vista, seguivo gli scoppi di gazzarra della banda per gli orti, vedevo le cime dei ciliegi agitarsi, ogni tanto affiorarne una mano che tastava e strappava, una testa spettinata o incappucciata in un sacco, e tra le voci sentivo anche quella di Cosimo e mi chiedevo: «Ma come fa a essere laggiù? Ora è poco era qui nel parco! Va già più svelto d'uno scoiattolo?»

Erano sui rossi susini sopra la Vasca Grande, ricordo, quando si sentì il corno. Anch'io lo udii, ma non ci feci caso, non sapendo cos'era. Ma loro! Mio fratello mi raccontò che restarono ammutoliti, e nella sorpresa di risentire il corno pareva non si ricordassero che era un segno d'allarme, ma si domandavano soltanto se avevano sentito bene, se era di nuovo Sinforosa che girava per le strade col cavallino nano per avvertirli dei pericoli. A un tratto si scatenarono via dal frutteto ma non fuggivano per fuggire, fuggivano per cercare lei, per raggiungerla.

Solo Cosimo restò lì, il viso rosso come una fiamma. Ma appena ebbe visto correre i monelli e capito che andavano da lei, prese a spiccar salti sui rami rischiando di rompersi il collo ad ogni passo.

Viola era a una curva d'una strada in salita, ferma, una mano con le briglie posata sulla criniera del cavallino, l'altra che brandiva il frustino. Guardava di sotto in su questi ragazzi e si portava la punta del frustino alla bocca, mordicchiandolo. Il vestito era azzurro, il corno era dorato, appeso con una catenina al collo. I ragazzi s'erano fermati tutti insieme e anche loro mordicchiavano, susine o dita, o cicatrici che avevano sulle mani o sulle braccia, o lembi dei sacchi. E pian piano, dalle loro bocche mordicchianti, quasi costretti per vincere un disagio, non spinti da un vero sentimento, se mai desiderosi d'essere contraddetti, principiarono a dire frasi quasi senza voce, che suonavano in cadenza come se cercassero di cantare: – Cosa sei... venuta a fare... Sinforosa... ora ritorni... non sei più... nostra compagna... ah, ah, ah... ah, vigliacca...

Uno sfrascar sui rami ed ecco, da un alto fico affaccia il capo Cosimo, tra foglia e foglia, ansando. Lei, di sotto in su, con quel frustino in bocca, guardava lui e loro appiattiti tutti nello stesso sguardo. Cosimo non resse: ancora con la lingua fuori sbottò: – Sai che non sono mai sceso dagli alberi da allora?

Le imprese che si basano su di una tenacia interiore devono essere mute e oscure; per poco uno le dichiari o se ne glori, tutto appare fatuo, senza senso o addirittura meschino. Così mio fratello appena pronunciate quelle parole non avrebbe mai voluto averle dette, e non gli importava più niente di niente, e gli venne addirittura voglia di scendere e farla finita. Tanto più quando Viola si tolse lentamente il frustino di bocca e disse, con un tono gentile:

– Ah sì?... Bravo merlo!

Dalle bocche di quei pidocchiosi cominciò a muggire una risata, prima ancora che si aprissero e scoppiassero in ululati a crepapancia, e Cosimo lassù sul fico ebbe un tale soprassalto di rabbia che il fico essendo di legno traditore non resse, un ramo si spaccò sotto i suoi piedi. Cosimo precipitò come una pietra.

Cadde a braccia aperte, non si tenne. Fu quella l'unica volta, a dire il vero, durante il suo soggiorno sugli alberi di questa terra, che non ebbe la volontà e l'istinto di tenersi aggrappato. Senonché, un lembo di coda della marsina gli s'impigliò a un ramo basso: Cosimo a quattro spanne da terra si ritrovò appeso per aria con la testa in giù.

Il sangue alla testa gli pareva spinto dalla stessa forza del rossore di vergogna. E il suo primo pensiero sbarrando gli occhi all'incontrario e vedendo capovolti i ragazzi ululanti, ora presi da una generale furia di capriole in cui ricomparivano a uno a uno tutti per il verso giusto come aggrappati a una terra ribaltata sull'abisso, e la bambina bionda volante sul cavallino impennato, il suo pensiero fu soltanto che quella era stata la prima volta che lui aveva parlato del suo stare sugli alberi e sarebbe stata anche l'ultima.

Con un guizzo dei suoi s'attaccò al ramo e si riportò a cavalcioni. Viola, ricondotto il cavallino alla calma, ora pareva non aver badato a nulla di ciò che era successo. Cosimo dimenticò all'istante il suo smarrimento. La bambina portò il corno alle labbra e levò la cupa nota dell'allarme. A quel suono i monelli (cui – commentò più tardi Cosimo – la presenza di Viola metteva in corpo un'eccitazione stranita come di lepri al chiar di luna) si lasciarono andare alla fuga. Si lasciarono andare così, come a un istinto, pur sapendo che lei aveva fatto per gioco, e facendo anche loro per gioco, e correvano giù per la discesa imitando il suono del corno, dietro a lei che galoppava sul cavallino dalle gambe corte.

E andavano così alla cieca giù a rotta di collo, che ogni tanto non se la trovavano più davanti. Aveva scartato, era corsa fuori strada, seminandoli lì. Per dove andare? Galoppava giù per gli oliveti che scendevano a valle in uno smussato digradar di prati, e cercava l'olivo sul quale in quel momento stava arrancando Cosimo, e gli faceva un giro intorno al galoppo, e rifuggiva via. Poi di nuovo eccola al piede d'un altro olivo, mentre tra le fronde s'appigliava mio fratello. E così, seguendo linee contorte come i rami degli olivi, scendevano insieme per la valle.

I ladruncoli, quando se n'accorsero, e videro la tresca di quei due di ramo in sella, tutti insieme principiarono a fischiare, un fischio maligno di dileggio. E levando alto questo fischio, s'allontanavano giù verso Porta Capperi.

La bambina e mio fratello restarono soli a rincorrersi nell'oliveto, ma con delusione Cosimo notò che, sparita la marmaglia, l'allegria di Viola a quel gioco tendeva a sbiadire, come già stesse per cedere alla noia. E gli venne il sospetto che lei facesse tutto solo per far arrabbiare quegli altri, ma insieme anche la speranza che adesso fa-

cesse apposta per fare arrabbiare lui: quel che è certo è che
aveva sempre bisogno di far arrabbiare qualcuno per farsi più preziosa. (Tutti sentimenti appena percepiti, questi,
da Cosimo ragazzo: in realtà rampava per quelle ruvide
cortecce senza capir nulla, come un allocco, immagino.)

Al giro d'un dosso ecco si leva una minuta violenta sas-
saiola di ghiaino. La bambina protegge il capo dietro il
collo del cavallino e scappa; mio fratello, su un gomito di
ramo ben in vista, rimane sotto il tiro. Ma i sassolini arri-
vano lassù troppo obliqui per far male, tranne qualcuno in
fronte o nelle orecchie. Fischiano e ridono, quegli scatenati,
gridano: – Sin-fo-ro-sa è una schi-fosa... – e scappano via.

Ora i monelli sono arrivati a Porta Capperi, guarnita di
cascate verdi di capperi giù per le mura. Dalle catapecchie
intorno viene un gridìo di madri. Ma questi sono bambini
che la sera le madri non gridano per farli tornare, ma gridano perché sono tornati, perché vengono a cena a casa,
invece d'andare a cercarsi da mangiare altrove. Attorno a
Porta Capperi, in casupole e baracche d'assi, carrozzoni
zoppicanti, tende, era assiepata la gente più povera d'Ombrosa, così povera da essere tenuta fuori dalle porte della
città e lontana dalle campagne, gente sciamata via da terre
e paesi lontani, cacciata dalla carestia e dalla miseria che
s'espandeva in ogni Stato. Era il tramonto, e donne spet-
tinate con bimbi al seno sventolavano fornelli fumosi, e
mendicanti si stendevano al fresco sbendando le piaghe,
altri giocando ai dadi con rotti urli. I compagni della banda della frutta ora si mischiavano a quel fumo di frittu-
ra e a quegli alterchi, prendevano manrovesci dalle madri, s'azzuffavano tra loro rotolando nella polvere. E già
i loro stracci avevano preso il colore di tutti gli altri stracci, e la loro allegria da uccelli invischiata in quell'aggru-
marsi umano si sfaceva in una densa insulsaggine. Tanto che, all'apparizione della bambina bionda al galoppo
e di Cosimo sugli alberi intorno, alzarono appena gli oc-

chi intimiditi, si ritirarono in là, cercarono di perdersi tra il polverone e il fumo dei fornelli, come se tra loro si fosse d'improvviso alzato un muro.

Tutto questo per loro due fu un momento, un girare d'occhi. Ora Viola s'era lasciata alle spalle il fumo delle baracche che si mischiava con l'ombra della sera e gli strilli delle donne e dei bambini, e correva tra i pini della spiaggia.

Là c'era il mare. Si sentiva rotolare nei sassi. Era scuro. Un rotolio più sferragliante: era il cavallino che correva sprizzando scintille contro i ciottoli. Da un basso pino contorto, mio fratello guardava l'ombra chiara della bambina bionda attraversare la spiaggia. Un'onda appena crestata si levò dal mare nero, s'innalzò rimboccandosi, ecco veniva avanti tutta bianca, si rompeva e l'ombra del cavallo con la ragazzina l'aveva sfiorata a gran carriera e sul pino a Cosimo uno spruzzo bianco d'acqua salata bagnò il viso.

VI

Quelle prime giornate di Cosimo sugli alberi non avevano scopi o programmi ma erano dominate soltanto dal desiderio di conoscere e possedere quel suo regno. Avrebbe voluto subito esplorarlo fino agli estremi confini, studiare tutte le possibilità che esso gli offriva, scoprirlo pianta per pianta e ramo per ramo. Dico: avrebbe voluto, ma di fatto ce lo vedevamo di continuo ricapitare sulle nostre teste, con quell'aria indaffarata e rapidissima degli animali selvatici, che magari li si vedono anche fermi acquattati, ma sempre come se fossero sul punto di balzare via.

Perché tornava nel nostro parco? A vederlo volteggiare da un platano a un leccio nel raggio del cannocchiale di nostra madre si sarebbe detto che la forza che lo spingeva, la sua passione dominante era pur sempre quella polemica con noi, il farci stare in pena o in rabbia. (Dico noi perché di me non ero ancora riuscito a capire cosa pensasse: quando aveva bisogno di qualcosa pareva che l'alleanza con me non potesse mai esser messa in dubbio; altre volte mi passava sulla testa come nemmeno mi vedesse.)

Invece qui era soltanto di passaggio. Era il muro della magnolia che l'attirava, era là che lo vedevamo scomparire a tutte le ore, anche quando la ragazzina bionda non era certo ancora alzata o quando già lo stuolo di governanti o zie doveva averla fatta ritirare. Nel giardino dei D'Ondariva i rami si protendevano come proboscidi di straordinari animali, e dal suolo s'aprivano stelle di foglie seghettate dalla verde pelle di rettile, e ondeggiavano gialli e lievi bambù con rumore di carta. Dall'albero più alto Cosimo nella smania di godere fino in fondo quel diverso verde e la diversa luce che ne traspariva e il diverso silenzio, si lasciava andare a testa in giù e il giardino capovolto diventava foresta, una foresta non della terra, un mondo nuovo.

Allora appariva Viola. Cosimo la vedeva all'improvviso già sull'altalena che si dava lo slancio, oppure sulla sella del cavallo nano, o sentiva levarsi dal fondo del giardino la cupa nota del corno da caccia.

I Marchesi d'Ondariva delle scorribande della bambina non s'erano mai dati pensiero. Finché lei andava a piedi, aveva tutte le zie dietro; appena montava in sella era libera come l'aria, perché le zie non andavano a cavallo e non potevano vedere dove andava. E poi la sua confidenza con quei vagabondi era un'idea troppo inconcepibile per poter sfiorare le loro teste. Ma di quel Baroncino che s'introfolava su per i rami, se n'erano subito accorte, e stavano all'erta, pur con una certa aria di superiore disdegno.

Nostro padre, invece, dell'amarezza per la disubbidienza di Cosimo, ne faceva tutt'uno con la sua avversione per i D'Ondariva, quasi volesse dar la colpa a loro, come se fossero loro che attiravano suo figlio nel loro giardino, e l'ospitavano, e lo incoraggiavano in quel gioco ribelle. Tutt'a un tratto, prese la decisione di fare una battuta per catturare Cosimo, e non nei nostri poderi, ma proprio mentre si trovava nel giardino dei D'Ondariva. Quasi a sottolineare quest'intenzione aggressiva verso i nostri vicini, non volle essere lui a guidare la battuta, a presentarsi di persona ai D'Ondariva chiedendo che gli restituissero suo figlio – il che, per quanto ingiustificato, sarebbe stato un rapporto su di un piano dignitoso, tra nobiluomini –, ma ci mandò una truppa di servitori agli ordini del Cavalier Avvocato Enea Silvio Carrega.

Vennero questi servitori armati di scale e corde ai cancelli dei D'Ondariva. Il Cavalier Avvocato, in zimarra e fez, farfugliò se li lasciavano entrare e tante scuse. Lì per lì i famigli dei D'Ondariva credettero che fossero venuti per certe potature di piante nostre che sporgevano nel loro; poi, alle mezze parole che diceva il Cavaliere: – Acchiappiam... acchiappiam... – guardando tra i rami a naso in su e facendo piccole corse tutte sghembe, domandarono: – Ma cos'è che v'è scappato: un pappagallo?

– Il figlio, il primogenito, il rampollo, – disse il Cavalier Avvocato in fretta in fretta, e fatta appoggiare una scala a un castagno d'India, prese a salirci lui stesso. Tra i rami si vedeva seduto Cosimo che dondolava le gambe come niente fosse. Viola, come niente fosse anche lei, se ne andava pei vialetti a giocare col cerchio. I servitori porgevano al Cavalier Avvocato delle corde che chissà mai come manovrate dovevano servire a catturare mio fratello. Ma Cosimo, prima che il Cavaliere fosse giunto a metà scala, era già in cima a un'altra pianta. Il Cavaliere fece spostare la scala, e così quattro o cinque volte, e ogni volta rovinava un'aiuola, e Cosimo in due salti passava sull'albero vicino. Viola si vide tutt'a un tratto circondata da zie e da vice zie, condotta in casa e chiusa dentro perché non assistesse a quel trambusto. Cosimo spezzò un ramo e brandendolo con due mani diede una bastonata fischiante nel vuoto.

– Ma non potete andare nel vostro spazioso parco a continuare questa caccia, cari signori? – disse il Marchese d'Ondariva apparendo solennemente sulla gradinata della villa, in vestaglia e papalina, il che lo rendeva stranamente simile al Cavalier Avvocato. – Dico a voi, famiglia tutta Piovasco di Rondò! – e fece un largo gesto circolare che abbracciava il baroncino sull'albero, lo zio naturale, i servitori e, di là dal muro, tutto quel che v'era di nostro sotto il sole.

A quel punto Enea Silvio Carrega cambiò tono. Trotterellò vicino al Marchese e come niente fosse, farfugliando, prese a parlargli dei giochi d'acqua della vasca lì davanti e di come gli era venuta l'idea di uno zampillo ben più alto e d'effetto, che poteva anche servire, cambiando una rosetta, ad annaffiare i prati. Questa era una nuova prova di quanto imprevedibile e infida fosse l'indole del nostro zio naturale: era stato mandato lì dal Barone con un preciso incarico, e con un'intenzione di ferma polemica nei riguardi dei vicini; che c'entrava di mettersi a ciarlare amichevolmente col Marchese come volesse ingraziarselo? Tanto più che queste qualità di conversatore il Cavalier Avvocato le dimostrava soltanto quando gli tornava comodo e proprio le volte che si faceva affidamento sul suo carattere ritroso. E il bello fu che il Marchese gli diede retta e gli fece domande e lo portò con sé a esaminare tutte le vasche e gli zampilli, vestiti uguale, entrambi con quelle palandrane lunghe lunghe, alti pressapoco uguale che si poteva scambiarli, e dietro la gran truppa dei famigli nostri e loro, alcuni con scale sulle spalle, che non sapevano più cosa fare.

Intanto Cosimo saltava indisturbato sugli alberi vicini alle finestre della villa, cercando di scoprire oltre le tendine la stanza dove avevano chiuso Viola. La scoperse, finalmente, e gettò una bacca contro l'impannata.

S'aperse la finestra, apparve il viso della ragazzina bionda e disse:

– Per colpa tua sono qui reclusa, – rinchiuse, tirò la tenda.

Cosimo fu a un tratto disperato.

Quando mio fratello era preso dalle sue furie, c'era davvero di che stare in ansia. Lo vedevamo correre (se la parola correre ha senso tolta dalla superficie terrestre e riferita a un mondo di sostegni irregolari a diverse altezze, con in mezzo il vuoto) e da un momento all'altro pareva che dovesse mancargli il piede e cadere, cosa che mai avvenne. Saltava, muoveva passi rapidissimi su di un ramo obliquo, s'appendeva e sollevava di scatto a un ramo superiore, e in quattro o cinque di questi precari zig-zag era sparito.

Dove andava? Quella volta corse e corse, dai lecci agli olivi ai faggi, e fu nel bosco. Si fermò ansante. Sotto di lui si distendeva un prato. Il vento basso vi muoveva un'onda, per i ciuffi fitti dell'erba, in un cangiare sfumature di verde. Volavano impalpabili piume dalle sfere di quei fiori detti soffioni. In mezzo c'era un pino isolato, irraggiungibile, con pigne oblunghe. I rampichini, rapidissimi uccelli color marrone picchiettato, si posavano sulle fronde fitte d'aghi, in punta, in posizioni sghembe, alcuni capovolti con la coda in su e il becco in basso, e beccavano bruchi e pinoli.

Quel bisogno d'entrare in un elemento difficilmente possedibile che aveva spinto mio fratello a far sue le vie degli alberi, ora gli lavorava ancora dentro, malsoddisfatto, e gli comunicava la smania d'una penetrazione più minuta, d'un rapporto che lo legasse a ogni foglia e scaglia e piuma e frullo. Era quell'amore che ha l'uomo cacciatore per ciò che è vivo e non sa esprimerlo altro che puntandoci il fucile; Cosimo ancora non lo sapeva riconoscere e cercava di sfogarlo accanendosi nella sua esplorazione.

Il bosco era fitto, impraticabile. Cosimo doveva aprirsi la strada a colpi di spadino, e a poco a poco dimenticava ogni sua smania, tutto preso dai problemi cui via via si trovava di fronte e da una paura (che non voleva riconoscere ma c'era) di star troppo allontanandosi dai luoghi familiari. Così facendosi largo nel folto, giunse nel punto dove vide due occhi che lo fissavano, gialli, tra le foglie, dritto davanti a sé. Cosimo mise avanti lo spadino, scostò un ramo, lo lasciò ritornare piano al suo posto. Trasse un sospiro di sollievo, rise del timore provato; aveva visto di chi erano quegli occhi gialli, erano d'un gatto.

L'immagine del gatto, appena vista scostando il ramo, restava nitida nella sua mente, e dopo un momento Cosimo era di nuovo tremante di paura. Perché quel gatto, in tutto uguale a un gatto, era un gatto terribile, spaventoso, da mettersi a gridare al solo vederlo. Non si può dire cosa avesse di tanto spaventoso: era una specie di soriano, più grosso di tutti i soriani, ma questo non voleva dire niente, era terribile nei baffi dritti come aculei d'istrice, nel soffio che si sentiva quasi più con la vista che con l'udito uscire di tra una doppia fila di denti affilati come uncini; negli orecchi che erano qualcosa di più che aguzzi, erano due fiamme di tensione, guernite d'una falsamente tenue peluria; nel pelo, tutto ritto, che gonfiava attorno al collo rattratto un collare biondo, e di lì si dipartivano le strie che fremevano sui fianchi come carezzandosi da sé; nella coda ferma in una posa così innaturale da parere insostenibile: a tutto questo che Cosimo aveva visto in un secondo dietro il ramo subito lasciato tornare al proprio posto s'aggiungeva quello che non aveva fatto in tempo a vedere ma s'immaginava: il ciuffo esagerato di pelo che attorno alle zampe mascherava la forza lancinante degli unghielli, pronti a scagliarsi contro di lui; e quello che vedeva ancora: le iridi gialle che lo fissavano tra le foglie ruotando intorno alla pupilla nera; e quello che sentiva: il bofonchio sempre più cupo e intenso; tutto questo gli fece capire di trovarsi davanti al più feroce gatto selvatico del bosco.

Tacevano tutti i cinguettii ed i frulli. Saltò, il gatto selvatico, ma non contro il ragazzo, un salto quasi verticale che stupì Cosimo più che spaventarlo. Lo spavento venne dopo, vedendosi il felino su un ramo proprio sopra la sua testa. Era là, rattratto, ne vedeva la pancia dal lungo pelo quasi bianco, le zampe tese con le unghie nel legno, mentre inarcava il dorso e faceva: fff... e si preparava certo a piombare su di lui. Cosimo, con un perfetto movimento

neppure ragionato, passò su di un ramo più basso. Fff...
fff... fece il gatto selvatico, e ad ognuno dei fff... faceva un
salto, uno in là uno in qua, e si ritrovò sul ramo sopra Cosimo. Mio fratello ripeté la sua mossa, ma venne a trovarsi a cavalcioni del ramo più basso di quel faggio. Sotto,
il salto fino a terra era di una certa altezza, ma non tanto
che non fosse preferibile saltar giù piuttosto che aspettare
cosa avrebbe fatto la bestia, appena avesse finito d'emet-
tere quello straziante suono tra il soffio e il gnaulìo.

Cosimo sollevò una gamba, quasi fosse per saltar giù,
ma come in lui si scontrassero due istinti – quello naturale di porsi in salvo e quello dell'ostinazione di non scendere a costo della vita – strinse nello stesso tempo le co-
sce e le ginocchia al ramo; al gatto parve che fosse quello
il momento di buttarsi, mentre il ragazzo era lì oscillan-
te; gli volò addosso in un arruffio di pelo, unghie irte e
soffio; Cosimo non seppe far di meglio che chiudere gli
occhi e avanzare lo spadino, una mossa da scemo, che il
gatto facilmente evitò e gli fu sulla testa, sicuro di por-
tarlo giù con sé sotto le unghie. Un'artigliata prese Cosimo sulla guancia, ma invece di cadere, serrato com'era al
ramo coi ginocchi, s'allungò riverso lungo il ramo. Tutto il contrario di quel che s'aspettava il gatto, il quale si
trovò sbalestrato di fianco, a cader lui. Volle trattenersi,
piantare gli unghielli nel ramo, ed in quel guizzo girò su
se stesso nell'aria; un secondo, quanto bastò a Cosimo, in
un improvviso slancio di vittoria, per avventargli contro
un a-fondo nella pancia e infilarlo gnaulante allo spadino.

Era salvo, lordo di sangue, con la bestia selvatica stec-
chita sullo spadino come su uno spiedo, e una guancia
strappata da sotto l'occhio al mento da una triplice un-
ghiata. Urlava di dolore e di vittoria e non capiva niente
e si teneva stretto al ramo, alla spada, al cadavere di gatto, nel momento disperato di chi ha vinto la prima volta
ed ora sa che strazio è vincere, e sa che è ormai impegna-

to a continuare la via che ha scelto e non gli sarà dato lo scampo di chi fallisce.

Così lo vidi arrivare per le piante, tutto insanguinato fin sul panciotto, il codino disfatto sotto il tricorno sformato, e reggeva per la coda quel gatto selvatico morto che adesso pareva un gatto e basta.

Corsi dalla Generalessa sul terrazzo. – Signora madre, – gridai, – è ferito!

– *Was?* Ferito come? – e già puntava il cannocchiale.

– Ferito che sembra un ferito! – dissi io, e la Generalessa parve trovare pertinente la mia definizione, perché tenendogli dietro col cannocchiale mentre saltava più svelto che mai, disse: – *Das stimmt*.

Subito si diede da fare a preparare garza e cerotti e balsami come dovesse rifornire l'ambulanza d'un battaglione, e diede tutto a me, che glielo portassi, senza che nemmeno la sfiorasse la speranza che lui, dovendosi far medicare, si decidesse a ritornare a casa. Io, col pacco delle bende, corsi nel parco e mi misi ad aspettarlo sull'ultimo gelso vicino al muro dei D'Ondariva, perché lui era già scomparso giù per la magnolia.

Nel giardino dei D'Ondariva egli apparve trionfante con la bestia uccisa in mano. E cosa vide nello spiazzo davanti alla villa? Una carrozza pronta per partire, con i servi che caricavano i bagagli sull'imperiale, e, in mezzo a uno stuolo di governanti e zie nere e severissime, Viola vestita da viaggio che abbracciava il Marchese e la Marchesa.

– Viola! – gridò, e alzò il gatto per la coda. – Dove vai?

Tutta la gente attorno alla carrozza alzò lo sguardo sui rami e al vederlo, lacero, sanguinante, con quell'aria di pazzo, con quella bestia morta in mano, ebbero un moto di raccapriccio. – *De nouveau ici! Et arrangé de quelle façon!* – e come prese da una furia tutte le zie spingevano la bambina verso la carrozza.

Viola si voltò a naso in su, e con aria di dispetto, un dispetto annoiato e sussiegoso contro i parenti che però poteva essere anche contro Cosimo, scandì (certo rispondendo alla domanda di lui): – Mi mandano in collegio! – e si voltò per salire in carrozza. Non l'aveva degnato d'uno sguardo, né lui né la sua caccia.

Già era chiuso lo sportello, il cocchiere era in serpa, e Cosimo che ancora non poteva ammettere quella partenza, cercò d'attrarre l'attenzione di lei, di farle capire che dedicava a lei quella cruenta vittoria, ma non seppe spiegarsi altrimenti che gridandole: – Io ho vinto un gatto!

La frusta diede uno schiocco, la carrozza tra lo sventolio dei fazzoletti delle zie partì e dallo sportello si udì un: – Ma bravo! – di Viola, non si capì se d'entusiasmo o di dileggio.

Questo fu il loro addio. E in Cosimo, la tensione, il dolore dei graffi, la delusione di non aver gloria dalla sua impresa, la disperazione di quell'improvvisa separazione, tutto s'ingorgò e diruppe in un pianto feroce, pieno d'urla e di strida e rametti strappati.

– *Hors d'ici! Hors d'ici! Polisson sauvage! Hors de notre jardin!* – inveivano le zie, e tutti i famigli dei D'Ondariva accorrevano con lunghi bastoni o tirando sassi per cacciarlo.

Cosimo scagliò il gatto morto in faccia a chi gli venne sotto, singhiozzando e urlando. I servi raccattarono la bestia per la coda e la buttarono in un letamaio.

Quando seppi che la nostra vicina era partita, per un poco sperai che Cosimo sarebbe sceso. Non so perché, collegavo con lei, o anche con lei, la decisione di mio fratello di restare sugli alberi.

Invece non se ne parlò nemmeno. Salii io a portargli bende e cerotti, e si medicò da sé i graffi del viso e delle braccia. Poi volle una lenza con un uncino. Se ne servì per ripescare, dall'alto d'un ulivo che sporgeva sul letamaio dei D'Ondariva, il gatto morto. Lo scuoiò, conciò alla meglio il pelo e se ne fece un berretto. Fu il primo dei berretti di pelo che gli vedemmo portare per tutta la vita.

VII

L'ultimo tentativo di catturare Cosimo fu fatto da nostra sorella Battista. Iniziativa sua, naturalmente, compiuta senza consultarsi con nessuno, in segreto, come faceva lei le cose. Uscì nottetempo, con una caldaia di vischio e una scala a pioli, e invischiò un carrubo dalla cima al piede. Era un albero su cui Cosimo usava posarsi ogni mattino.

Al mattino, sul carrubo si trovarono appiccicati cardellini che battevano le ali, scriccioli tutti avviluppati nella poltiglia, farfalle notturne, foglie portate dal vento, una coda di scoiattolo, e anche una falda strappata dalla marsina di Cosimo. Chissà se egli s'era seduto su un ramo ed era poi riuscito a liberarsi, o se invece – più probabilmente, dato che da un po' non lo vedevo portare la marsina – quel brandello ce l'aveva messo apposta per prenderci in giro. Comunque, l'albero restò laidamente imbrattato di vischio e poi seccò.

Cominciammo a convincerci che Cosimo non sarebbe più tornato, anche nostro padre. Da quando mio fratello saltava per gli alberi di tutto il territorio d'Ombrosa, il Barone non osava più farsi vedere in giro, perché temeva che la dignità ducale fosse compromessa. Si faceva sempre più pallido e scavato in volto e non so fino a che punto la sua fosse ansia paterna e fino a che punto preoccupazione di conseguenze dinastiche: ma le due cose ormai facevano tutt'uno, perché Cosimo era il suo primogenito, erede del titolo, e se mal si può dare un Barone che salta sui rami come un francolino, meno ancora si può ammettere che lo faccia un Duca, sia pur fanciullo, e il titolo controverso non avrebbe certo in quella condotta dell'erede trovato un argomento di sostegno.

Preoccupazioni inutili, s'intende, perché delle velleità di nostro padre gli Ombrosotti ridevano; e i nobili che avevano ville là intorno lo tenevano per matto. Ormai tra i nobili era invalso l'uso d'abitare in villa in luoghi ameni, più che nei castelli dei feudi, e questo faceva già sì che si tendesse a vivere come privati cittadini, a evitare le noie. Chi andava più a pensare all'antico Ducato d'Ombrosa? Il bello d'Ombrosa è che era casa di tutti e di nessuno: legata a certi diritti verso i Marchesi d'Ondariva, signori di quasi tutte le terre, ma da tempo libero Comune, tributario della Repubblica di Genova; noi ci potevamo star tranquilli, tra quelle terre che avevamo ereditato ed altre che avevamo comprato per niente dal Comune in un momento che era pieno di debiti. Cosa si poteva chiedere di più? C'era una piccola società nobiliare, lì intorno, con ville e parchi ed orti fin sul mare; tutti vivevano in allegria facendosi visita e andando a caccia, la vita costava poco, s'avevano certi vantaggi di chi sta a Corte senza gli impicci, gli impegni e le spese di chi ha una famiglia reale cui badare, una capitale, una politica. Nostro padre invece queste cose non le gustava, lui si sentiva un sovrano spodestato, e coi nobili del vicinato aveva finito per rompere tutti i rapporti (nostra madre, straniera, si può dire che non ne avesse mai avuti); il che aveva anche i suoi vantaggi, perché non frequentando nessuno risparmiavamo molte spese, e mascheravamo la penuria delle nostre finanze.

Col popolo d'Ombrosa non è da dire che avessimo rapporti migliori; sapete come sono gli Ombrosotti, gente un po' gretta, che bada ai suoi negozi; in quei tempi si comin-

ciavano a vender bene i limoni, con l'usanza delle limona-
te zuccherate che si diffondeva nelle classi ricche; e avevano piantato orti di limoni dappertutto, e riattato il porto
rovinato dalle incursioni dei pirati tanto tempo prima. In
mezzo tra Repubblica di Genova, possessi del Re di Sar-
degna, Regno di Francia e territori vescovili, trafficavano
con tutti e s'infischiavano di tutti, non ci fossero stati quei
tributi che dovevano a Genova e che facevano sudare a
ogni data d'esazione, motivo ogni anno di tumulti contro
gli esattori della Repubblica.

Il Barone di Rondò, quando scoppiavano questi tumulti
per le tasse, credeva sempre che fossero sul punto di venir-
gli a offrire la corona ducale. Allora si presentava in piazza, s'offriva agli Ombrosotti come protettore, ma ogni volta doveva fare presto a scappare sotto una gragnuola di
limoni marci. Allora, diceva che era stata tessuta una congiura contro di lui: dai Gesuiti, come al solito. Perché si
era messo in testa che tra i Gesuiti e lui ci fosse una guerra mortale, e la Compagnia non pensasse ad altro che a
tramare ai suoi danni. In effetti, c'erano stati degli screzi,
per via d'un orto la cui proprietà era contesa tra la nostra
famiglia e la Compagnia di Gesù; ne era sorta una lite e il
Barone, essendo allora in buona con il Vescovo, era riuscito a far allontanare il Padre provinciale dal territorio della Diocesi. Da allora nostro padre era sicuro che la Compagnia mandasse i suoi agenti ad attentare alla sua vita
e ai suoi diritti; e da parte sua cercava di mettere insieme
una milizia di fedeli che liberassero il Vescovo, a suo parere caduto prigioniero dei Gesuiti; e dava asilo e prote-
zione a quanti dai Gesuiti si dichiaravano perseguitati,
cosicché aveva scelto come nostro padre spirituale quel
mezzogiansenista con la testa tra le nuvole.

D'una sola persona nostro padre si fidava, ed era il Cavalier Avvocato. Il Barone aveva un debole per quel fra-

tello naturale, come per un figliolo unico e disgraziato; e
ora non so dire se ce ne rendessimo conto, ma certo doveva esserci, nel nostro modo di considerare il Carrega, un
po' di gelosia perché nostro padre aveva più a cuore quel
fratello cinquantenne che noi ragazzi. Del resto, non eravamo i soli a guardarlo di traverso: la Generalessa e Battista fingevano di portargli rispetto, invece non lo potevano soffrire; lui sotto quell'apparenza sottomessa se ne
infischiava di tutto e di tutti, e forse ci odiava tutti, anche
il Barone cui tanto doveva. Il Cavalier Avvocato parlava
poco, certe volte lo si sarebbe detto sordomuto, o che non
capisse la lingua: chissà come riusciva a fare l'avvocato,
prima, e se già allora era così stranito, prima dei Turchi.
Forse era pur stato persona di intelletto, se aveva imparato dai Turchi tutti quei calcoli d'idraulica, l'unica cosa cui
adesso fosse capace di applicarsi, e per cui mio padre ne faceva lodi esagerate. Non seppi mai bene il suo passato, né
chi fosse stata sua madre, né quali fossero stati in gioventù
i suoi rapporti con nostro nonno (certo anche lui doveva
essergli affezionato, per averlo fatto studiare da avvocato e avergli fatto attribuire il titolo di Cavaliere), né come
fosse finito in Turchia. Non si sapeva neanche bene se era
proprio in Turchia che aveva soggiornato tanto a lungo,
o in qualche stato barbaresco, Tunisi, Algeri, ma insomma in un paese maomettano, e si diceva che si fosse fatto maomettano pure lui. Tante se ne dicevano: che avesse
ricoperto cariche importanti, gran dignitario del Sultano,
Idraulico del Divano o altro di simile, e poi una congiura
di palazzo o una gelosia di donne o un debito di gioco
l'avesse fatto cadere in disgrazia e vendere per schiavo.
Si sa che fu trovato incatenato a remare tra gli schiavi in
una galera ottomana presa prigioniera dai Veneziani, che
lo liberarono. A Venezia, viveva poco più che come un
accattone, finché non so cos'altro aveva combinato, una
rissa (con chi potesse rissare, un uomo così schivo, lo sa

il cielo) e finì di nuovo in ceppi. Lo riscattò nostro padre, tramite i buoni uffici della Repubblica di Genova, e ricapitò tra noi, un omino calvo con la barba nera, tutto sbigottito, mezzo mutolo (ero bambino ma la scena di quella sera m'è rimasta impressa), infagottato in larghi panni non suoi. Nostro padre l'impose a tutti come una persona di autorità, lo nominò amministratore, gli destinò uno studio che s'andò riempiendo di carte sempre in disordine. Il Cavalier Avvocato vestiva una lunga zimarra e una papalina a fez, come usavano allora nei loro gabinetti di studio molti nobili e borghesi; solo che lui nello studio a dir la verità non ci stava quasi mai, e lo si cominciò a veder girare vestito così anche fuori, in campagna. Finì col presentarsi anche a tavola in quelle fogge turche, e la cosa più strana fu che nostro padre, così attento alle regole, mostrò di tollerarlo.

Nonostante i suoi compiti d'amministratore, il Cavalier Avvocato non scambiava quasi mai parola con castaldi o fittavoli o manenti, data la sua indole timida e la difficoltà di favella; e tutte le cure pratiche, il dare ordini, lo star dietro alla gente, toccavano sempre in effetti a nostro padre. Enea Silvio Carrega teneva i libri dei conti, e non so se i nostri affari andassero così male per il modo in cui lui teneva i conti, o se i suoi conti andassero così male per il modo in cui andavano i nostri affari. E poi faceva calcoli e disegni d'impianti di irrigazione, e riempiva di linee e cifre una gran lavagna, con parole in scrittura turca. Ogni tanto nostro padre si chiudeva con lui nello studio per ore (erano le più lunghe soste che il Cavalier Avvocato vi faceva), e dopo poco dalla porta chiusa giungeva la voce adirata del Barone, gli accenti ondosi d'un diverbio, ma la voce del Cavaliere non s'avvertiva quasi. Poi la porta s'apriva, il Cavalier Avvocato usciva con i suoi passetti rapidi nelle falde della zimarra, il fez ritto sul cocuzzolo, prendeva per una porta-finestra e via per il parco e la campagna. – Enea Silvio! Enea Silvio! – gridava nostro padre correndogli dietro, ma il fratellastro era già tra i filari della vigna, o in mezzo ai limoneti, e si vedeva solo il fez rosso procedere ostinato tra le foglie. Nostro padre l'inseguiva chiamandolo; dopo un po' li vedevamo ritornare, il Barone sempre discutendo, allargando le braccia, e il Cavaliere piccolo vicino a lui, ingobbito, i pugni stretti nelle tasche della zimarra.

VIII

In quei giorni Cosimo faceva spesso sfide con la gente che stava a terra, sfide di mira, di destrezza, anche per saggiare le possibilità sue, di tutto quel che riusciva a fare di là in cima. Sfidò i monelli al tiro delle piastrelle. Erano in quei posti vicino a Porta Capperi, tra le baracche dei poveri e dei vagabondi. Da un leccio mezzo secco e spoglio, Cosimo stava giocando a piastrelle, quando vide avvicinarsi un uomo a cavallo, alto, un po' curvo, avvolto in un mantello nero. Riconobbe suo padre. La marmaglia si disperse; dalle soglie delle catapecchie le donne stavano a guardare.

Il Barone Arminio cavalcò fin sotto l'albero. Era il rosso tramonto. Cosimo era tra i rami spogli. Si guardarono in viso. Era la prima volta, dopo il pranzo delle lumache, che si trovavano così, faccia a faccia. Erano passati molti giorni, le cose erano diventate diverse, l'uno e l'altro sapevano che ormai non c'entravano più le lumache, né l'obbedienza dei figli o l'autorità dei padri; che di tante cose logiche e sensate che si potevano dire, tutte sarebbero state fuori posto; eppure qualche cosa dovevano pur dire.

– Date un bello spettacolo di voi! – cominciò il padre, amaramente. – E proprio degno di un gentiluomo! – (Gli aveva dato il voi, come faceva nei rimproveri più gravi, ma ora quell'uso ebbe un senso di lontananza, di distacco.)

– Un gentiluomo, signor padre, è tale stando in terra come stando in cima agli alberi, – rispose Cosimo, e subito aggiunse: – se si comporta rettamente.

– Una buona sentenza, – ammise gravemente il Barone, – quantunque, ora è poco, rubavate le susine a un fittavolo.

Era vero. Mio fratello era preso in castagna. Cosa doveva rispondere? Fece un sorriso, ma non altero o cinico: un sorriso di timidezza, e arrossì.

Anche il padre sorrise, un sorriso mesto, e chissà perché arrossì anche lui. – Ora fate comunella coi peggiori bastardi ed accattoni, – disse poi.

– No, signor padre, io sto per conto mio, e ognuno per il proprio, – disse Cosimo, fermo.

– Vi invito a venire a terra, – disse il Barone, con voce pacata, quasi spenta, – e a riprendere i doveri del vostro stato.

– Non intendo obbedirvi, signor padre, – fece Cosimo, – me ne duole.

Erano a disagio tutti e due, annoiati. Ognuno sapeva quel che l'altro avrebbe detto. – Ma i vostri studi? E le vostre devozioni di cristiano? – disse il padre. – Intendete crescere come un selvaggio delle Americhe?

Cosimo tacque. Erano pensieri che non s'era ancora posto e non aveva voglia di porsi. Poi fece: – Per essere pochi metri più su, credete che non sarò raggiunto dai buoni insegnamenti?

Anche questa era una risposta abile, ma era già come uno sminuire la portata del suo gesto: segno di debolezza, dunque.

L'avvertì il padre e si fece più stringente: – La ribellione non si misura a metri, – disse. – Anche quando pare di poche spanne, un viaggio può restare senza ritorno.

Adesso mio fratello avrebbe potuto dare qualche altra nobile risposta, magari una massima latina, che ora non me ne viene in mente nessuna ma allora ne sapevamo tante a memoria. Invece s'era annoiato a star lì a fare il solenne; cacciò fuori la lingua e gridò: – Ma io dagli alberi piscio più lontano! – frase senza molto senso, ma che troncava netto la questione.

Come se avessero sentito quella frase, si levò un gridio di monelli intorno a Porta Capperi. Il cavallo del Barone di Rondò ebbe uno scarto, il Barone strinse le redini e s'avvolse nel mantello, come pronto ad andarsene. Ma si voltò, trasse fuori un braccio dal mantello e indicando il cielo che s'era rapidamente caricato di nubi nere, esclamò: – Attento, figlio, c'è Chi può pisciare su tutti noi! – e spronò via.

La pioggia, da lungo tempo attesa nelle campagne, cominciò a cadere a grosse rade gocce. Di tra le catapecchie si sparse un fuggi fuggi di monelli incappucciati in sacchi, che cantavano: – *Ciêuve! Ciêuve! L'aiga va pe êuve!* – Cosimo sparì abbrancandosi alle foglie già grondanti che a toccarle rovesciavano docce d'acqua in testa.

Io, appena m'accorsi che pioveva, fui in pena per lui. L'immaginavo zuppo, mentre si stringeva contro un tronco senza riuscire a scampare alle acquate oblique. E già sapevo che non sarebbe bastato un temporale a farlo ritornare. Corsi da nostra madre: – Piove! Che farà Cosimo, signora madre?

La Generalessa scostò la tendina e guardò piovere. Era calma. – Il più grave inconveniente delle piogge è il terreno fangoso. Stando lassù ne è immune.

– Ma basteranno le piante a ripararlo?

– Si ritirerà nei suoi attendamenti.

– Quali, signora madre?

– Avrà ben pensato a prepararli in tempo.

– Ma non credete che farei bene a cercarlo per dargli un ombrello?

Come se la parola «ombrello» d'improvviso l'avesse strappata dal suo posto d'osservazione campale e ributtata in piena preoccupazione materna, la Generalessa prese a dire: – *Ja, ganz gewiss!* E una bottiglia di sciroppo di mele, ben caldo, avvolta in una calza di lana! E un panno d'incerato, da stendere sul legno, che non trasudi umidità... Ma dove sarà, ora, poverino... Speriamo tu riesca a trovarlo...

Uscii carico di pacchi nella pioggia, sotto un enorme paracqua verde, e un altro paracqua lo tenevo chiuso sotto il braccio, da dare a Cosimo.

Lanciavo il nostro fischio, ma mi rispondeva solo il croscio senza fine della pioggia sulle piante. Era buio; fuori dal giardino non sapevo dove andare, muovevo i passi a caso per pietre scivolose, prati molli, pozzanghere, e fischiavo, e per mandare in alto il fischio inclinavo indietro l'ombrello e l'acqua mi frustava il viso e mi lavava via il fischio dalle labbra. Volevo andare verso certi terreni del demanio pieni d'alberi alti, dove all'ingrosso pensavo che potesse essersi fatto il suo rifugio, ma in quel buio mi persi, e stavo lì serrandomi tra le braccia ombrelli e pacchi, e solo la bottiglia di sciroppo avvoltolata nella calza di lana mi dava un poco di calore.

Quand'ecco, in alto nel buio vidi un chiarore tra mezzo agli alberi, che non poteva essere né di luna né di stelle. Al mio fischio mi parve d'intendere il suo, in risposta.

– Cosimooo!

– Biagiooo! – una voce tra la pioggia, lassù in cima.

– Dove sei?

– Qua...! Ti vengo incontro, ma fa' presto, che mi bagno!

Ci trovammo. Lui, imbacuccato in una coperta, scese sin sulla bassa forcella d'un salice per mostrarmi come si saliva, attraverso un complicato intrico di ramificazioni, fino al faggio dall'alto tronco, dal quale veniva quella luce. Gli diedi subito l'ombrello e un po' di pacchi, e provammo ad arrampicarci con gli ombrelli aperti, ma era impossibile, e ci bagnavamo lo stesso. Finalmente arrivai dove lui mi guidava; non vidi nulla, tranne un chiarore come di tra i lembi d'una tenda.

Cosimo sollevò uno di quei lembi e mi fece passare. Al chiarore d'una lanterna mi trovai in una specie di stanzetta, coperta e chiusa da ogni parte da tende e tappeti, attraversata dal tronco del faggio, con un piancito d'assi, il tutto poggiato ai grossi rami. Lì per lì mi parve una reggia, ma presto dovetti accorgermi di quant'era instabile, perché già l'esserci dentro in due ne metteva in forse l'equilibrio, e Cosimo dovette subito darsi da fare a riparare falle e cedimenti. Mise fuori anche i due ombrelli che avevo portato, aperti, a coprire due buchi del soffitto; ma l'acqua colava da parecchi altri punti, ed eravamo tutt'e due bagnati, e quanto a fresco era come stare fuori. Però c'era ammassata una tale quantità di coperte che ci si poteva seppellire sotto lasciando fuori solo il capo. La lanterna mandava una luce incerta, guizzante, e sul soffitto e le pareti di quella strana costruzione i rami e le foglie proiettavano ombre intricate. Cosimo beveva sciroppo di mele a grandi sorsi, facendo: – Puah! Puah!

– È una bella casa, – dissi io.

– Oh, è ancora provvisoria, – s'affrettò a rispondere Cosimo. – Devo studiarla meglio.

– L'hai costruita tutta da te?

– E con chi, allora? È segreta.

– Io potrò venirci?

– No, mostreresti la strada a qualcun altro.

– Il babbo ha detto che non ti farà più cercare.

– Dev'essere segreta lo stesso.

– Per via di quei ragazzi che rubano? Ma non sono tuoi amici?

– Qualche volta sì e qualche volta no.

– E la ragazza col cavallino?

– Che t'importa?

– Volevo dire se è tua amica, se ci giochi insieme.

– Qualche volta sì e qualche volta no.

– Perché qualche volta no?

– Perché o non voglio io o non vuole lei.

– E quassù, lei quassù, la faresti salire?

Cosimo, scuro in volto, cercava di tendere una stuoia accavallata sopra un ramo. – ... Se ci venisse, la farei salire, – disse gravemente.

– Non vuole lei?

Cosimo si buttò coricato. – È partita.

– Di', – feci sottovoce, – siete fidanzati?

– No, – rispose mio fratello e si chiuse in lungo silenzio.

L'indomani faceva bel tempo e fu deciso che Cosimo avrebbe ripreso le lezioni dall'Abate Fauchelafleur. Non fu detto come. Semplicemente e un po' bruscamente, il Barone invitò l'Abate (– Invece di star qui a guardare le mosche, *l'Abbé*... –) ad andare a cercare mio fratello dove si trovava e fargli tradurre un po' del suo Virgilio. Poi temette d'aver messo l'Abate troppo in imbarazzo e cercò di facilitargli il compito; disse a me: – Va' a dire a tuo fratello che si trovi in giardino tra mezz'ora per la lezione di latino –. Lo disse col tono più naturale che poteva, il tono che voleva tenere d'ora in poi: con Cosimo sugli alberi tutto doveva continuare come prima.

Così ci fu la lezione. Mio fratello seduto a cavalcioni d'un ramo d'olmo, le gambe penzoloni, e l'Abate sotto, sull'erba, seduto su uno sgabelletto, ripetendo in coro esametri. Io giocavo lì intorno e per un po' li perdetti di vista; quando tornai, anche l'Abate era sull'albero; con le sue lunghe esili gambe nelle calze nere cercava d'issarsi su una forcella, e Cosimo l'aiutava reggendolo per un gomito. Trovarono una posizione comoda per il vecchio, e insieme compitarono un difficile passo, chini sul libro. Mio fratello pareva desse prova di gran diligenza.

Poi non so come fu, come l'allievo scappasse via, forse perché l'Abate lassù s'era distratto ed era restato allocchito a guardare nel vuoto come al solito, fatto sta che rannicchiato tra i rami c'era solo il vecchio prete nero, col libro sulle ginocchia, e guardava una farfalla bianca volare e la seguiva a bocca aperta. Quando la farfalla sparì, l'Abate s'accorse d'essere là in cima, e gli prese paura. S'abbracciò al tronco, cominciò a gridare: – *Au secours! Au secours!* – finché non venne gente con una scala e pian piano egli si calmò e discese.

IX

Insomma, Cosimo, con tutta la sua famosa fuga, viveva accosto a noi quasi come prima. Era un solitario che non sfuggiva la gente. Anzi si sarebbe detto che solo la gente gli stesse a cuore. Si portava sopra i posti dove c'erano i contadini che zappavano, che spargevano il letame, che falciavano i prati, e gettava voci cortesi di saluto. Quelli alzavano il capo stupiti e lui cercava di far capire subito dov'era, perché gli era passato il vezzo, tanto praticato quando andavamo insieme sugli alberi *prima*, di fare cucù e scherzi alla gente che passava sotto. Nei primi tempi i contadini, a vederlo varcare tali distanze tutto per i rami, non si raccapezzavano, non sapevano se salutarlo cavandosi il cappello come si fa coi signori o vociargli contro come a un monello. Poi ci presero l'abitudine e scambiavano con lui parole sui lavori, sul tempo, e mostravano pure d'apprezzare il suo gioco di star lassù, non più bello né più brutto di tanti altri giochi che vedevano fare ai signori.

Dall'albero, egli stava delle mezz'ore fermo a guardare i loro lavori e faceva domande sugli ingrassi e le semine, cosa che camminando sulla terra non gli era mai venuto di fare, trattenuto da quella ritrosia che non gli faceva mai rivolgere parola ai villici ed ai servi. A volte, indicava se il solco che stavano zappando veniva diritto o storto, o se nel campo del vicino erano già maturi i pomodori; a volte s'offriva di far loro piccole commissioni come andare a dire alla moglie d'un falciatore che gli desse una cote, o ad avvertire che girassero l'acqua in un orto. E quando aveva da muoversi con simili incarichi di fiducia per i contadini, allora se in un campo di frumento vedeva posarsi un volo di passeri, faceva strepito e agitava il berretto per farli scappare.

Nei suoi giri solitari per i boschi, gli incontri umani erano, se pur più rari, tali da imprimersi nell'animo, incontri con gente che noi non s'incontra. A quei tempi tutta una povera gente girovaga veniva ad accamparsi nelle foreste: carbonai, calderai, vetrai, famiglie spinte dalla fame lontano dalle loro campagne, a buscarsi il pane con instabili mestieri. Piazzavano i loro laboratori all'aperto, e tiravano su capannucce di rami per dormire. Dapprincipio, il giovinetto coperto di pelo che passava sugli alberi faceva loro paura, specie alle donne che lo prendevano per uno spirito folletto; ma poi egli entrava in amicizia, stava delle ore a vederli lavorare e la sera quando si sedevano attorno al fuoco lui si metteva su un ramo vicino, a sentire le storie che narravano.

I carbonai, sullo spiazzo battuto di terra cenerina, erano i più numerosi. Urlavano «Hura! Hota!» perché erano gente bergamasca e non la si capiva nel parlare. Erano i più forti e chiusi e legati tra loro: una corporazione che si propagava in tutti i boschi, con parentele e legami e liti. Cosimo alle volte faceva da tramite tra un gruppo e l'altro, dava notizie, veniva incaricato di commissioni.

– M'hanno detto quelli di sotto la Rovere Rossa di dirvi che Hanfa la Hapa Hota 'l Hoc!

– Rispondigli che Hegn Hobet Hò de Hot!

Lui teneva a mente i misteriosi suoni aspirati, e cercava di ripeterli, come cercava di ripetere gli zirli degli uccelli che lo svegliavano il mattino.

Se ormai s'era sparsa la voce che un figlio del Barone di Rondò da mesi non scendeva dalle piante, nostro padre ancora con la gente che veniva da fuori cercava di tenere il segreto. Vennero a trovarci i Conti d'Estomac, diretti in Francia, dove avevano, nella baia di Tolone, dei possessi, e in viaggio vollero far sosta da noi. Non so che giro di interessi ci fosse sotto: per rivendicare certi beni, o confermare una curia a un figlio vescovo, avevano bisogno dell'assenso del Barone di Rondò; e nostro padre, figurarsi, su quell'alleanza costruiva un castello di progetti per le sue pretese dinastiche su Ombrosa.

Ci fu un pranzo, da morire di noia tanti salamelecchi fecero, e gli ospiti avevano con loro un figlio zerbinotto, un cacastecchi imparruccato. Il Barone presenta i figli, cioè me solo, e poi: – Poverina, – dice, – mia figlia Battista vive così ritirata, è molto pia, non so se la potrete vedere, – ed ecco che si presenta quella scema, con la cuffia da monaca, ma tutta messa su con nastri e gale, la cipria in viso, i mezzi guanti. Bisognava capirla, da quella volta del Marchesino della Mela non aveva mai più visto un giovanotto, se non garzoni o villani. Il Contino d'Estomac, giù inchini: lei, risatine isteriche. Al Barone, che ormai sulla figlia aveva fatto una croce, il cervello prese a mulinare nuovi possibili progetti.

Ma il Conte faceva mostra d'indifferenza. Chiese: – Ma non ne avevate un altro, di maschio, Monsieur Arminio?

– Sì, il maggiore, – disse nostro padre, – ma, combinazione, è a caccia.

Non aveva mentito, perché in quell'epoca Cosimo era sempre nel bosco col fucile, a far la posta a lepri e a tordi. Il fucile glie l'avevo procurato io, quello, leggero, che usava Battista contro i topi, e che da un po' di tempo ella – trascurando le sue cacce – aveva abbandonato appeso a un chiodo.

Il Conte prese a chiedere della selvaggina dei dintorni. Il Barone rispondeva tenendosi sulle generali, perché, privo com'era di pazienza e d'attenzione per il mondo circostante, non sapeva cacciare. Interloquii io, benché mi fosse vietato metter bocca nei discorsi dei grandi.

– E tu cosa ne sai, così piccino? – fece il Conte.

– Vado a prendere le bestie abbattute da mio fratello, e gliele porto sugli... – stavo dicendo, ma nostro padre m'interruppe:

– Chi t'ha invitato a conversazione? Va' a giocare!

Eravamo in giardino, era sera e faceva ancora chiaro, essendo estate. Ed ecco per i platani e per gli olmi, tranquillo se ne veniva Cosimo, col berretto di pel di gatto in capo, il fucile a tracolla, uno spiedo a tracolla dall'altra parte, e le gambe nelle ghette.

– Ehi, ehi! – fece il Conte alzandosi e muovendo il capo per meglio vedere, divertito. – Chi è là? Chi è lassù sulle piante?

– Cosa c'è? Non so proprio... Ma le sarà parso... – faceva nostro padre, e non guardava nella direzione indicata, ma negli occhi del Conte come per assicurarsi che ci vedesse bene.

Cosimo intanto era giunto proprio sopra di loro, fermo a gambe larghe su una forcella.

– Ah, è mio figlio, sì, Cosimo, sono ragazzi, per farci una sorpresa, vede, s'è arrampicato lassù in cima...

– È il maggiore?

– Sì, sì, dei due maschi è il più grande, ma di poco, sa, sono ancora due bambini, giocano...

– Però è in gamba ad andare così per i rami. E con quell'arsenale addosso...

– Eh, giocano... – e con un terribile sforzo di malafede che lo fece diventare rosso in viso: – Che fai lassù? Eh? Vuoi scendere? Vieni a salutare il signor Conte!

Cosimo si cavò il berretto di pel di gatto, fece un inchino. – Riverisco, signor Conte.

– Ah, ah, ah! – rideva il Conte, – bravissimo, bravissimo! Lo lasci star su, lo lasci star su, Monsieur Arminio! Bravissimo giovanotto che va per gli alberi! – E rideva.

E quello scimunito del Contino: – *C'est original, ça. C'est très original!* – non sapeva che ripetere.

Cosimo si sedette lì sulla forcella. Nostro padre cambiò discorso, e parlava parlava, cercando di distrarre il Conte. Ma il Conte ogni tanto alzava gli occhi e mio fratello era sempre lassù, su quell'albero o su un altro, che puliva il fucile, o ungeva di grasso le ghette, o si metteva la flanella pesante perché veniva notte.

– Ah, ma guarda! Sa far tutto, lassù in cima, il giovanotto! Ah, quanto mi piace! Ah, lo racconterò a Corte, la prima volta che ci vado! Lo racconterò a mio figlio vescovo! Lo racconterò alla Principessa mia zia!

Mio padre schiattava. Per di più, aveva un altro pensiero: non vedeva più sua figlia, ed era scomparso anche il Contino.

Cosimo che s'era allontanato in uno dei suoi giri d'esplorazione, tornò trafelato. – Gli ha fatto venire il singhiozzo! Gli ha fatto venire il singhiozzo!

Il Conte s'impensierì. – Oh, è spiacevole. Mio figlio soffre molto di singhiozzo. Va', bravo giovanotto, va' a vedere se gli passa. Di' che tornino.

Cosimo saltò via, e poi tornò, più trafelato di prima: – Si rincorrono. Lei vuole mettergli una lucertola viva sotto la camicia per fargli passare il singhiozzo! Lui non vuole! – E riscappò a vedere.

Così passammo quella serata in villa, non dissimile in verità dalle altre, con Cosimo sugli alberi che partecipava come di straforo alla nostra vita, ma stavolta c'erano gli ospiti, e la fama dello strano comportamento di mio fratello s'espandeva per le Corti d'Europa, con vergogna di nostro padre. Vergogna immotivata, tant'è vero che il Conte d'Estomac ebbe una favorevole impressione della nostra famiglia, e così avvenne che nostra sorella Battista si fidanzò col Contino.

X

Gli olivi, per il loro andar torcendosi, sono a Cosimo vie comode e piane, piante pazienti e amiche, nella ruvida scorza, per passarci e per fermarcisi, sebbene i rami grossi siano pochi per pianta e non ci sia gran varietà di movimenti. Su un fico, invece, stando attento che regga il peso, non s'è mai finito di girare; Cosimo sta sotto il padiglione delle foglie, vede in mezzo alle nervature trasparire il sole, i frutti verdi gonfiare a poco a poco, odora il lattice che geme nel collo dei peduncoli. Il fico ti fa suo, t'impregna del suo umore gommoso, dei ronzii dei calabroni; dopo poco a Cosimo pareva di stare diventando fico lui stesso e, messo a disagio, se ne andava. Sul duro sorbo, o sul gelso da more, si sta bene; peccato siano rari. Così i noci, che anche a me, che è tutto dire, alle volte vedendo mio fratello perdersi in un vecchio noce sterminato, come in un palazzo di molti piani e innumerevoli stanze, veniva voglia d'imitarlo, d'andare a star lassù; tant'è la forza e la certezza che quell'albero mette a essere albero, l'ostinazione a esser pesante e duro, che gli s'esprime persino nelle foglie.

Cosimo stava volentieri tra le ondulate foglie dei lecci (o elci, come li ho chiamati finché si trattava del parco di casa nostra, forse per suggestione del linguaggio ricercato di nostro padre) e ne amava la screpolata corteccia, di cui quand'era sovrappensiero sollevava i quadrelli con le dita, non per istinto di far del male, ma come d'aiutare l'albero nella sua lunga fatica di rifarsi. O anche desquamava la bianca corteccia dei platani, scoprendo strati di vecchio oro muffito. Amava anche i tronchi bugnati come ha l'olmo, che ai bitorzoli ricaccia getti teneri e ciuffi di foglie seghettate e di cartacee samare; ma è difficile muovercisi perché i rami vanno in su, esili e folti, lasciando poco varco. Nei boschi, preferiva faggi e querce: perché sul pino le impalcate vicinissime, non forti e tutte fitte di aghi, non lasciano spazio né appiglio; ed il castagno, tra foglia spinosa, ricci, scorza, rami alti, par fatto apposta per tener lontani.

Queste amicizie e distinzioni Cosimo le riconobbe poi col tempo a poco a poco, ossia riconobbe di conoscerle; ma già in quei primi giorni cominciavano a far parte di lui come istinto naturale. Era il mondo ormai a essergli diverso, fatto di stretti e ricurvi ponti nel vuoto, di nodi o scaglie o rughe che irruvidiscono le scorze, di luci che variano il loro verde a seconda del velario di foglie più fitte o più rade, tremanti al primo scuotersi d'aria sui peduncoli o mosse come vele insieme all'incurvarsi dell'albero. Mentre il nostro, di mondo, s'appiattiva là in fondo, e noi avevamo figure sproporzionate e certo nulla capivamo di quel che lui lassù sapeva, lui che passava le notti ad ascoltare come il legno stipa delle sue cellule i giri che segnano gli anni nell'interno dei tronchi, e le muffe allargano la chiazza al vento tramontano, e in un brivido gli uccelli addormentati dentro il nido ricantucciano il capo là dove più morbida è la piuma dell'ala, e si sveglia il bruco, e si schiude l'uovo dell'averla. C'è il momento in cui il silenzio della campagna si compone nel cavo dell'orecchio in un pulviscolo di rumori, un gracchio, uno squittio, un fruscio velocissimo tra l'erba, uno schiocco nell'acqua, uno zampettio tra terra e sassi, e lo strido della cicala alto su tutto. I rumori si tirano un con l'altro, l'udito arriva a sceverarne sempre di nuovi come alle dita che disfano un bioccolo di lana ogni stame si rivela intrecciato di fili sempre più sottili ed impalpabili. Le rane intanto continuano il gracidio che resta nello sfondo e non muta il flusso dei suoni, come la luce non varia per il continuo ammicco delle stelle. Invece a ogni levarsi o scorrer via del vento, ogni rumore cambiava ed era nuovo. Solo restava nel cavo più profondo dell'orecchio l'ombra di un mugghio o murmure: era il mare.

Venne l'inverno, Cosimo si fece un giubbotto di pelliccia. Lo cucì da sé con pezzi di pelli di varie bestie da lui cacciate: lepri, volpi, martore e furetti. In testa portava sempre quel berretto di gatto selvatico. Si fece anche delle brache, di pelo di capra col fondo e le ginocchia di cuoio. In quanto a scarpe, capì finalmente che per gli alberi la cosa migliore erano delle pantofole, e se ne fece un paio non so con che pelle, forse tasso.

Così si difendeva dal freddo. Bisogna dire che a quei tempi da noi gli inverni erano miti, non con quel freddo d'ora che si dice Napoleone abbia stanato dalla Russia e si sia fatto correr dietro fin qui. Ma anche allora passar le notti d'inverno al sereno non era un bel vivere.

Per la notte Cosimo aveva trovato il sistema dell'otre di pelo; non più tende o capanne: un otre col pelo dalla parte di dentro, appeso a un ramo. Ci si calava dentro, ci spariva tutto e s'addormentava rannicchiato come un bambino. Se un rumore insolito traversava la notte, dalla bocca del sacco usciva il berretto di pelo, la canna del fucile, poi lui a occhi sgranati. (Dicevano che gli occhi gli fossero diventati luminosi nel buio come i gatti e i gufi: io però non me ne accorsi mai.)

Al mattino invece, quando cantava la ghiandaia, dal sacco uscivano fuori due mani strette a pugno, i pugni s'alzavano e due braccia si allargavano stirandosi lentamente, e quello stirarsi sollevava fuori la sua faccia sbadigliante, il suo busto col fucile a tracolla e la fiaschetta della polvere, le sue gambe arcuate (gli cominciavano a venire un po' storte, per l'abitudine a stare e muoversi sempre carponi o accoccolato). Queste gambe saltavano fuori, si sgranchivano, e così, con uno scrollar di schiena, una grattata sotto il giubbotto di pelo, sveglio e fresco come una rosa Cosimo incominciava la sua giornata.

Andava alla fontana, perché aveva una sua fontana pensile, inventata da lui, o meglio costruita aiutando la natura. C'era un rivo che in un punto di strapiombo scendeva giù a cascata, e là vicino una quercia alzava i suoi alti rami. Cosimo, con un pezzo di corteccia di pioppo, lungo un paio di metri, aveva fatto una specie di grondaia, che portava l'acqua dalla cascata ai rami della quercia, e poteva così bere e lavarsi. Che si lavasse, posso assicurarlo, perché l'ho visto io diverse volte; non molto e neppure tutti i giorni, ma si lavava; aveva anche il sapone. Col sapone, certe volte che gli saltava il ticchio, faceva pure il bucato; s'era portato apposta sulla quercia una tinozza. Poi stendeva la roba ad asciugare su corde da un ramo all'altro.

Tutto faceva, insomma, sopra gli alberi. Aveva trovato anche il modo d'arrostire allo spiedo la selvaggina cacciata, sempre senza scendere. Faceva così: dava fuoco a una pigna con un acciarino e la buttava a terra in un luogo predisposto a focolare (quello glie l'avevo messo su io, con certe pietre lisce), poi ci lasciava cadere sopra stecchi e rami da fascina, regolava la fiamma con paletta e molle legate a lunghi bastoni, in modo che arrivasse allo spiedo, appeso tra due rami. Tutto ciò richiedeva attenzione, perché è facile nei boschi provocare un incendio. Non per nulla questo focolare era anch'esso sotto la quercia, vicino alla cascata da cui si poteva trarre, in caso di pericolo, tutta l'acqua che si voleva.

Così, un po' mangiando di quel che cacciava, un po' facendone cambio coi contadini per frutta e ortaggi, campava proprio bene, anche senza bisogno che da casa gli passassero più niente. Un giorno apprendemmo che beveva latte fresco ogni mattino; s'era fatta amica una capra, che andava ad arrampicarsi su una forcella d'ulivo, un posto facile, a due palmi da terra, anzi, non che ci s'arrampicasse, ci saliva con le zampe di dietro, cosicché lui sceso con un secchio sulla forcella la mungeva. Lo stesso accordo aveva con una gallina, una rossa, padovana, molto brava. Le aveva fatto un nido segreto, nel cavo d'un tronco, e un giorno sì e uno no ci trovava un uovo, che beveva dopo averci fatto due buchi con lo spillo.

Altro problema: fare i suoi bisogni. Dapprincipio, qua o là, non ci badava, il mondo è grande, la faceva dove capita. Poi comprese che non era bello. Allora trovò, sulla riva del torrente Merdanzo, un ontano che sporgeva sul punto più propizio e appartato, con una forcella sulla quale si poteva comodamente star seduti. Il Merdanzo era un torrente oscuro, nascosto tra le canne, rapido di corso, e i paesi viciniori vi gettavano le acque di scolo. Così il giovane Piovasco di Rondò viveva civilmente, rispettando il decoro del prossimo e suo proprio.

Ma un necessario complemento umano gli mancava, nella sua vita di cacciatore: un cane. C'ero io, che mi buttavo per le fratte, nei cespugli, per cercare il tordo, il beccaccino, la quaglia, caduti incontrando in mezzo al cielo il suo sparo, o anche le volpi quando, dopo una notte di posta, ne fermava una a coda lunga distesa appena fuori dai brughi. Ma solo qualche volta io potevo scappare a raggiungerlo nei boschi: le lezioni con l'Abate, lo studio, il servir messa, i pasti coi genitori mi trattenevano; i cento doveri del viver familiare cui io mi sottomettevo, perché in fondo la frase che sentivo sempre ripetere: «In una famiglia, di ribelle ne basta uno», non era senza ragione, e lasciò la sua impronta su tutta la mia vita.

Cosimo dunque andava a caccia quasi sempre da solo,

e per recuperare la selvaggina (quando non succedeva il caso gentile del rigogolo che restava con le gialle ali stecchite appese a un ramo), usava delle specie d'arnesi da pesca: lenze con spaghi, ganci o ami, ma non sempre ci riusciva, e alle volte una beccaccia finiva nera di formiche nel fondo d'un roveto.

Ho detto finora dei compiti dei cani da riporto. Perché Cosimo allora faceva quasi soltanto caccia da posta, passando mattine o nottate appollaiato sul suo ramo, attendendo che il tordo si posasse sulla vetta d'un albero, o la lepre apparisse in uno spiazzo di prato. Se no, girava a caso, seguendo il canto degli uccelli, o indovinando le piste più probabili delle bestie da pelo. E quando udiva il latrato dei segugi dietro la lepre o la volpe, sapeva di dover girare al largo, perché quella non era bestia sua, di lui cacciatore solitario e casuale. Rispettoso delle norme com'era, anche se dai suoi infallibili posti di vedetta poteva scorgere e prendere di mira la selvaggina rincorsa dai cani altrui, non alzava mai il fucile. Aspettava che per il sentiero arrivasse il cacciatore ansante, a orecchio teso e occhio smarrito, e gli indicava da che parte era andata la bestia.

Un giorno vide correre una volpe: un'onda rossa in mezzo all'erba verde, uno sbuffo feroce, irta nei baffi; attraversò il prato e scomparve nei brughi. E dietro: – Uauauaaa! – i cani.

Giunsero al galoppo, misurando la terra con i nasi, due volte si trovarono senza più odore di volpe nelle narici e svoltarono ad angolo retto.

Erano già distanti quando con un uggiolio: – Uì, uì, – fendette l'erba uno che veniva a salti più da pesce che da cane, una specie di delfino che nuotava affiorando un muso più aguzzo e delle orecchie più ciondoloni d'un segugio. Dietro, era pesce; pareva nuotasse sguazzando pinne, oppure zampe da palmipede, senza gambe e lunghissimo. Uscì nel pulito: era un bassotto.

Certamente, s'era unito al branco dei segugi ed era rimasto indietro, giovane com'era, anzi quasi ancora un cucciolo. Il rumore dei segugi era adesso un – Buaf, – di dispetto, perché avevano perso la pista e la corsa compatta si diramava in una rete di ricerche nasali tutt'intorno a una radura gerbida, con troppa impazienza di ritrovare il filo d'odore perduto per cercarlo bene, mentre lo slancio si perdeva, e già qualcuno ne approfittava per fare una pisciatina contro un sasso.

Così il bassotto, trafelato, col suo trotto a muso alto ingiustificatamente trionfale, li raggiunse. Faceva, sempre ingiustificatamente, degli uggiolii di furbizia, – Uài! Uài!

Subito i segugi, – Aurrrch! – gli ringhiarono, lasciarono lì per un momento la ricerca d'odor di volpe e puntarono contro di lui, aprendo bocche da morsi, – Ggghrr! – Poi, rapidi, tornarono a disinteressarsene, e corsero via.

Cosimo seguiva il bassotto, che muoveva passi a caso là intorno, e il bassotto, ondeggiando a naso distratto, vide il ragazzo sull'albero e gli scodinzolò. Cosimo era convinto che la volpe fosse ancora nascosta lì. I segugi erano sbandati lontano, li si udiva a tratti passare sui dossi di fronte con un abbaio rotto e immotivato, sospinti dalle voci soffocate e incitanti dei cacciatori. Cosimo disse al bassotto: – Dài! Dài! Cerca!

Il cane giovane si buttò ad annusare, e ogni tanto si voltava a guardare in su il ragazzo. – Dài! Dài!

Ora non lo vedeva più. Sentì uno sfascìo di cespugli, poi, a scoppio: – Auauauaaa! Iaì, iaì, iaì! – Aveva levata la volpe!

Cosimo vide la bestia correre nel prato. Ma si poteva sparare a una volpe levata da un cane altrui? Cosimo la lasciò passare e non sparò. Il bassotto alzò il muso verso di lui, con lo sguardo dei cani quando non capiscono e non sanno che possono aver ragione a non capire, e si ributtò a naso sotto, dietro la volpe.

– Iaì, iaì, iaì! – Le fece fare tutto un giro. Ecco, tornava. Poteva sparare o non poteva sparare? Non sparò. Il bassotto guardò in su con un occhio di dolore. Non abbaiava più, la lingua più penzoloni delle orecchie, sfinito, ma continuava a correre.

La sua levata aveva disorientato segugi e cacciatori. Sul sentiero correva un vecchio con un greve archibugio.

– Ehi, – gli fece Cosimo, – quel bassotto è vostro?

– Ti andasse nell'anima a te e a tutti i tuoi parenti! – gridò il vecchio che doveva aver le sue lune. – Ti sembriamo tipi da cacciare coi bassotti?

– Allora a quel che leva, io ci sparo, – insisté Cosimo, che voleva proprio essere in regola.

– E spara anche al santo che t'ha in gloria! – rispose quello, e corse via.

Il bassotto gli riportò la volpe. Cosimo sparò e la prese. Il bassotto fu il suo cane; gli mise nome Ottimo Massimo.

Ottimo Massimo era un cane di nessuno, unitosi al branco dei segugi per giovanile passione. Ma da dove veniva? Per scoprirlo, Cosimo si lasciò guidare da lui.

Il bassotto, rasente la terra, attraversava siepi e fossi; poi si voltava a vedere se il ragazzo di lassù riusciva a seguire il suo cammino. Tanto inconsueto era questo itinerario, che Cosimo non s'accorse subito dov'erano arrivati. Quando capì, gli balzò il cuore in petto: era il giardino dei Marchesi d'Ondariva.

La villa era chiusa, le persiane sprangate; solo una, a un abbaino, sbatteva al vento. Il giardino lasciato senza cure aveva più che mai quell'aspetto di foresta d'altro mondo. E per i vialetti ormai invasi dall'erba, e per le aiole sterpose, Ottimo Massimo si muoveva felice, come a casa sua, e rincorreva farfalle.

Sparì in un cespuglio. Tornò con in bocca un nastro. A Cosimo il cuore batté più forte. – Cos'è, Ottimo Massimo? Eh? Di chi è? Dimmi!

Ottimo Massimo scodinzolava.

– Porta qua, porta, Ottimo Massimo!

Cosimo, sceso su di un ramo basso, prese dalla bocca del cane quel brandello sbiadito che era stato certamente un nastro dei capelli di Viola, come quel cane era stato certamente un cane di Viola, dimenticato lì nell'ultimo trasloco della famiglia. Anzi, ora a Cosimo sembrava di ricordarlo, l'estate prima, ancora cucciolo, che sporgeva da un canestro al braccio della ragazzina bionda, e forse glie l'avevano portato in regalo allora allora.

– Cerca, Ottimo Massimo! – E il bassotto si gettava tra i bambù; e tornava con altri ricordi di lei, la corda da saltare, un pezzo lacero d'aquilone, un ventaglio.

In cima al tronco del più alto albero del giardino, mio fratello incise con la punta dello spadino i nomi *Viola* e *Cosimo*, e poi, più sotto, sicuro che a lei avrebbe fatto piacere anche se lo chiamava con un altro nome, scrisse: *Cane bassotto Ottimo Massimo*.

D'allora in poi, quando si vedeva il ragazzo sugli alberi, s'era certi che guardando giù innanzi a lui, o appresso, si vedeva il bassotto Ottimo Massimo trotterellare pancia a terra. Gli aveva insegnato la cerca, la ferma, il riporto: i lavori di tutte le specie di cani da caccia, e non c'era bestia del bosco che non cacciassero insieme. Per riportargli la selvaggina, Ottimo Massimo rampava con due zampe sui tronchi più in su che poteva; Cosimo calava a prendere la lepre o la starna dalla sua bocca e gli faceva una carezza. Erano tutte là le loro confidenze, le loro feste. Ma continuo tra la terra e i rami correva dall'uno all'altro un dialogo, un'intelligenza, d'abbai monosillabi e di schiocchi di lingua e dita. Quella necessaria presenza che per il cane è l'uomo e per l'uomo è il cane, non li tradiva mai, né l'uno né l'altro; e per quanto diversi da tutti gli uomini e cani del mondo, potevan dirsi, come uomo e cane, felici.

XI

Per molto tempo, tutta un'epoca della sua adolescenza, la caccia fu per Cosimo il mondo. Anche la pesca, perché con una lenza aspettava anguille e trote negli stagni del torrente. Veniva da pensare alle volte di lui come avesse ormai sensi e istinti diversi da noi, e quelle pelli che s'era conciato per vestiario corrispondessero a un mutamento totale della sua natura. Certo lo stare di continuo a contatto delle scorze d'albero, l'occhio affisato al muoversi delle penne, al pelo, alle scaglie, a quella gamma di colori che questa apparenza del mondo presenta, e poi la verde corrente che circola come un sangue d'altro mondo nelle vene delle foglie: tutte queste forme di vita così lontane dall'umana come un fusto di pianta, un becco di tordo, una branchia di pesce, questi confini del selvatico nel quale così profondamente s'era spinto, potevano ormai modellare il suo animo, fargli perdere ogni sembianza d'uomo. Invece, per quante doti egli assorbisse dalla comunanza con le piante e dalla lotta con gli animali, sempre mi fu chiaro che il suo posto era di qua, era dalla parte nostra.

Ma pur senza volere, certi usi diventavano più radi e si perdevano. Come il suo seguirci la festa alla Messa grande d'Ombrosa. Per i primi mesi cercò di farlo. Ogni domenica, uscendo, tutta la famiglia indrappellata, vestita da cerimonia, lo trovavamo sui rami, anche lui in qualche modo con un'intenzione d'abito da festa, per esempio riesumata la vecchia marsina, o il tricorno invece del berretto di pelo. Noi ci avviavamo, lui ci seguiva per i rami, e così incedevamo sul sagrato, guardati da tutti gli Ombrosotti (ma presto vi fecero l'abitudine e diminuì anche il disagio di nostro padre), noi tutti compassati, lui che saltava in aria, strana vista, specie d'inverno, con gli alberi spogli.

Noi entravamo nella cattedrale, sedevamo al nostro banco di famiglia, lui restava fuori, s'appostava su un leccio a fianco d'una navata, proprio all'altezza di una grande finestra. Dal nostro banco vedevamo attraverso le vetrate l'ombra dei rami e, trammezzo, quella di Cosimo col cappello sul petto e a capo chino. Per l'accordo di mio padre con un sagrestano, quella vetrata ogni domenica fu tenuta socchiusa, così mio fratello poteva prendere la Messa dal suo albero. Ma col passare del tempo non lo vedemmo più. La vetrata fu chiusa perché c'era corrente.

Tante cose che prima sarebbero state importanti, per lui non lo erano più. In primavera si fidanzò nostra sorella. Chi l'avrebbe detto, solo un anno prima? Vennero questi Conti d'Estomac col Contino, si fece una gran festa. Il nostro palazzo era illuminato in ogni stanza, c'era tutta la nobiltà dei dintorni, si ballava. Chi pensava più a Cosimo? Ebbene, non è vero, ci pensavamo tutti. Ogni tanto io guardavo fuori dalle finestre per vedere se arrivava; e nostro padre era triste, e in quella festevolezza familiare certo il suo pensiero andava a lui, che se n'era escluso; e la Generalessa che comandava su tutta la festa come su una piazza d'armi, voleva solo sfogare il suo struggimento per l'assente. Forse anche Battista che faceva piroette, irriconoscibile fuor dalle vesti monacali, con una parrucca che pareva un marzapane, e un *grand panier* guarnito di coralli che non so che sarta le avesse costruito, anche lei scommetto che ci pensava.

E lui c'era, non visto, – lo seppi poi, – era nell'ombra della cima d'un platano, al freddo, e vedeva le finestre piene di luce, le note stanze apparecchiate a festa, la gente imparruccata che ballava. Quali pensieri gli attraversavano la mente? Rimpiangeva almeno un poco la nostra vita? Pensava a quanto breve era quel passo che lo separava dal ritorno nel nostro mondo, quanto breve e quanto facile? Non so cosa pensasse, cosa volesse, lì. So soltanto che rimase per tutto il tempo della festa, e anche oltre, finché a uno a uno i candelieri non si spensero e non restò più una finestra illuminata.

I rapporti di Cosimo con la famiglia, dunque, bene o male, continuavano. Anzi, con un membro d'essa si fecero più stretti, e solo ora si può dire che imparò a conoscerlo: il Cavalier Avvocato Enea Silvio Carrega. Quest'uomo mezzo svanito, sfuggente, che non si riusciva mai a sapere dove fosse e cosa facesse, Cosimo scoperse che era l'unico di tutta la famiglia che avesse un gran numero d'occupazioni, non solo, ma che nulla di quel che faceva era inutile.

Usciva, magari nell'ora più calda del pomeriggio, col fez piantato sul cocuzzolo, i passi sciabattanti nella zimarra lunga fino a terra, e spariva quasi l'avessero inghiottito le crepe del terreno, o le siepi, o le pietre dei muri. Anche Cosimo, che si divertiva a star sempre di vedetta (o meglio, non che si divertisse, era questo ormai un suo stato naturale, come se il suo occhio abbracciasse un orizzonte così largo da comprendere tutto), a un certo punto non lo vedeva più. Qualche volta si metteva a correre di ramo in ramo verso il posto dov'era sparito, e non riusciva mai a capire che via avesse preso. Ma c'era un segno che ricorreva sempre in quei paraggi: delle api che volavano. Cosimo finì per convincersi che la presenza del Cavaliere era collegata con le api e che per rintracciarlo bisognava seguirne il volo. Ma come fare? Attorno a ogni pianta fiorita c'era uno sparso ronzare d'api; bisognava non lasciarsi distrarre da percorsi isolati e secondari, ma seguire l'invisibile via aerea in cui l'andirivieni d'api si faceva sempre più fitto, finché non si giungeva a vederne una nuvola densa levarsi dietro una siepe come un fumo. Là sotto erano le arnie, una o alcune, in fila su una tavola, e intento ad esse, in mezzo al brulichio d'api, c'era il Cavaliere.

Era infatti, questa dell'apicoltura, una delle attività segrete del nostro zio naturale; segreta fino a un certo punto, perché egli stesso portava a tavola ogni tanto un favo stillante miele appena tolto dall'arnia; ma essa si svolgeva tutta fuor dell'ambito delle nostre proprietà, in luoghi che egli evidentemente non voleva si sapessero. Doveva essere una sua cautela, per sottrarre i proventi di questa personale industria al paiolo bucato dell'amministrazione familiare; oppure – poiché certo l'uomo non era avaro, e poi, cosa poteva rendergli, quel po' di miele e di cera? – per aver qualcosa in cui il Barone suo fratello non cacciasse il naso, non pretendesse di guidarlo per mano; oppure ancora per non mescolare le poche cose che amava, come l'apicoltura, con le molte che non amava, come l'amministrazione.

Comunque, restava il fatto che nostro padre non gli avrebbe mai permesso di tenere api vicino a casa, perché il Barone aveva un'irragionevole paura d'essere punto, e quando per caso s'imbatteva in un'ape o in una vespa in giardino, spiccava un'assurda corsa per i viali, ficcandosi le mani nella parrucca come a proteggersi dalle beccate d'un'aquila. Una volta, così facendo, la parrucca gli volò via, l'ape adombrata dal suo scatto gli s'avventò contro e gli conficcò il pungiglione nel cranio calvo. Stette tre giorni a premersi la testa con pezzuole bagnate d'aceto, perché era uomo siffatto, ben fiero e forte nei casi più gravi, ma che un graffietto o un foruncolino facevano andare come matto.

Dunque, Enea Silvio Carrega aveva sminuzzato il suo allevamento d'api un po' qua e un po' là per tutta la vallata d'Ombrosa; i proprietari gli davano il permesso di tenere un alveare o due o tre in una fascia dei loro campi, per il compenso d'un poco di miele, e lui era sempre in giro da un posto all'altro, trafficando intorno alle arnie con mosse che pareva avesse zampette d'ape al posto delle mani, anche perché le teneva talvolta, per non essere punto, calzate in mezzi guanti neri. Sul viso, avvolto intorno al fez come in un turbante, portava un velo nero, che a ogni respiro gli s'appiccicava e sollevava sulla bocca. E muoveva un arnese che spandeva fumo, per allontanare gli insetti mentre lui frugava nelle arnie. E tutto, brulichio d'api, veli, nuvola di fumo, pareva a Cosimo un incantesimo che quell'uomo cercava di suscitare per scomparire di lì, esser cancellato, volato via, e poi rinascere altro, o in altro tempo, o altrove. Ma era un mago da poco, perché riappariva sempre uguale, magari succhiandosi un polpastrello punto.

Era la primavera. Cosimo un mattino vide l'aria come impazzita, vibrante d'un suono mai udito, un ronzio che raggiungeva punte di boato, e attraversata da una grandine che invece di cadere si spostava in una direzione orizzontale, e vorticava lentamente sparsa intorno, ma seguendo una specie di colonna più densa. Era una moltitudine d'api: e intorno c'era il verde e i fiori e il sole; e Cosimo che non capiva cos'era si sentì preso da un'eccitazione struggente e feroce.

– Scappano le api! Cavalier Avvocato! Scappano le api! – prese a gridare, correndo per gli alberi alla ricerca del Carrega.

– Non scappano: sciamano, – disse la voce del Cavaliere, e Cosimo se lo vide sotto di sé, spuntato come un fungo, mentre gli faceva segno di star zitto. Poi subito corse via, sparì. Dov'era andato?

Era l'epoca degli sciami. Uno stuolo d'api stava seguendo una regina fuori del vecchio alveare. Cosimo si guardò intorno. Ecco che il Cavalier Avvocato ricompariva alla porta della cucina e aveva in mano un paiolo e una padella. Ora faceva cozzare la padella contro il paiolo e ne levava un deng! deng! altissimo, che rintronava nei timpani e si spegneva in una lunga vibrazione, tanto fastidiosa che veniva da turarsi le orecchie. Percuotendo quegli arnesi di rame ogni tre passi, il Cavalier Avvocato camminava dietro lo stuolo delle api. A ognuno di quei clangori, lo sciame pareva colto da uno scuotimento, un rapido abbassarsi e tornar su, e il ronzio pareva fatto più basso, il volare più incerto. Cosimo non vedeva bene, ma gli sembrava che adesso tutto lo sciame convergesse verso un punto nel verde, e non andasse più in là. E il Carrega continuava a menar colpi nel paiolo.

– Cosa succede, Cavalier Avvocato? Cosa fa? – gli chiese mio fratello, raggiungendolo.

– Presto, – farfugliò lui, – va' sull'albero dove s'è fermato lo sciame, ma attento a non muoverlo finché non arrivo io!

Le api calavano verso un melograno. Cosimo vi giunse e dapprincipio non vide nulla, poi subito scorse come un grosso frutto, a pigna, che pendeva da un ramo, ed era tutto fatto d'api aggrappate una sull'altra, e sempre ne venivano di nuove ad ingrossarlo.

Cosimo stava in cima al melograno trattenendo il respiro. Lì sotto pendeva il grappolo d'api, e più grosso diventava e più pareva leggero, come appeso a un filo, o meno ancora, alle zampette d'una vecchia ape regina, e fatto di sottile cartilagine, con tutte quelle ali fruscianti che stendevano il loro diafano colore grigio sopra le striature nere e gialle degli addomi.

Il Cavalier Avvocato arrivò saltellando, e reggeva tra le mani un'arnia. La protese capovolta sotto il grappolo.

– Dài, – disse piano a Cosimo, – una piccola scossa secca.

Cosimo scrollò appena il melograno. Lo sciame di migliaia di api si staccò come una foglia, cascò nell'arnia, e il Cavaliere la tappò con una tavola. – Ecco fatto.

Così nacque tra Cosimo e il Cavalier Avvocato un'intesa, una collaborazione che si poteva pur chiamare una specie d'amicizia, se amicizia non sembrasse termine eccessivo, riferito a due persone così poco socievoli.

Anche sul terreno dell'idraulica, mio fratello ed Enea Silvio finirono per incontrarsi. Ciò può parer strano, perché chi sta sugli alberi difficilmente ha a che fare con pozzi e canali; ma v'ho detto di quel sistema di fontana pensile che Cosimo aveva escogitato, con una corteccia di pioppo che portava l'acqua d'una cascata fin tra i rami d'una quercia. Ora, al Cavalier Avvocato, pur così distratto, nulla sfuggiva che si muovesse nelle vene d'acqua di tutta la campagna. Da sopra la cascata, nascosto dietro un ligustro, spiò Cosimo tirar fuori la conduttura di tra le fronde della quercia (dove la riponeva quando non gli serviva, per quell'usanza dei selvatici, subito divenuta anche sua, di nascondere tutto), appoggiarla a una forcella della quercia e dall'altra parte a certe pietre dello strapiombo, e bere.

A quella vista, chissà cosa mai frullò in capo al Cavaliere: fu preso da uno dei suoi rari momenti d'euforia. Sbucò fuori dal ligustro, batté le mani, fece due o tre balzi che pareva saltasse alla corda, spruzzò dell'acqua, per poco non imboccò la cascata e non volò giù dal precipizio. E cominciò a spiegare al ragazzo l'idea che aveva avuta. L'idea era confusa e la spiegazione confusissima: il Cavalier Avvocato d'ordinario parlava in dialetto, per modestia più ancora che per ignoranza della lingua, ma in questi improvvisi momenti d'eccitazione dal dialetto passava direttamente al turco, senz'accorgersene, e non si capiva più niente.

A farla breve: gli era venuta l'idea d'un acquedotto pensile, con una conduttura sostenuta appunto dai rami degli alberi, che avrebbe permesso di raggiungere il versante opposto della valle, gerbido, ed irrigarlo. E il perfezionamento che Cosimo, subito secondando il suo progetto, gli suggerì: d'usare in certi punti dei tronchi di conduttura bucherellati, per far piovere sui semenzai, lo mandò in visibilio addirittura.

Corse a rintanarsi nel suo studio, a riempire fogli e fogli di progetti. Anche Cosimo ci s'impegnò, perché ogni cosa che si potesse fare sugli alberi gli piaceva, e gli pareva venisse a dare una nuova importanza e autorità alla sua posizione lassù; e in Enea Silvio Carrega gli sembrò d'aver trovato un insospettato compagno. Si davano appuntamento su certi alberi bassi; il Cavalier Avvocato ci saliva con la scala a triangolo, le braccia ingombre di rotoli di disegni; e discutevano per ore gli sviluppi sempre più complicati di quell'acquedotto.

Ma non si passò mai alla fase pratica. Enea Silvio si stancò, diradò i suoi colloqui con Cosimo, non completò mai i disegni, dopo una settimana doveva essersene già dimenticato. Cosimo non rimpianse la cosa: s'era presto accorto che per la sua vita diventava una fastidiosa complicazione e nient'altro.

Era chiaro che nel campo dell'idraulica il nostro zio naturale avrebbe potuto fare molto di più. La passione ce l'aveva, il particolare ingegno necessario a quel ramo di studio non gli mancava; però non sapeva realizzare: si perdeva, si perdeva, finché ogni proposito non finiva in niente, come acqua mal incanalata che dopo aver girato per un po' venisse risucchiata da un terreno poroso. La ragione forse era questa: che mentre all'apicoltura poteva dedicarsi per conto suo, quasi in segreto, senz'aver a che fare con nessuno, fiorendo ogni tanto in un regalo di miele e cera che nessuno gli aveva chiesto, queste opere di canalizzazione invece le doveva fare tenendo conto degli interessi di questo e di quello, subendo i pareri e gli ordini del Barone o di chiunque altro gli commissionava il lavoro. Timido e irresoluto com'era, non s'opponeva mai alla volontà altrui, ma presto si disamorava del lavoro e lo lasciava perdere.

Lo si poteva vedere a tutte le ore, in mezzo a un campo, con uomini armati di pale e zappe, lui con un metro a canna e il foglio arrotolato d'una mappa, dar ordini per scavare un canale e misurare il terreno coi suoi passi, che essendo cortissimi doveva allungare in maniera esagerata. Faceva incominciare a scavare in quel posto, poi in un altro, poi interrompere, e si rimetteva a prendere misure. Veniva sera e così si sospendeva. Era difficile che all'indomani decidesse di riprendere il lavoro in quel punto. Non si faceva più trovare per una settimana.

D'aspirazioni, impulsi, desideri era fatta la sua passione per l'idraulica. Era un ricordo che egli aveva in cuore, le bellissime, ben irrigate terre del Sultano, orti e giardini in cui egli doveva esser stato felice, il solo tempo veramente felice della sua vita; e a quei giardini di Barberia o Turchia andava di continuo comparando le campagne d'Ombrosa, ed era spinto a correggerle, a cercare d'identificarle col suo ricordo, e la sua arte essendo l'idraulica, in essa concentrava questo desiderio di mutamento, e di continuo si scontrava con una realtà diversa, e ne restava deluso.

Praticava anche la rabdomanzia, non visto, perché erano ancora i tempi in cui quelle strane arti potevano attirare il pregiudizio di stregoneria. Una volta Cosimo lo scoperse in un prato che faceva piroette protendendo una verga forcuta. Doveva essere anche quello un tentativo di ripetere qualcosa visto fare ad altri e di cui egli non aveva alcuna pratica, perché non ne venne fuori niente.

A Cosimo, comprendere il carattere di Enea Silvio Carrega giovò in questo: che capì molte cose sullo star soli che poi nella vita gli servirono. Direi che si portò sempre dietro l'immagine stranita del Cavalier Avvocato, ad avvertimento di un modo come può diventare l'uomo che separa la sua sorte da quella degli altri, e riuscì a non somigliargli mai.

XII

Alle volte Cosimo era svegliato nella notte da grida di
– Aiuto! I briganti! Rincorreteli!

Per gli alberi, si dirigeva svelto al luogo donde quelle
grida provenivano. Era magari un casolare di piccoli proprietari, e una famigliola mezzo spogliata era lì fuori con
le mani sul capo.

– Ahinoi, ahinoi, è venuto Gian dei Brughi e ci ha portato via tutto il ricavato del raccolto!

S'affollava gente.

– Gian dei Brughi? Era lui? L'avete visto?

– Era lui! Era lui! Aveva una maschera in faccia, una pi-
stola lunga così, e gli venivano dietro altri due maschera-
ti, e lui li comandava! Era Gian dei Brughi!

– E dov'è? Dov'è andato?

– Eh, sì, bravo, piglialo Gian dei Brughi! Chissà dov'è,
a quest'ora!

Oppure chi gridava era un viandante lasciato in mezzo alla strada, derubato di tutto, cavallo, borsa, mantello
e bagaglio. – Aiuto! Alla rapina! Gian dei Brughi!

– Com'è andata? Diteci!

– È saltato di là, nero, barbuto, a schioppo spianato, per
poco non son morto!

– Presto! Inseguiamolo! Da che parte è scappato?

– Di qua! No, forse di là! Correva come il vento!

Cosimo s'era messo in testa di vedere Gian dei Brughi. Percorreva il bosco in lungo e in largo dietro alle lepri o agli uccelli, incitando il bassotto: – Cerca, cerca, Ottimo Massimo! – Ma quello che lui avrebbe voluto stanare era il bandito in persona, e non per fargli o dirgli nulla, solo per vedere in faccia una persona tanto nominata. Invece, mai gli era riuscito d'incontrarlo, neanche stando in giro magari tutta una notte. «Vorrà dire che stanotte non è uscito», si diceva Cosimo; invece al mattino, di qua o di là della vallata, c'era un crocchio di gente alla soglia d'una casa o a una svolta di strada che commentava la nuova rapina. Cosimo accorreva, e stava a orecchi spalancati a sentire quelle storie.

– Ma tu che stai sempre su per gli alberi del bosco, – gli disse una volta qualcuno, – non l'hai mai visto, Gian dei Brughi?

Cosimo si vergognò molto. – Mah... mi par di no...

– E come vuoi che l'abbia visto? – interloquì un altro, – Gian dei Brughi ha dei nascondigli che nessuno può trovare, e cammina per strade che nessuno conosce!

– Con la taglia che ha sulla testa, chi l'acchiappa può star bene tutta la vita!

– Già! Ma quelli che sanno dov'è, hanno conti da regolare con la giustizia quasi quanto lui, e se si fanno avanti finiscono dritti sulla forca anche loro!

– Gian dei Brughi! Gian dei Brughi! Ma sarà proprio sempre lui a far questi delitti!

– Va' là, che ha tante imputazioni che se pure gli riuscisse di scolparsi di dieci rapine, nel frattempo l'avrebbero già impiccato per l'undicesima!

– Ha fatto il brigante per tutti i boschi della costa!

– Ha ucciso anche un suo capobanda in gioventù!

– È stato bandito pure dai banditi!

– Per questo è venuto a rifugiarsi nel nostro territorio!

– È che noi siamo troppo brava gente!

Cosimo ogni notizia nuova andava a commentarla coi calderai. Tra la gente accampata nel bosco, c'era a quei tempi tutta una genìa di loschi ambulanti: calderai, impagliatori di seggiole, stracciari, gente che gira le case, e al mattino studia il furto che farà alla sera. Nel bosco, più che il laboratorio avevano il rifugio segreto, il ripostiglio della refurtiva.

– Sapete, stanotte Gian dei Brughi ha assaltato una carrozza!

– Ah sì? Mah, tutto può darsi...

– Ha fermato i cavalli al galoppo prendendoli per il morso!

– Be', o non era lui o invece di cavalli erano grilli...

– Cosa dite? Non credete che fosse Gian dei Brughi?

– Ma sì, sì, che idee gli vai a mettere in testa, tu? Era Gian dei Brughi, certo!

– E di che cosa non è capace Gian dei Brughi?

– Ah, ah, ah!

A sentir parlare di Gian dei Brughi in questo modo, Cosimo non si raccapezzava più, si spostava nel bosco e andava a sentire a un altro accampamento di girovaghi.

– Ditemi, secondo voi, quello della carrozza di stanotte, era un colpo di Gian dei Brughi, no?

– Tutti i colpi sono di Gian dei Brughi, quando riescono. Non lo sai?

– Perché: quando riescono?

– Perché quando non riescono, vuol dire che sono di Gian dei Brughi veramente!

– Ah, ah! Quello schiappino!

Cosimo non capiva più niente. – Gian dei Brughi è uno schiappino?

Gli altri, allora, s'affrettavano a cambiar tono: – Ma no, ma no, è un brigante che fa paura a tutti!

– L'avete visto, voi?

– Noi? E chi l'ha mai visto?

– Ma siete sicuri che ci sia?

– O bella! Certo che c'è! E se anche non ci fosse...

– Se non ci fosse?

– ... Sarebbe tale e quale. Ah, ah, ah!

– Ma tutti dicono...

– Certo, così si deve dire: è Gian dei Brughi che ruba e ammazza dappertutto, quel terribile brigante! Vorremmo vedere che qualcuno ne dubitasse!

– Ehi tu, ragazzo, avresti mica il coraggio di metterlo in dubbio?

Insomma, Cosimo aveva capito che la paura di Gian dei Brughi che c'era giù a valle, più si saliva verso il bosco più si tramutava in un atteggiamento dubbioso e spesso apertamente derisorio.

La curiosità d'incontrarlo gli passò, perché capì che di Gian dei Brughi alla gente più esperta non importava niente. E fu proprio allora che gli successe d'incontrarlo.

Cosimo era su di un noce, un pomeriggio, e leggeva. Gli era presa da poco la nostalgia di qualche libro: stare tutto il giorno col fucile spianato ad aspettare se arriva un fringuello, alla lunga annoia.

Dunque leggeva il *Gil Blas* di Lesage, tenendo con una mano il libro e con l'altra il fucile. Ottimo Massimo, cui non piaceva che il padrone leggesse, girava intorno cercando pretesti per distrarlo: abbaiando per esempio a una farfalla, per vedere se riusciva a fargli puntare il fucile.

Ed ecco, giù dalla montagna, per il sentiero, veniva correndo e ansando un uomo barbuto e malmesso, disarmato, e dietro aveva due sbirri a sciabole sguainate che gridavano: – Fermatelo! È Gian dei Brughi! L'abbiamo stanato, finalmente!

Ora il brigante aveva preso un po' di distacco dagli sbirri, ma se continuava a muoversi impacciato come chi ha paura di sbagliare strada o di cadere in qualche trappola, li avrebbe riavuti presto alle calcagna. Il noce di Cosimo non offriva appiglio a chi volesse arrampicarcisi, ma egli aveva lì sul ramo una fune di quelle che si portava sempre dietro per superare i passi difficili. Ne buttò un capo a terra e legò l'altro al ramo. Il brigante si vide cadere quella corda quasi sul naso, si torse le mani un momento nell'incertezza, poi s'attaccò alla corda e s'arrampicò rapidissimo, rivelandosi uno di quegli incerti impulsivi o impulsivi incerti che sembra sempre non sappiano cogliere il momento giusto e invece l'azzeccano ogni volta.

Arrivarono gli sbirri. La corda era già stata tirata su e Gian dei Brughi era accanto a Cosimo tra le fronde del noce. C'era un bivio. Gli sbirri presero uno di qua e uno di là, poi si ritrovarono, e non sapevano più dove andare. Ed ecco che s'imbatterono in Ottimo Massimo che scodinzolava nei paraggi.

– Ehi, – disse uno degli sbirri all'altro, – questo non è il cane del figlio del Barone, quello che sta sulle piante? Se il ragazzo è qua intorno potrà dirci qualcosa.

– Sono quassù! – gridò Cosimo. Ma lo gridò non dal noce dov'era prima e dov'era nascosto il brigante: s'era rapidamente spostato su un castagno lì di fronte, cosicché gli sbirri alzarono subito il capo in quella direzione senza mettersi a guardare sugli alberi intorno.

– Bondì, Signoria, – fecero, – non avrebbe per caso visto correre il brigante Gian dei Brughi?

– Chi fosse non so, – rispose Cosimo, – ma se cercate un omino che correva, ha preso di là verso il torrente...

– Un omino? È un tronco d'uomo che mette paura...

– Be', di quassù sembrate tutti piccoli...

– Grazie, Signoria! – e tagliarono giù verso il torrente.

Cosimo tornò sul noce e riprese a leggere il *Gil Blas*. Gian dei Brughi era sempre abbracciato al ramo, pallido in mezzo ai capelli e alla barba ispidi e rossi proprio come brughi, con impigliati foglie secche, ricci di castagna e aghi di pino. Squadrava Cosimo con due occhi verdi, tondi e smarriti; brutto, era brutto.

– Sono andati? – si decise a domandare.

– Sì, sì, – disse Cosimo, affabile. – Lei è il brigante Gian dei Brughi?

– Come mi conosce?

– Eh, così, di fama.

– E lei è quello che non scende mai dagli alberi?

– Sì. Come lo sa?

– Be', anch'io, la fama corre.

Si guardarono con cortesia, come due persone di riguardo che s'incontrano per caso e sono contente di non essere sconosciute l'una all'altra.

Cosimo non sapeva cos'altro dire, e si rimise a leggere.

– Cosa legge di bello?

– Il *Gil Blas* di Lesage.

– È bello?

– Eh sì.

– Le manca tanto a finirlo?

– Perché? Be', una ventina di pagine.

– Perché quando l'aveva finito volevo chiederle se me lo prestava, – sorrise, un po' confuso. – Sa, passo le giornate nascosto, non si sa mai cosa fare. Avessi un libro ogni tanto, dico. Una volta ho fermato una carrozza, poca roba, ma c'era un libro e l'ho preso. Me lo sono portato su, nascosto sotto la giubba; tutto il resto del bottino avrei dato, pur di tenermi quel libro. La sera, accendo la lanterna, vado per leggere... era in latino! Non ci capivo una parola... – Scosse il capo. – Vede, io il latino non lo so...

– E be', latino, caspita, è duro, – disse Cosimo, e sentì che suo malgrado stava prendendo un'aria protettiva. – Questo qui è in francese...

– Francese, toscano, provenzale, castigliano, lì capisco tutto, – disse Gian dei Brughi. – Anche un po' il catalano: *Bon dia! Bona nit! Està la mar mòlt alborotada.*

In mezz'ora Cosimo finì il libro e lo prestò a Gian dei Brughi.

Così cominciarono i rapporti tra mio fratello e il brigante. Appena Gian dei Brughi aveva finito un libro, correva a restituirlo a Cosimo, ne prendeva in prestito un altro, scappava a rintanarsi nel suo rifugio segreto, e sprofondava nella lettura.

A Cosimo i libri li procuravo io, dalla biblioteca di casa, e quando li aveva letti me li ridava. Ora cominciò a tenerli più a lungo, perché dopo letti li passava a Gian dei Brughi, e spesso tornavano spelacchiati nelle rilegature, con macchie di muffa, striature di lumaca, perché il brigante chissà dove li teneva.

In giorni stabiliti Cosimo e Gian dei Brughi si davano convegno su di un certo albero, si scambiavano il libro e via, perché il bosco era sempre battuto dagli sbirri. Quest'operazione così semplice era molto pericolosa per entrambi: anche per mio fratello, che non avrebbe potuto certo giustificare la sua amicizia con quel criminale! Ma a Gian dei Brughi era presa una tal furia di letture, che divorava romanzi su romanzi e, stando tutto il giorno nascosto a leggere, in una giornata mandava giù certi tomi che mio fratello ci aveva messo una settimana, e allora non c'era verso, ne voleva un altro, e se non era il giorno stabilito si buttava per le campagne alla ricerca di Cosimo, spaventando le famiglie nei casolari e facendo muovere sulle sue tracce tutta la forza pubblica d'Ombrosa.

Adesso a Cosimo, sempre pressato dalle richieste del brigante, i libri che riuscivo a procurargli io non bastavano, e dovette andare a cercarsi altri fornitori. Conobbe un mercante di libri ebreo, tale Orbecche, che gli procurava anche opere in più tomi. Cosimo gli andava a bussare alla finestra dai rami d'un carrubo portandogli lepri, tordi e starne appena cacciati in cambio di volumi.

Ma Gian dei Brughi aveva i suoi gusti, non gli si poteva dare un libro a caso, se no l'indomani tornava da Cosimo a farselo cambiare. Mio fratello era nell'età in cui si comincia a prendere piacere alle letture più sostanziose, ma era costretto ad andarci piano, da quando Gian dei Brughi gli portò indietro *Le avventure di Telemaco* avvertendolo che se un'altra volta gli dava un libro così noioso, lui gli segava l'albero di sotto.

Cosimo a questo punto avrebbe voluto separare i libri che voleva leggersi per conto suo con tutta calma da quelli che si procurava solo per prestarli al brigante. Macché: almeno una scorsa doveva darla anche a questi, perché Gian dei Brughi si faceva sempre più esigente e diffidente, e prima di prendere un libro voleva che lui gli raccontasse un po' la trama, e guai se lo coglieva in fallo. Mio fratello provò a passargli dei romanzetti d'amore: e il brigante arrivava furioso chiedendo se l'aveva preso per una donnicciola. Non si riusciva mai a indovinare quello che gli andava.

Insomma, con Gian dei Brughi sempre alle costole, la lettura per Cosimo, dallo svago di qualche mezz'oretta, diventò l'occupazione principale, lo scopo di tutta la giornata. E a furia di maneggiar volumi, di giudicarli e compararli, di doverne conoscere sempre di più e di nuovi, tra letture per Gian dei Brughi e il crescente bisogno di letture sue, a Cosimo venne una tale passione per le lettere e per tutto lo scibile umano che non gli bastavano le ore dall'alba al tramonto per quel che avrebbe voluto leggere, e continuava anche a buio a lume di lanterna.

Finalmente, scoperse i romanzi di Richardson. A Gian dei Brughi piacquero. Finito uno, ne voleva subito un altro. Orbecche gli procurò una pila di volumi. Il brigante aveva da leggere per un mese. Cosimo, ritrovata la pace, si buttò a leggere le vite di Plutarco.

Gian dei Brughi, intanto, sdraiato sul suo giaciglio, gli ispidi capelli rossi pieni di foglie secche sulla fronte corrugata, gli occhi verdi che gli s'arrossavano nello sforzo della vista, leggeva leggeva muovendo la mandibola in un compitare furioso, tenendo alto un dito umido di saliva per esser pronto a voltare la pagina. Alla lettura di Richardson, una disposizione già da tempo latente nel suo animo lo andava come struggendo: un desiderio di giornate abitudinarie e casalinghe, di parentele, di sentimenti familiari, di virtù, d'avversione per i malvagi e i viziosi. Tutto quel che lo circondava non lo interessava più, o lo riempiva di disgusto. Non usciva più dalla sua tana tranne che per correre da Cosimo a farsi dare il cambio del volume, specie se era un romanzo in più tomi ed era rimasto a mezzo della storia. Viveva così, isolato, senza rendersi conto della tempesta di risentimenti che covava contro di lui anche tra gli abitanti del bosco un tempo suoi complici fidati, ma che ora s'erano stancati di tenersi tra i piedi un brigante inattivo, che si tirava dietro tutta la sbirraglia.

Nei tempi andati, s'erano stretti intorno a lui quanti nei dintorni avevano conti da regolare con la giustizia, magari poca cosa, furterelli abituali, come quei vagabondi stagnatori di pentole, o delitti veri e propri, come i suoi compagni banditi. Per ogni furto o rapina questa gente si giovava della sua autorità ed esperienza, ed anche si faceva scudo del suo nome, che correva di bocca in bocca e lasciava i loro in ombra. E anche chi non prendeva parte ai colpi, godeva in qualche modo della loro fortuna, perché il bosco si riempiva di refurtive e contrabbandi d'ogni specie, che bisognava smaltire o rivendere, e tutti quelli che bazzicavano là intorno trovavano da trafficarci sopra. Chi poi compiva rapine per conto suo, all'insaputa di Gian dei Brughi, si faceva forte di quel nome terribile per mettere paura agli aggrediti e ricavarne il massimo: la gente viveva nel terrore, in ogni malvivente vedeva Gian dei Brughi o uno della sua banda e s'affrettava a sciogliere i cordoni della borsa.

Questi bei tempi erano durati a lungo; Gian dei Brughi aveva visto che poteva campare di rendita, e a poco a poco s'era imminchionito. Credeva che tutto continuasse come prima, invece gli animi erano mutati e il suo nome non ispirava più nessuna reverenza.

A chi era utile, ormai, Gian dei Brughi? Se ne stava nascosto coi luccicconi agli occhi a leggere romanzi, colpi non ne faceva più, roba non ne procurava, nel bosco nessuno poteva più fare i propri affari, venivano gli sbirri tutti i giorni a cercarlo e per poco che un disgraziato avesse l'aria sospetta lo portavano in guardina. Se si aggiunge la tentazione di quella taglia che aveva sulla testa, appare chiaro che i giorni di Gian dei Brughi erano contati.

Due altri briganti, due giovani che erano stati tirati su da lui e non sapevano rassegnarsi a perdere quel bel capobanda, vollero dargli l'occasione di riabilitarsi. Si chiamavano Ugasso e Bel-Loré ed erano stati da ragazzi nella banda dei ladruncoli di frutta. Adesso, giovanotti, erano diventati briganti di passo.

Dunque, vanno a trovare Gian dei Brughi nella sua caverna. Era lì, sdraiato sulla paglia. – Sì, che c'è? – fece, senza levare gli occhi dalla pagina.

– T'avevamo da proporre una cosa, Gian dei Brughi.

– Mmm... Cosa? – e leggeva.

– Sai dov'è la casa di Costanzo il gabelliere?

– Sì, sì... Eh? Cosa? Chi è il gabelliere?

Bel-Loré e Ugasso si scambiarono uno sguardo contrariato. Se non gli si toglieva quel maledetto libro di sotto gli occhi, il brigante non avrebbe capito nemmeno una parola. – Chiudi un momento il libro, Gian dei Brughi. Stacci a sentire.

Gian dei Brughi afferrò il libro con ambe le mani, s'alzò in ginocchio, fece per stringerselo al petto tenendolo aperto al segno, poi la voglia di continuare a leggere era troppa e, sempre tenendolo stretto, l'alzò fino a poterci tuffare il naso dentro.

Bel-Loré ebbe un'idea. C'era lì una ragnatela con un grosso ragno. Bel-Loré sollevò con mani leggere la ragnatela col ragno sopra e la buttò addosso a Gian dei Brughi, tra libro e naso. Questo sciagurato di Gian dei Brughi s'era così rammollito da prendersi paura anche d'un ragno. Si sentì sul naso quel groviglio di gambe di ragno e filamenti appiccicosi, e prima ancora di capire cos'era, diede un gridolino di raccapriccio, lasciò cadere il libro e prese a sventagliarsi le mani davanti al viso, a occhi strabuzzati e bocca sputacchiante.

Ugasso si buttò a terra e riuscì ad afferrare il libro prima che Gian dei Brughi ci ponesse un piede sopra.

– Ridammi quel libro! – disse Gian dei Brughi, cercando con una mano di liberarsi da ragno e ragnatela, e con l'altra di strappare il libro di mano a Ugasso.

– No, prima stacci a sentire! – disse Ugasso nascondendo il libro dietro la schiena.

– Stavo leggendo *Clarissa*. Ridatemelo! Ero nel momento culminante...

– Sta' a sentire. Noi portiamo stasera un carico di legna a casa del gabelliere. Nel sacco, invece della legna, ci sei tu. Quando è notte, esci dal sacco...

– E io voglio finire *Clarissa*! – Era riuscito a liberarsi le mani dagli ultimi resti della ragnatela e cercava di lottare coi due giovani.

– Sta' a sentire... Quando è notte esci dal sacco, armato delle tue pistole, ti fai dare dal gabelliere tutto il ricavato delle gabelle della settimana, che lui tiene nel forziere a capo del letto...

– Lasciatemi almeno finire il capitolo... Siate bravi...

I due giovani pensavano ai tempi in cui, al primo che osava contraddirlo, Gian dei Brughi puntava due pistole nello stomaco. Li prese una amara nostalgia. – Tu prendi i sacchi di denari, va bene? – insistettero, tristemente, – ce li porti, noi ti ridiamo il tuo libro e potrai leggere quanto vorrai. Va bene così? Ci vai?

– No. Non va bene. Non ci vado!

– Ah non ci vai... Ah non ci vai, dunque... Sta' a vedere, allora! – e Ugasso prese una pagina verso la fine del libro, (– No! – urlò Gian dei Brughi), la strappò, (– No! ferma! –), l'appallottolò, la buttò nel fuoco.

– Aaah! Cane! Non puoi fare così! Non saprò più come va a finire! – e correva dietro a Ugasso per acchiappare il libro.

– Allora ci vai dal gabelliere?

– No, non ci vado!

Ugasso strappò altre due pagine.

– Sta' fermo! Non ci sono ancora arrivato! Non puoi bruciarle!

Ugasso le aveva già buttate nel fuoco.

– Cane! *Clarissa!* No!

– Allora, ci vai?

– Io...

Ugasso strappò altre tre pagine e le cacciò nelle fiamme.

Gian dei Brughi si buttò a sedere col viso nelle mani.

– Andrò, – disse. – Ma promettetemi che m'aspetterete col libro fuori della casa del gabelliere.

Il brigante fu nascosto in un sacco, con una fascina sulla testa. Bel-Loré portava il sacco sulle spalle. Dietro veniva Ugasso col libro. Ogni tanto, quando Gian dei Brughi con uno scalciare o un grugnire da dentro il sacco mostrava d'essere sul punto di pentirsi, Ugasso gli faceva sentire il rumore di una pagina strappata e Gian dei Brughi si rimetteva subito a star calmo.

Con questo sistema lo portarono, travestiti da legnaioli, fin dentro la casa del gabelliere e lo lasciarono lì. S'andarono ad appostare poco discosto, dietro un olivo, attendendo l'ora in cui, compiuto il colpo, doveva raggiungerli.

Ma Gian dei Brughi aveva troppa fretta, uscì prima di buio, per casa c'era ancora troppa gente. – In alto le mani! – Ma non era più quello di una volta, era come si vedesse dal di fuori, si sentiva un po' ridicolo. – In alto le

mani, ho detto... Tutti in questa stanza, contro il muro... –
Macché: non ci credeva più neanche lui, faceva così tanto
per fare. – Ci siete tutti? – Non s'era accorto che era scappata una bambina.

Comunque, era un lavoro da non perdere un minuto.
Invece la tirò in lungo, il gabelliere faceva il tonto, non trovava la chiave, Gian dei Brughi capiva che non lo prendevano più sul serio, e in fondo in fondo era contento che
così avvenisse.

Uscì, finalmente, con le braccia cariche di borse di scudi. Corse quasi alla cieca all'olivo fissato per il convegno.
– Ecco tutto quel che c'era! Ridatemi *Clarissa*!

Quattro, sette, dieci braccia si gettarono su di lui, l'immobilizzarono dalle spalle alle caviglie. Era sollevato di peso
da una squadra di sbirri e legato come un salame. – Clarissa la vedrai a scacchi! – e lo condussero in prigione.

La prigione era una torretta sulla riva del mare. Una
macchia di pinastri le cresceva dappresso. D'in cima a uno
di questi pinastri, Cosimo arrivava quasi all'altezza della
cella di Gian dei Brughi e vedeva il suo viso all'inferriata.

Al brigante non importava nulla degli interrogatori e
del processo; comunque andasse, l'avrebbero impiccato;
ma il suo pensiero erano quelle giornate vuote lì in prigione, senza poter leggere, e quel romanzo lasciato a mezzo. Cosimo riuscì a procurarsi un'altra copia di *Clarissa* e
se la portò sul pino.

– Dov'eri arrivato?

– Quando Clarissa scappa dalla casa di malaffare!

Cosimo scartabellò un poco, e poi: – Ah, sì, ecco. Dunque –: e cominciò a leggere ad alta voce, rivolto verso l'inferriata, alla quale si vedevano aggrappate le mani di Gian
dei Brughi.

L'istruttoria andò per le lunghe; il brigante resisteva ai
tratti di corda; per fargli confessare ognuno dei suoi innu-

merevoli delitti ci volevano giornate e giornate. Così ogni giorno, prima e dopo gli interrogatori se ne stava ad ascoltare Cosimo che gli faceva la lettura. Finita *Clarissa*, sentendolo un po' rattristato, Cosimo si fece l'idea che Richardson, così al chiuso, fosse un po' deprimente; e preferì cominciare a leggergli un romanzo di Fielding, che con la vicenda movimentata lo ripagasse un poco della libertà perduta. Erano i giorni del processo, e Gian dei Brughi aveva mente solo ai casi di Jonathan Wild.

Prima che il romanzo fosse finito, venne il giorno dell'esecuzione. Sul carretto, in compagnia d'un frate, Gian dei Brughi fece l'ultimo suo viaggio da vivente. Le impiccagioni a Ombrosa si facevano a un'alta quercia in mezzo alla piazza. Intorno tutto il popolo faceva cerchio.

Quand'ebbe il cappio al collo, Gian dei Brughi sentì un fischio di tra i rami. Alzò il viso. C'era Cosimo col libro chiuso.

– Dimmi come finisce, – fece il condannato.

– Mi dispiace di dirtelo, Gian, – rispose Cosimo, – Gionata finisce appeso per la gola.

– Grazie. Così sia di me pure! Addio! – e lui stesso calciò via la scala, restando strozzato.

La folla, quando il corpo cessò di dibattersi, andò via. Cosimo rimase fino a notte, a cavalcioni del ramo da cui pendeva l'impiccato. Ogni volta che un corvo si avvicinava per mordere gli occhi o il naso al cadavere, Cosimo lo cacciava agitando il berretto.

XIII

A frequentare il brigante, dunque, Cosimo aveva preso una smisurata passione per la lettura e per lo studio, che gli restò poi per la vita. L'atteggiamento abituale in cui lo s'incontrava adesso, era con un libro aperto in mano, seduto a cavalcioni d'un ramo comodo, oppure appoggiato a una forcella come a un banco da scuola, un foglio posato su una tavoletta, il calamaio in un buco dell'albero, scrivendo con una lunga penna d'oca.

Adesso era lui che andava a cercare l'Abate Fauchelafleur perché gli facesse lezione, perché gli spiegasse Tacito e Ovidio e i corpi celesti e le leggi della chimica, ma il vecchio prete fuor che un po' di grammatica e un po' di teologia annegava in un mare di dubbi e di lacune, e alle domande dell'allievo allargava le braccia e alzava gli occhi al cielo.

– *Monsieur l'Abbé*, quante mogli si può avere in Persia? *Monsieur l'Abbé*, chi è il Vicario Savoiardo? *Monsieur l'Abbé*, mi può spiegare il sistema di Linneo?

– *Alors... Voyons... Maintenant...* – cominciava l'Abate, poi si smarriva, e non andava più avanti.

Ma Cosimo, che divorava libri d'ogni specie, e metà del suo tempo lo passava a leggere e metà a cacciare per pagare i conti del libraio Orbecche, aveva sempre qualche nuova storia lui da raccontare. Di Rousseau che passeggiava erborizzando per le foreste della Svizzera, di Beniamino Franklin che acchiappava i fulmini cogli aquiloni, del Barone de la Hontan che viveva felice tra gli Indiani dell'America.

Il vecchio Fauchelafleur porgeva orecchio a questi discorsi con meravigliata attenzione, non so se per vero interesse o soltanto per il sollievo di non dover essere lui a insegnare; e assentiva, e interloquiva con dei: – *Non! Dites-le moi!* – quando Cosimo si rivolgeva a lui chiedendo: – E lo sapete com'è che...? – oppure con dei: – *Tiens! Mais c'est épatant!* – quando Cosimo gli dava la risposta, e talora con dei: – *Mon Dieu!* – che potevano essere tanto d'esultanza per le nuove grandezze di Dio che in quel momento gli si rivelavano, quanto di rammarico per l'onnipotenza del Male che sotto tutte le sembianze dominava senza scampo il mondo.

Io ero troppo ragazzo e Cosimo non aveva amici che nelle classi illetterate, perciò il suo bisogno di commentare le scoperte che andava facendo sui libri lo sfogava seppellendo di domande e spiegazioni il vecchio precettore. L'Abate, si sa, aveva quella disposizione remissiva e accomodante che gli veniva da una superiore coscienza della vanità del tutto; e Cosimo se ne approfittava. Così il rapporto di discepolanza tra i due si capovolse: Cosimo faceva da maestro e Fauchelafleur da allievo. E tanta autorità mio fratello aveva preso, che riusciva a trascinarsi dietro il vecchio tremante nelle sue peregrinazioni sugli alberi. Gli fece passare tutt'un pomeriggio con le magre gambe penzoloni da un ramo di castagno d'India, nel giardino dei D'Ondariva, contemplando le piante rare, e il tramonto che si rifletteva nella vasca delle ninfee, e ragionando delle monarchie e delle repubbliche, del giusto e del vero nelle varie religioni, ed i riti cinesi, il terremoto di Lisbona, la bottiglia di Leida, il sensismo.

Io dovevo avere la mia lezione di greco e non si trovava il precettore. Si mise in allarme tutta la famiglia, si batté la campagna per cercarlo, fu perfino scandagliata la peschiera temendo che, distratto, non ci fosse caduto ed annegato. Tornò a sera, lamentandosi per una lombaggine che s'era presa a star seduto per ore così scomodo.

Ma non bisogna dimenticare che nel vecchio giansenista questo stato di passiva accettazione d'ogni cosa s'alternava a momenti di ripresa della sua originaria passione per il rigore spirituale. E se, mentre era distratto e arrendevole, accoglieva senza resistenza qualsiasi idea nuova o libertina, per esempio l'uguaglianza degli uomini davanti alle leggi, o l'onestà dei popoli selvaggi, o l'influenza nefasta delle superstizioni, un quarto d'ora dopo, assalito da un accesso d'austerità e d'assolutezza, s'immedesimava in quelle idee accettate poco prima così leggermente e vi portava tutto il suo bisogno di coerenza e di severità morale. Allora sulle sue labbra i doveri dei cittadini liberi ed eguali o le virtù dell'uomo che segue la religione naturale diventavano regole d'una disciplina spietata, articoli d'una fede fanatica, e al di fuori di ciò non vedeva che un nero quadro di corruzione, e tutti i nuovi filosofi erano troppo blandi e superficiali nella denuncia del male, e la via della perfezione, se pur ardua, non consentiva compromessi o mezzi termini.

Di fronte a questi improvvisi soprassalti dell'Abate, Cosimo non osava più dir parola, per paura che gli venisse censurata come incoerente e non rigorosa, e il mondo lussureggiante che nei suoi pensieri cercava di suscitare gli s'inaridiva davanti come un marmoreo cimitero. Per fortuna l'Abate si stancava presto di queste tensioni della volontà, e restava lì spossato, come se lo scarnificare ogni concetto per ridurlo a pura essenza lo lasciasse in balia d'ombre dissolte ed impalpabili: sbatteva gli occhi, dava un sospiro, dal sospiro passava allo sbadiglio, e rientrava nel nirvana.

Ma tra l'una e l'altra disposizione del suo animo, dedicava ormai le sue giornate a seguire gli studi intrapresi da Cosimo, e faceva la spola tra gli alberi dov'egli si trovava e la bottega di Orbecche, a ordinargli libri da commissionare ai librai di Amsterdam o Parigi, e a ritirare i nuovi arrivi. E così preparava la sua disgrazia. Perché la voce che a Ombrosa c'era un prete che si teneva al corrente di tutte le pubblicazioni più scomunicate d'Europa, arrivò fino al Tribunale ecclesiastico. Un pomeriggio, gli sbirri si presentarono alla nostra villa per ispezionare la celletta dell'Abate. Tra i suoi breviari trovarono le opere del Bayle, ancora intonse, ma tanto bastò perché se lo prendessero in mezzo e lo portassero con loro.

Fu una scena ben triste, in quel pomeriggio nuvoloso, la ricordo come la vidi sbigottito dalla finestra della mia stanza, e smisi di studiare la coniugazione dell'aoristo, perché non ci sarebbe stata più lezione. Il vecchio Padre Fauchelafleur s'allontanava per il viale tra quegli sgherri armati, e alzava gli occhi verso gli alberi, e a un certo punto ebbe un guizzo come se volesse correre verso un olmo e arrampicarsi, ma gli mancarono le gambe. Cosimo quel giorno era a caccia nel bosco e non ne sapeva nulla; così non si salutarono.

Non potemmo far nulla per aiutarlo. Nostro padre si chiuse in camera e non voleva assaggiar cibo perché aveva paura di venir avvelenato dai Gesuiti. L'Abate passò il resto dei suoi giorni tra carcere e convento in continui atti d'abiura, finché non morì, senza aver capito, dopo una vita intera dedicata alla fede, in che cosa mai credesse, ma cercando di credervi fermamente fino all'ultimo.

Comunque, l'arresto dell'Abate non portò alcun pregiudizio ai progressi dell'educazione di Cosimo. È da quell'epoca che data la sua corrispondenza epistolare coi maggiori filosofi e scienziati d'Europa, cui egli si rivolgeva perché gli risolvessero quesiti e obiezioni, o anche solo per il piacere di discutere cogli spiriti migliori e in pari tempo esercitarsi nelle lingue straniere. Peccato che tutte le sue carte, che egli riponeva in cavità d'alberi a lui solo note, non si siano mai ritrovate, e certo saranno finite rose dagli scoiattoli o ammuffite; vi si troverebbero lettere scritte di pugno dai più famosi sapienti del secolo.

Per tenere i libri, Cosimo costruì a più riprese delle specie di biblioteche pensili, riparate alla meglio dalla pioggia e dai roditori, ma cambiava loro continuamente di posto, secondo gli studi e i gusti del momento, perché egli considerava i libri un po' come degli uccelli e non voleva vederli fermi o ingabbiati, se no diceva che intristivano. Sul più massiccio di questi scaffali aerei allineava i tomi dell'Enciclopedia di Diderot e D'Alembert man mano che gli arrivavano da un libraio di Livorno. E se negli ultimi tempi a forza di stare in mezzo ai libri era rimasto un po' con la testa nelle nuvole, sempre meno interessato del mondo intorno a lui, ora invece la lettura dell'Enciclopedia, certe bellissime voci come *Abeille, Arbre, Bois, Jardin* gli facevano riscoprire tutte le cose intorno come nuove. Tra i libri che si faceva arrivare, cominciarono a figurare anche manuali d'arti e mestieri, per esempio d'arboricoltura, e non vedeva l'ora di sperimentare le nuove cognizioni.

A Cosimo era sempre piaciuto stare a guardare la gente che lavora, ma finora la sua vita sugli alberi, i suoi spostamenti e le sue cacce avevano sempre risposto a estri isolati e ingiustificati, come fosse un uccelletto. Ora invece lo prese il bisogno di far qualcosa di utile al suo prossimo. E anche questa, a ben vedere, era una cosa che aveva imparato nella sua frequentazione del brigante; il piacere di rendersi utile, di svolgere un servizio indispensabile per gli altri.

Imparò l'arte di potare gli alberi, e offriva la sua opera ai coltivatori di frutteti, l'inverno, quando gli alberi protendono irregolari labirinti di stecchi e pare non desiderino che d'essere ridotti in forme più ordinate per coprirsi di fiori e foglie e frutti. Cosimo potava bene e chiedeva poco: così non c'era piccolo proprietario o fittavolo che non gli chiedesse di passare da lui, e lo si vedeva, nell'aria cristallina di quelle mattine, ritto a gambe larghe sui bassi alberi nudi, il collo avvoltolato in una sciarpa fino alle orecchie, alzare la cesoia e, zac! zac!, a colpi sicuri far volare via rametti secondari e punte. La stessa arte usava nei giardini, con le piante d'ombra e d'ornamento, armato d'una corta sega, e nei boschi, dove all'ascia dei taglialegna buona soltanto ad accozzare colpi al piede d'un tronco secolare per abbatterlo intero, cercò di sostituire la sua svelta accetta, che lavorava solo sui palchi e sulle cime.

Insomma, l'amore per questo suo elemento arboreo seppe farlo diventare, com'è di tutti gli amori veri, anche spietato e doloroso, che ferisce e recide per far crescere e dar forma. Certo, egli badava sempre, potando e disboscando, a servire non solo l'interesse del proprietario della pianta, ma anche il suo, di viandante che ha bisogno di rendere meglio praticabili le sue strade; perciò faceva in modo che i rami che gli servivano da ponte tra una pianta e l'altra fossero sempre salvati, e ricevessero forza dalla soppressione degli altri. Così, questa natura d'Ombrosa ch'egli aveva trovato già tanto benigna, con la sua arte contribuiva a farla vieppiù a lui favorevole, amico a un tempo del prossimo, della natura e di se medesimo. E i vantaggi di questo saggio operare godette soprattutto nell'età più tarda, quando la forma degli alberi sopperiva sempre di più alla sua perdita di forze. Poi, bastò l'avvento di generazioni più scriteriate, d'imprevidente avidità, gente non amica di nulla, neppure di se stessa, e tutto ormai è cambiato, nessun Cosimo potrà più incedere per gli alberi.

XIV

Se il numero degli amici di Cosimo cresceva, egli s'era pure fatto dei nemici. I vagabondi del bosco, infatti, dopo la conversione di Gian dei Brughi alle buone letture e la successiva sua caduta, s'erano trovati a mal partito. Una notte, mio fratello dormiva nel suo otre appeso a un frassino, nel bosco, quando lo svegliò un abbaio del bassotto. Aperse gli occhi e c'era luce; veniva dal basso, c'era fuoco proprio ai piedi dell'albero e le fiamme già lambivano il tronco.

Un incendio nel bosco! Chi l'aveva appiccato? Cosimo era ben certo di non aver nemmeno battuto l'acciarino, quella sera. Dunque era un tiro di quei malviventi! Volevano dare alle fiamme il bosco per far razzia di legna e nello stesso tempo far sì che la colpa ricadesse su Cosimo; non solo, ma bruciarlo vivo.

Sul momento Cosimo non pensò al pericolo che minacciava lui così dappresso: pensò che quello sterminato regno pieno di vie e rifugi solo suoi poteva essere distrutto, e questo era tutto il suo terrore. Ottimo Massimo già scappava via per non bruciarsi, voltandosi ogni tanto a lanciare un latrato disperato: il fuoco si stava propagando al sottobosco.

Cosimo non si perse d'animo. Sul frassino dove allora

era il suo rifugio, aveva trasportato, come sempre faceva, molte cose; tra queste, una botticella piena d'orzata, per placare la sete estiva. S'arrampicò fino alla botticella. Per i rami del frassino fuggivano gli scoiattoli e le nottole in allarme e dai nidi volavano via gli uccelli. Afferrò la botticella e stava per svitarne la spina e bagnare il tronco del frassino per salvarlo dalle fiamme, quando pensò che l'incendio già si stava propagando all'erba, alle foglie secche, agli arbusti e avrebbe preso tutti gli alberi intorno. Decise di rischiare: «Bruci pure il frassino! Se con questa orzata arrivo a bagnare per terra tutt'intorno dove le fiamme non sono ancora arrivate, io fermo l'incendio!» E aperta la spina della botticella, con spinte ondeggianti e circolari diresse il getto sul terreno, sulle lingue di fuoco più esterne, spegnendole. Così il fuoco nel sottobosco si trovò in mezzo a un cerchio d'erbe e foglie bagnate e non poté più espandersi.

Dalla cima del frassino, Cosimo saltò su di un faggio lì vicino. Aveva fatto appena appena in tempo: il tronco arso alla base precipitava in un rogo, di schianto, tra i vani squittii degli scoiattoli.

L'incendio si sarebbe limitato a quel punto? Già un volo di scintille e fiammelle si propagava intorno; certo la labile barriera di foglie bagnate non gli avrebbe impedito di propagarsi. – Al fuoco! Al fuoco! – cominciò a gridare Cosimo con tutte le sue forze. – Al fuocooo!

– Che c'èee? Chi gridaaa! – rispondevano delle voci. Non lontano da quel luogo c'era una carbonaia, e una squadra di Bergamaschi suoi amici dormivano là in una baracca.

– Al fuocooo! Allarmeee!

Presto, tutta la montagna risuonò di grida. I carbonai sparsi per il bosco si davano la voce, nel loro dialetto incomprensibile. Ecco che accorrevano da ogni parte. L'incendio fu domato.

Questo primo tentativo d'incendio doloso e d'attentato alla sua vita avrebbe dovuto ammonire Cosimo a tenersi lontano dal bosco. Invece cominciò a preoccuparsi di come ci si poteva tutelare dagli incendi. Era l'estate d'un'annata di siccità e calura. Nei boschi della costa, dalla parte della Provenza, ardeva da una settimana un incendio smisurato. Alla notte se ne scorgevano i bagliori alti sulla montagna come un rimasuglio di tramonto. L'aria era asciutta, piante e sterpi nell'arsura erano una sola grande esca. Pareva che i venti propagassero le fiamme verso le nostre parti, se pur mai prima non fosse scoppiato qui qualche incendio casuale o doloso, ricongiungendosi con quello in un unico rogo lungo tutta la costa. Ombrosa viveva attonita sotto il pericolo, come una fortezza dal tetto di paglia assalita da nemici incendiari. Il cielo pareva non immune da questa carica di fuoco: ogni notte stelle cadenti trascorrevano fitte in mezzo al firmamento e ci s'aspettava di vederle piombare su di noi.

In quei giorni di sbigottimento generale, Cosimo fece incetta di barilotti e li issò pieni d'acqua in cima alle piante più alte e situate in luoghi dominanti. «A poco, ma a qualcosa s'è visto che possono servire.» Non contento, studiava il regime dei torrenti che attraversavano il bosco, mezzo secchi com'erano, e delle sorgenti che mandavano solo un filo d'acqua. Andò a consultare il Cavalier Avvocato.

– Ah, sì! – esclamò Enea Silvio Carrega battendosi una mano sulla fronte. – Bacini! Dighe! Bisogna fare dei progetti! – e scoppiava in piccoli gridi e saltelli d'entusiasmo mentre una miriade d'idee gli s'affollava alla mente.

Cosimo lo mise sotto a far calcoli e disegni, e intanto interessò i proprietari dei boschi privati, gli appaltatori dei boschi demaniali, i taglialegna, i carbonai. Tutti insieme, sotto la direzione del Cavalier Avvocato (ossia, il Cavalier Avvocato sotto tutti loro, forzato a dirigerli e a non distrarsi) e con Cosimo che sovrintendeva ai lavori dall'alto, costruirono delle riserve d'acqua in modo che in ogni punto in cui fosse scoppiato un incendio si sapesse dove far capo con le pompe.

Ma non bastava, bisognava organizzare una guardia di spegnitori, squadre che in caso d'allarme sapessero subito disporsi a catena per passarsi di mano in mano secchi d'acqua e frenare l'incendio prima che si fosse propagato. Ne venne fuori una specie di milizia che faceva turni di guardia e ispezioni notturne. Gli uomini erano reclutati da Cosimo tra i contadini e gli artigiani d'Ombrosa. Subito, come succede in ogni associazione, nacque uno spirito di corpo, un'emulazione tra le squadre, e si sentivano pronti a fare grandi cose. Anche Cosimo si sentì una nuova forza e contentezza: aveva scoperto una sua attitudine ad associare la gente e a mettersi alla loro testa; attitudine di cui, per sua fortuna, non fu mai portato ad abusare, e la mise in opera soltanto pochissime volte in vita sua, sempre in vista d'importanti risultati da conseguire, e sempre riportando dei successi.

Capì questo: che le associazioni rendono l'uomo più forte e mettono in risalto le doti migliori delle singole persone, e dànno la gioia che raramente s'ha restando per proprio conto, di vedere quanta gente c'è onesta e brava e capace e per cui vale la pena di volere cose buone (mentre vivendo per proprio conto capita più spesso il contrario, di vedere l'altra faccia della gente, quella per cui bisogna tener sempre la mano alla guardia della spada).

Dunque questa degli incendi fu una buona estate: c'era un problema comune che stava a cuore a tutti di risolvere, e ciascuno lo metteva avanti agli altri suoi interessi personali, e di tutto lo ripagava la soddisfazione di trovarsi in concordia e stima con tante altre ottime persone.

Più tardi, Cosimo dovrà capire che quando quel problema comune non c'è più, le associazioni non sono più buone come prima, e val meglio essere un uomo solo e non un capo. Ma per intanto, essendo un capo, passava le notti tutto solo nel bosco di sentinella, su un albero come era sempre vissuto.

Se mai vedeva fiammeggiare un focolaio d'incendio, aveva predisposto sulla cima dell'albero una campanella, che poteva esser sentita di lontano e dar l'allarme. Con questo sistema, tre o quattro volte che scoppiarono incendi, riuscirono a domarli in tempo ed a salvare i boschi. E poiché v'entrava il dolo, scoprirono i colpevoli in quei due briganti di Ugasso e Bel-Loré, e li fecero bandire dal territorio del Comune. A fine d'agosto cominciarono gli acquazzoni; il pericolo degli incendi era passato.

In quel tempo non si sentiva che dir bene di mio fratello, a Ombrosa. Anche a casa nostra giungevano queste voci favorevoli, questi: «Però, è così bravo», «Però, certe cose le fa bene», col tono di chi vuol fare apprezzamenti obiettivi su persona di diversa religione, o di partito contrario, e vuol mostrarsi di mente così aperta da comprendere anche le idee più lontane dalle proprie.

Le reazioni della Generalessa a queste notizie erano brusche e sommarie. – Hanno armi? – chiedeva, quando le parlavano della guardia contro gli incendi messa insieme da Cosimo, – fanno gli esercizi? – perché lei già pensava alla costituzione d'una milizia armata che potesse, nel caso d'una guerra, prender parte a operazioni militari.

Nostro padre invece stava a sentire in silenzio, scuotendo la testa che non si capiva se ogni notizia su quel figlio gli giungesse dolorosa o se invece annuisse, toccato da un fondo di lusinga, non aspettando altro che di poter tornare a sperare in lui. Doveva essere così, a quest'ultimo modo, perché dopo qualche giorno montò a cavallo e andò a cercarlo.

Fu un luogo aperto, dove s'incontrarono, con una fila d'alberelli intorno. Il Barone girò il cavallo in su e in giù

due o tre volte, senza guardare il figlio, ma l'aveva visto.
Il ragazzo dall'ultima pianta, salto a salto, venne su piante sempre più vicine. Quando fu davanti al padre si cavò
il cappello di paglia (che d'estate sostituiva al berretto di
gatto selvatico) e disse: – Buongiorno, signor padre.

– Buongiorno, figlio.

– Sta ella bene?

– Compatibilmente agli anni e ai dispiaceri.

– Godo di vederla valente.

– Così voglio dire di te, Cosimo. Ho sentito che ti ado-
peri pel vantaggio comune.

– Ho a cuore la salvaguardia delle foreste dove vivo, signor padre.

– Sai che un tratto del bosco è di nostra proprietà, ereditato dalla tua povera nonna Elisabetta buonanima?

– Sì, signor padre. In località Belrìo. Vi crescono trenta
castagni, ventidue faggi, otto pini e un acero. Ho copia di
tutte le mappe catastali. È appunto come membro di famiglia proprietaria di boschi che ho voluto consociare tutti gli interessati a conservarli.

– Già, – disse il Barone, accogliendo favorevolmente la
risposta. Ma aggiunse: – Mi dicono sia un'associazione di
fornai, ortolani e maniscalchi.

– Anche, signor padre. Di tutte le professioni, purché
oneste.

– Tu sai che potresti comandare alla nobiltà vassalla col
titolo di duca?

– So che quando ho più idee degli altri, do agli altri
queste idee, se le accettano; e questo è comandare.

«E per comandare, oggigiorno, s'usa star sugli alberi?»
aveva sulla punta della lingua il Barone. Ma a che valeva tirar ancora in ballo quella storia? Sospirò, assorto nei
suoi pensieri. Poi si sciolse la cinta cui era appesa la sua
spada. – Hai diciott'anni... È tempo che ti si consideri un
adulto... Io non avrò più molto da vivere... – e reggeva la

spada piatta con le due mani. – Ricordi d'essere Barone di Rondò?

– Sì, signor padre, ricordo il mio nome.

– Vorrai essere degno del nome e del titolo che porti?

– Cercherò d'esser più degno che posso del nome d'uomo, e lo sarò così d'ogni suo attributo.

– Tieni questa spada, la mia spada –. S'alzò sulle staffe, Cosimo s'abbassò sul ramo e il Barone arrivò a cingergliela.

– Grazie, signor padre... Le prometto che ne farò buon uso.

– Addio, figlio mio –. Il Barone voltò il cavallo, diede un breve tratto di redini, cavalcò via lentamente.

Cosimo stette un momento a pensare se non doveva fargli il saluto con la spada, poi rifletté che il padre glie l'aveva data perché gli servisse da difesa, non per fare delle mosse da parata, e la tenne nel fodero.

devano di dover esigere dai nostri negozianti e armatori, non essendo – a sentir loro – stati serviti bene in qualche fornitura, o addirittura truffati. E così cercavano di saldare il conto a poco a poco a forza di ruberie, ma nello stesso tempo continuavano le trattative commerciali, con continue contestazioni e patteggiamenti. Non c'era dunque interesse né da una parte né dall'altra a farsi degli sgarbi definitivi; e la navigazione era piena d'incertezze e di rischi, che mai però degeneravano in tragedie.

La storia che ora riferirò fu narrata da Cosimo in molte versioni differenti: mi terrò a quella più ricca di particolari e meno illogica. Se pur è certo che mio fratello raccontando le sue avventure ci aggiungeva molto di sua testa, io, in mancanza d'altre fonti, cerco sempre di tenermi alla lettera di quel che lui diceva.

Dunque, una volta Cosimo, che facendo la guardia per gli incendi aveva preso l'abitudine di svegliarsi nella notte, vide un lume che scendeva nella valle. Lo seguì, silenzioso per i rami coi suoi passi da gatto, e vide Enea Silvio Carrega che camminava lesto lesto, col fez e la zimarra, reggendo una lanterna.

Cosa faceva in giro a quell'ora il Cavalier Avvocato, che era solito andare a letto con le galline? Cosimo gli andò dietro. Stava attento a non far rumore, pur sapendo che lo zio, quando camminava così infervorato, era come sordo e vedeva solo a un palmo dai suoi piedi.

Per mulattiere e scorciatoie il Cavalier Avvocato giunse sulla riva del mare, in un tratto di spiaggia sassosa, e prese ad agitare la lanterna. Non c'era luna, nel mare non si riusciva a veder nulla, tranne un muovere di spuma delle onde più vicine. Cosimo era su un pino, un po' distante dalla riva perché laggiù finalmente si diradava la vegetazione e non era più tanto facile di sui rami arrivare dappertutto. Comunque, vedeva bene il vecchietto coll'al-

XV

Fu in quel tempo che, frequentando il Cavalier Avvocato, Cosimo s'accorse di qualcosa di strano nel suo contegno, o meglio di diverso dal solito, più strano o meno strano che fosse. Come se la sua aria assorta non venisse più da svagatezza, ma da un pensiero fisso che lo dominava. I momenti in cui si mostrava ciarliero adesso erano più frequenti, e se una volta, insocievole com'era, non metteva mai piede in città, ora invece era sempre al porto, nei crocchi o seduto sugli spalti coi vecchi patroni e marinai, a commentare gli arrivi e le partenze dei battelli o le malefatte dei pirati.

Al largo delle nostre coste si spingevano ancora le feluche dei pirati di Barberia, molestando i nostri traffici. Era una pirateria da poco, ormai, non più come ai tempi in cui a incontrare i pirati si finiva schiavi a Tunisi o ad Algeri o ci si rimetteva naso e orecchi. Adesso, quando i Maomettani riuscivano a raggiungere una tartana d'Ombrosa, si prendevano il carico: barili di baccalà, forme di cacio olandese, balle di cotone, e via. Alle volte i nostri erano più svelti, gli sfuggivano, tiravano un colpo di spingarda contro le alberature della feluca; e i Barbareschi rispondevano sputando, facendo brutti gesti e urlacci.

Insomma, era una pirateria alla buona, che continuava per via di certi crediti che i Pascià di quei paesi preten-

to fez sulla costa deserta, che agitava la lanterna verso il buio del mare, e da quel buio gli rispose un'altra luce di lanterna, tutt'a un tratto, vicina, come se l'avessero accesa allora allora, ed emerse velocissima una piccola imbarcazione con una vela quadra oscura e i remi, diversa dalle barche di qui, e venne a riva.

All'ondeggiante luce delle lanterne Cosimo vide uomini col turbante in testa: alcuni restarono sulla barca tenendola accostata a riva con piccoli colpi di remi; altri scesero, e avevano larghi calzoni rossi rigonfi, e luccicanti scimitarre infilate alla vita. Cosimo aguzzava occhi e orecchi. Lo zio e quei Berberi parlottavano tra loro, in una lingua che non si capiva eppure spesso sembrava si potesse capire, e certo era la famosa lingua franca. Ogni tanto Cosimo intendeva una parola nella nostra lingua, su cui Enea Silvio insisteva frammischiandola con altre parole incomprensibili, e queste parole nostre erano nomi di navi, noti nomi di tartane o brigantini appartenenti ad armatori d'Ombrosa, o che facevano la spola tra il nostro ed altri porti.

Ci voleva poco a capire cosa stava dicendo il Cavaliere! Stava informando quei pirati sui giorni d'arrivo e di partenza delle navi d'Ombrosa, e del carico che avevano, della rotta, delle armi che portavano a bordo. Ora il vecchio doveva aver riferito tutto quel che sapeva perché si voltò e andò via veloce, mentre i pirati risalivano sulla lancia e risparivano nel mare buio. Dal modo rapido in cui la conversazione s'era svolta si capiva che doveva essere una cosa abituale. Chissà da quanto tempo gli agguati barbareschi avvenivano seguendo le notizie di nostro zio!

Cosimo era rimasto sul pino, incapace di staccarsi di là, dalla marina deserta. Tirava vento, l'onda rodeva le pietre, l'albero gemeva in tutte le sue giunture e mio fratello batteva i denti, non per il freddo dell'aria ma per il freddo della trista rivelazione.

Ecco che quel vecchietto timido e misterioso che noi da ragazzi avevamo sempre giudicato infido e che Cosimo credeva d'aver imparato a poco a poco ad apprezzare e compatire si rivelava un traditore imperdonabile, un uomo ingrato che voleva il male del paese che l'aveva raccolto come un relitto dopo una vita d'errori... Perché? A tal punto lo spingeva la nostalgia di quelle patrie e quelle genti in cui si doveva esser trovato, una volta nella sua vita, felice? Oppure covava un rancore spietato contro questo paese in cui ogni boccone doveva sapergli d'umiliazione? Cosimo era diviso tra l'impulso di correre a denunciare le mene dello spione e a salvare i carichi dei nostri negozianti, e il pensiero del dolore che ne avrebbe provato nostro padre, per quell'affetto che inspiegabilmente lo legava al fratellastro naturale. Già Cosimo immaginava la scena: il Cavaliere ammanettato in mezzo agli sbirri, tra due ali di Ombrosotti che gli inveivano contro, e così era condotto nella piazza, gli mettevano il cappio al collo, l'impiccavano... Dopo la veglia funebre a Gian dei Brughi, Cosimo aveva giurato a se stesso che non sarebbe mai più stato presente a un'esecuzione capitale; ed ecco che gli toccava esser arbitro della condanna a morte d'un proprio congiunto!

Per tutta notte si tormentò in quel pensiero, e continuò per tutta la giornata seguente, passando furiosamente da un ramo all'altro, scalciando, sollevandosi con le braccia, lasciandosi scivolare per i tronchi, come sempre faceva quand'era in preda ad un pensiero. Finalmente, prese la sua decisione: avrebbe scelto una via di mezzo: spaventare i pirati e lo zio, per far sì che troncassero il losco loro rapporto senza bisogno dell'intervento della giustizia. Si sarebbe appostato su quel pino la notte, con tre o quattro fucili carichi (ormai s'era fatto tutto un arsenale, per i vari bisogni della caccia): quando il Cavaliere si fosse incontrato coi pirati, egli avrebbe cominciato a sparare uno schioppo dopo l'altro facendo fischiare le pallottole sopra le loro teste. A sentire quella fucileria, pirati e zio sarebbero scappati ognuno per suo conto. E il Cavaliere che non era certo uomo audace, nel sospetto d'esser stato riconosciuto e nella certezza che ormai si vigilava su quei convegni della spiaggia, si sarebbe guardato bene dal ritentare i suoi approcci con gli equipaggi maomettani.

Difatti, Cosimo, coi fucili puntati, aspettò sul pino per un paio di notti. E non successe niente. La terza notte, ecco il vecchietto in fez trotterellare incespicando nei sassi della riva, far segnali con la lanterna, e la barca approdare, coi marinai in turbante.

Cosimo stava pronto col dito sul grilletto, invece non sparò. Perché stavolta tutto era diverso. Dopo un breve parlamentare, due dei pirati scesi a riva fecero segno verso la barca, e gli altri cominciarono a scaricare roba: barili, casse, balle, sacchi, damigiane, barelle piene di formaggi. Non c'era una barca sola, erano in tante, tutte cariche, e una fila di portatori in turbante si snodò per la spiaggia, preceduta dal nostro zio naturale che li guidava con la sua corsetta esitante, fino a una grotta tra gli scogli. Là i Mori riposero tutte quelle merci, certo il frutto delle loro ultime piraterie.

Perché la portavano a riva? In seguito fu facile ricostruire la vicenda: dovendo la feluca barbaresca gettare l'ancora in uno dei nostri porti (per un qualche negozio legittimo, come sempre ne intercorrevano tra loro e noi in mezzo alle imprese di rapina), e dovendo quindi assoggettarsi alla perquisizione doganale, bisognava che nascondessero le mercanzie depredate in luogo sicuro, per poi riprenderle al ritorno. Così la nave avrebbe anche dato prova della sua estraneità dalle ultime ladrerie e rinsaldato i normali rapporti commerciali col paese.

Tutto questo retroscena lo si seppe chiaramente dopo. Sul momento Cosimo non si soffermò a porsi domande. C'era un tesoro di pirati nascosto in una grotta, i pirati risalivano in barca e lo lasciavano lì: bisognava al più presto impadronirsene. Per un momento mio fratello pensò d'andare a svegliare i negozianti d'Ombrosa che dovevano essere i legittimi proprietari delle mercanzie. Ma subito, si ricordò dei suoi amici carbonai che pativano la fame nel bosco con le loro famiglie. Non ebbe esitazione: corse per i rami diretto ai luoghi in cui, attorno alle grige piazzole di terra battuta, i Bergamaschi dormivano in rozze capanne.

– Presto! Venite tutti! Ho scoperto il tesoro dei pirati!

Sotto le tende e le frasche delle capanne ci fu uno sbuffìo, uno scatarrìo, un imprechìo, e alfine esclamazioni di meraviglia, domande: – Oro? Argento?

– Non ho visto bene... – disse Cosimo. – Dall'odore, direi che c'è una quantità di stoccafisso e di formaggio pecorino!

A queste sue parole, si levarono tutti gli uomini del bosco. Chi aveva schioppi prendeva schioppi, gli altri accette, spiedi, vanghe o pale, ma soprattutto si portarono dietro recipienti per mettere la roba, anche le sfasciate ceste del carbone e i neri sacchi. S'avviò una grande processione, – *Hura! Hota!* – anche le donne scendevano con le ceste vuote sul capo, e i ragazzi incappucciati nei sacchi, reggendo le torce. Cosimo li precedeva di pino da bosco in ulivo, d'ulivo in pino da marina.

Già stavano per svoltare allo sperone di scoglio oltre al quale s'apriva la grotta, quando in cima a un contorto fico apparve la bianca ombra d'un pirata, alzò la scimitarra e urlò l'allarme. Cosimo in pochi salti fu su un ramo sopra di lui e gli puntò la spada nelle reni, finché quello non si buttò giù nel dirupo.

Nella grotta c'era una riunione di capi pirati. (Cosimo, prima, in quel va e viene dello scarico, non s'era accorto che erano rimasti là.) Sentono il grido della sentinella, escono e si vedono attorniati da quell'orda d'uomini e donne tinti di fuliggine in viso, incappucciati in sacchi e armati di pala. Alzano le scimitarre e si buttano avanti per aprirsi un varco. – *Hura! Hota! – Insciallah!* – Cominciò la battaglia.

I carbonai erano in più, ma i pirati erano armati meglio. Per quanto: a battersi contro le scimitarre, si sa, non c'è niente di meglio delle pale. Deng! Deng! e quelle lame del Marocco si ritiravano tutte seghettate. Gli schioppi, invece, facevano tuono e fumo e poi più niente. Anche alcuni dei pirati (ufficiali, si vede) avevano fucili molto belli a vedersi, tutti damascati; ma nella grotta le pietre focaie avevano preso umido e facevano cilecca. I più svegli dei carbonai tiravano a stordire gli ufficiali pirati con colpi di pala in testa per sottrar loro i fucili. Ma con quei turbanti, ai Barbareschi ogni colpo arrivava attutito come su un cuscino; era meglio dar ginocchiate nello stomaco, perché avevano nudo l'ombelico.

Visto che l'unica cosa che non mancava erano i sassi, i carbonai presero a tirar sassate. I Mori, allora, sassate pure loro. Coi sassi, finalmente, la battaglia prese un aspetto più ordinato, ma siccome i carbonai tendevano ad entrare nella grotta, sempre più attratti dall'odor di stoccafisso che ne spirava, ed i Barbareschi tendevano a scappare verso la scialuppa rimasta sulla riva, tra le due parti mancavano dei grandi motivi di contrasto.

A un certo punto, da parte bergamasca ci fu un assalto che aperse loro l'ingresso della grotta. Da parte maomettana ancora resistevano sotto una gragnuola di pietrate, quando videro che la via del mare era libera. Cosa resistevano a fare, dunque? Meglio alzar la vela e andarsene.

Raggiunta la navicella, tre pirati, tutti nobili ufficiali, sbrogliarono la vela. Con un salto da un pino vicino a riva, Cosimo si lanciò sull'albero, si aggrappò alla traversa del pennone, e di lassù, tenendosi stretto coi ginocchi sguainò la spada. I tre pirati alzarono le scimitarre. Mio fratello con fendenti a destra e a manca li teneva in scacco tutti e tre. La barca ancora atterrata s'inclinava ora da una parte ora dall'altra. Sorse la luna in quel momento e lampeggiarono la spada donata dal Barone al figlio e quelle lame maomettane. Mio fratello scivolò giù per l'albero e affondò la spada in petto ad un pirata che cadde fuori bordo. Svelto come una lucertola, risalì difendendosi con due parate dai fendenti degli altri, poi calò giù ancora ed infilzò il secondo, risalì, ebbe una breve schermaglia con il terzo e con un'altra delle sue scivolate lo trafisse.

I tre ufficiali maomettani erano stesi mezzo nell'acqua mezzo fuori con la barba piena d'alghe. Gli altri pirati all'imboccatura della grotta erano tramortiti dalle sassate e dai colpi di pala. Cosimo ancora arrampicato sull'albero della barca guardava trionfante intorno, quando dalla grotta saltò fuori scatenato come un gatto col fuoco sulla coda il Cavalier Avvocato, che era stato là nascosto fin allora. Corse per la spiaggia a testa bassa, diede una spinta alla barca staccandola da riva, ci saltò sopra ed afferrati i remi si mise a darci dentro a più non posso, vogando verso il largo.

– Cavaliere! Che fate? Siete matto? – diceva Cosimo aggrappato al pennone. – Tornate a riva! Dove andiamo?

Macché. Era chiaro che Enea Silvio Carrega voleva raggiungere la nave dei pirati per porsi in salvo. Ormai la sua fellonia era irrimediabilmente scoperta e se restava a riva sarebbe certo finito sul patibolo. Così remava, remava, e Cosimo, benché ancora si trovasse con la spada sguainata in mano e il vecchio fosse disarmato e debole, non sapeva cosa fare. In fondo, far violenza a uno zio gli dispiaceva, e poi per raggiungerlo avrebbe dovuto calar giù dall'albero ed il quesito se scendere in una barca equivalesse a scendere a terra o se già non avesse derogato alle sue leggi interiori saltando da un albero con le radici a un albero di nave era troppo complicato per porselo in quel momento. Così non faceva niente, s'era accomodato sul pennone, una gamba di qua e una di là dell'albero, e andava via sull'onda, mentre un lieve vento gonfiava la vela, e il vecchio non smetteva di remare.

Sentì un abbaio. Ebbe un trasalimento di gioia. Il cane Ottimo Massimo che durante la battaglia aveva perso di vista, era là accucciato in fondo alla barca, e scodinzolava come nulla fosse. Poi poi, rifletté Cosimo, non c'era da stare tanto in pena: era in famiglia, con suo zio, col suo cane, andava in barca, il che dopo tanti anni di vita arborea era un piacevole diversivo.

C'era la luna sul mare. Il vecchio era ormai stanco. Remava a fatica, e piangeva, e prese a dire: – Ah, Zaira... Ah, Allah, Allah, Zaira... Ah, Zaira, *insciallah*... – E così, inspiegabilmente, parlava in turco, e ripeteva ripeteva tra le lagrime questo nome di donna, che Cosimo non aveva mai udito.

– Che dite, Cavaliere? Cosa vi prende? Dove andiamo? – domandava.

– Zaira... Ah Zaira... Allah, Allah... – faceva il vecchio.

– Chi è Zaira, Cavaliere? Vi credete d'andare da Zaira, di per qua?

Ed Enea Silvio Carrega faceva segno di sì col capo, e parlava turco tra le lagrime, e gridava alla luna quel nome.

Su questa Zaira, la mente di Cosimo cominciò subito a mulinare supposizioni. Forse stava per svelarglisi il più profondo segreto di quell'uomo schivo e misterioso. Se il Cavaliere, andando verso la nave pirata, intendeva raggiungere questa Zaira, doveva dunque trattarsi d'una donna che stava là, in quei paesi ottomani. Forse tutta la sua vita era stata dominata dalla nostalgia di questa donna, forse era lei l'immagine di felicità perduta che egli inseguiva allevando api o tracciando canali. Forse era un'amante, una sposa che aveva avuto laggiù, nei giardini di quei paesi oltremare, oppure più verosimilmente una figlia, una sua figlia che non vedeva da bambina. Per cercar lei doveva aver tentato per anni d'aver rapporto con qualcuna delle navi turche o moresche che capitavano nei nostri porti, e finalmente dovevano avergli dato sue notizie. Forse aveva appreso che era schiava, e per riscattarla gli avevano proposto d'informarli sui viaggi delle tartane d'Ombrosa. Oppure era uno scotto che doveva pagare lui per essere riammesso fra loro e imbarcato per il paese di Zaira.

Ora, smascherato il suo intrigo, era costretto a fuggire da Ombrosa, e quei Berberi non potevano ormai più rifiutarsi di prenderlo con loro e riportarlo da lei. Nei suoi discorsi ansanti e smozzicati si mescolavano accenti di speranza, di supplica, e anche di paura: paura che ancora non fosse la volta buona, che ancora qualche disavventura dovesse separarlo dalla creatura desiderata.

Non ce la faceva più a spingere i remi, quando s'avvicinò un'ombra, un'altra lancia barbaresca. Forse dalla nave avevano sentito il rumore della battaglia sulla riva, e mandavano degli esploratori.

Cosimo scivolò a metà dell'albero, per essere nascosto dalla vela. Il vecchio invece cominciò a gridare in lingua franca che lo prendessero, che lo portassero alla nave, e protendeva le braccia. Fu esaudito, difatti: due giannizzeri in turbante, appena fu a portata di mano, lo afferrarono per le spalle, lo sollevarono leggero com'era, e lo tirarono sulla loro barca. Quella su cui era Cosimo, per il contraccolpo fu spinta via, la vela prese il vento, e così mio fratello che già si vedeva morto sfuggì all'esser scoperto.

Allontanandosi sul vento, a Cosimo giungevano dalla lancia pirata delle voci come d'un alterco. Una parola, detta dai Mori, che suonò simile a: – Marrano! – e la voce del vecchio che si udiva ripetere come un ebete: – Ah, Zaira! – non lasciavano dubbi sull'accoglienza che era toccata al Cavaliere. Certo lo tenevano per responsabile dell'imboscata alla grotta, della perdita del bottino, della morte dei loro, l'accusavano d'averli traditi... S'udì un urlo, un tonfo, poi silenzio; a Cosimo venne il ricordo, netto come lo sentisse, della voce di suo padre quando gridava: – Enea

Silvio! Enea Silvio! – inseguendo il fratello naturale per la campagna; e nascose il viso nella vela.

Rimontò sul pennone, per vedere dove stava andando la barca. Qualcosa galleggiava in mezzo al mare come trasportato da una corrente, un oggetto, una specie di gavitello, ma un gavitello con la coda... Ci batté sopra un raggio di luna, e vide che non era un oggetto ma una testa, una testa calzata d'un fez col fiocco, e riconobbe il viso riverso del Cavalier Avvocato che guardava colla solita aria sbigottita, a bocca aperta, e dalla barba in giù tutt'il resto era nell'acqua e non si vedeva, e Cosimo gridò: – Cavaliere! Cavaliere! Che fate? Perché non montate? Attaccatevi alla barca! Ora vi faccio salire! Cavaliere!

Ma lo zio non rispondeva: galleggiava, galleggiava, guardando in alto con quell'occhio sbigottito che pareva non vedesse nulla. E Cosimo disse: – Dài, Ottimo Massimo! Bùttati in acqua! Prendi il Cavaliere per la collottola! Salvalo! Salvalo!

Il cane obbediente si tuffò, cercò d'addentare alla collottola il vecchio, non ci riuscì, lo prese per la barba.

– Per la collottola, Ottimo Massimo, ho detto! – insisté Cosimo, ma il cane sollevò la testa per la barba e la spinse fin sul bordo della barca, e si vide che di collottola non ce n'era più, non c'era più corpo né nulla, era solo una testa, la testa di Enea Silvio Carrega mozzata da un colpo di scimitarra.

XVI

La fine del Cavalier Avvocato fu raccontata da Cosimo dapprima in una versione assai diversa. Quando il vento portò a riva la barca con lui rannicchiato sul pennone e Ottimo Massimo la seguì trascinando la testa mozzata, alla gente accorsa al suo richiamo, raccontò – dalla pianta su cui s'era rapidamente spostato con l'aiuto d'una fune – una storia assai più semplice: cioè che il Cavaliere era stato rapito dai pirati e poi ucciso. Forse era una versione dettata dal pensiero di suo padre, il cui dolore sarebbe stato così grande alla notizia della morte del fratellastro e alla vista di quei pietosi resti, che a Cosimo mancò il cuore di gravarlo con la rivelazione della fellonia del Cavaliere. Anzi, in seguito tentò, sentendo dire dello sconforto in cui il Barone era caduto, di costruire per il nostro zio naturale una gloria fittizia, inventando una sua lotta segreta e astuta per sconfiggere i pirati, alla quale da tempo egli si sarebbe dedicato e che, scoperto, l'avrebbe portato al supplizio. Ma era un racconto contraddittorio e lacunoso, anche perché c'era qualcos'altro che Cosimo voleva nascondere, cioè lo sbarco della refurtiva dei pirati nella grotta e l'intervento dei carbonai. E infatti, se la cosa si fosse risaputa, tutta la popolazione d'Ombrosa sarebbe salita al bosco per riprendere le mercanzie ai Bergamaschi, trattandoli da ladri.

Dopo qualche settimana, quando fu sicuro che i carbonai avevano smaltito la roba, raccontò l'assalto alla grotta. E chi volle salire per recuperare qualcosa restò a mani vuote. I carbonai avevano diviso tutto in parti giuste, lo stoccafisso foglia per foglia, i cotechini, i caci, e di tutto il rimanente avevano fatto un gran banchetto nel bosco che durò tutto il giorno.

Nostro padre era molto invecchiato e il dolore per la perdita di Enea Silvio aveva strane conseguenze sul suo carattere. Gli prese la smania di far sì che le opere del fratello naturale non andassero perdute. Perciò voleva curare lui stesso gli allevamenti d'api, e vi s'accinse con grande sicumera, sebbene mai prima d'allora avesse visto da vicino un alveare. Per aver consigli si rivolgeva a Cosimo, che qualcosa ne aveva imparato; non che gli facesse delle domande, ma portava il discorso sull'apicoltura e stava a sentire quel che Cosimo diceva, e poi lo ripeteva come ordine ai contadini, con tono irritato e sufficiente, come fossero cose risapute. Alle arnie cercava di non avvicinarsi troppo, per quella sua paura d'essere punto, ma voleva mostrare di saperla vincere, e chissà che sforzo gli costava. Allo stesso modo dava ordine di scavare certi canali, per compiere un progetto iniziato dal povero Enea Silvio; e se ci fosse riuscito sarebbe stato un bel caso, perché la buonanima non ne aveva portato a termine mai uno.

Questa tardiva passione del Barone per le faccende pratiche durò poco, purtroppo. Un giorno era lì indaffarato e nervoso tra le arnie e i canali, e ad un suo scatto brusco si vide venir contro un paio d'api. Prese paura, cominciò ad agitar le mani, capovolse un alveare, corse via con una nuvola d'api dietro. Scappando alla cieca, finì in quel canale che stavano cercando di riempir d'acqua, e lo tirarono su zuppo.

Fu messo a letto. Tra la febbre delle punture e quella del raffreddore per il bagno, ne ebbe per una settimana; poi si poteva dir guarito. Ma a lui prese uno scoramento che non si volle più tirare su.

Stava sempre a letto e aveva perso ogni attaccamento alla vita. Nulla di quel che voleva fare era riuscito, del Ducato nessuno ne parlava più, il suo primogenito era sempre sulle piante anche adesso che era un uomo, il fratellastro era morto assassinato, la figlia era sposata lontano con gente ancor più antipatica di lei, io ero ancora troppo ragazzo per stargli vicino e sua moglie troppo sbrigativa e autoritaria. Cominciò a farneticare, a dire che ormai i Gesuiti avevano occupato la sua casa e non poteva uscire dalla stanza, e così pieno d'amarezze e di manie come era sempre vissuto, venne a morte.

Anche Cosimo seguì il funerale, passando da una pianta all'altra, ma nel cimitero non riuscì a entrare, perché sui cipressi, fitti come sono di fronda, non ci si può arrampicare in nessun modo. Assistette al seppellimento di là dal muro e quando noi tutti gettammo un pugno di terra sulla bara lui ci gettò un rametto con le foglie. Io pensavo che da mio padre eravamo sempre stati tutti distanti come Cosimo sugli alberi.

Adesso, Barone di Rondò era Cosimo. La sua vita non cambiò. Curava, è vero, gli interessi dei nostri beni, ma sempre in modo saltuario. Quando i castaldi e i fittavoli lo cercavano non sapevano mai dove trovarlo; e quando meno volevano farsi vedere da lui, eccolo sul ramo.

Anche per curare questi affari familiari, Cosimo adesso si mostrava più spesso in città, si fermava sul gran noce della piazza o sui lecci vicino al porto. La gente lo riveriva, gli dava del «Signor Barone», e a lui veniva di prender delle pose un po' da vecchio, come alle volte piace ai giovani, e si fermava lì a contarla a un crocchio d'Ombrosotti che si disponeva a piè dell'albero.

Continuava a raccontare, sempre in modi diversi, la fine

del nostro zio naturale, e a poco a poco venne svelando la connivenza del Cavaliere coi pirati, ma, per frenare l'immediata indignazione dei cittadini, aggiunse la storia di Zaira, quasi come se il Carrega glie l'avesse confidata prima di morire, e così li condusse perfino a commuoversi della triste sorte del vecchio.

Dall'invenzione di sana pianta, io credo, Cosimo era giunto, per successive approssimazioni, a una relazione quasi del tutto veritiera dei fatti. Gli riuscì così per due o tre volte; poi, non essendo gli Ombrosotti mai stanchi d'ascoltare il racconto e sempre aggiungendosi nuovi uditori e tutti richiedendo nuovi particolari, fu portato a fare aggiunte, ampliamenti, iperboli, a introdurre nuovi personaggi ed episodi, e così la storia s'andò deformando e diventò più inventata che in principio.

Ormai Cosimo aveva un pubblico che stava a sentire a bocca aperta tutto quel che lui diceva. Prese il gusto di raccontare, e la sua vita sugli alberi, e le cacce, e il brigante Gian dei Brughi, e il cane Ottimo Massimo diventarono pretesti di racconti che non avevano più fine. (Parecchi episodi di queste memorie della sua vita, sono riportati tal quali egli li narrava sotto le sollecitazioni del suo uditorio plebeo, e lo dico per farmi perdonare se non tutto ciò che scrivo sembra veritiero e conforme a un'armoniosa visione dell'umanità e dei fatti.)

Per esempio, uno di quegli sfaccendati gli chiedeva: – Ma è vero che non avete mai messo piedi fuor che sugli alberi, signor Barone?

E Cosimo attaccava: – Sì, una volta, ma per sbaglio, sono salito sulle corna d'un cervo. Credevo di passare sopra un acero, ed era un cervo, fuggito alla tenuta della caccia reale, che stava fermo lì. Il cervo sente il mio peso sulle corna e fugge per il bosco. Non vi dico gli schianti! Io là in cima mi sentivo trafiggere da ogni parte, tra le punte acuminate delle corna, gli spini, i rami del bosco che mi picchiavano sul viso... Il cervo si dibatteva, cercando di liberarsi di me, io mi tenevo saldo...

Sospendeva il racconto, e quelli allora: – E come ve la siete cavata, Signoria?

E lui, ogni volta, a tirar fuori un finale diverso: – Il cervo corse, corse, raggiunse la tribù dei cervi che vedendolo con un uomo sulle corna un po' lo sfuggivano, un po' gli s'avvicinavano curiosi. Io puntai il fucile che avevo sempre a tracolla, e ogni cervo che vedevo lo abbattevo. Ne uccisi cinquanta...

– E dove mai son stati, cinquanta cervi, dalle nostre parti? – gli chiedeva qualcuno di quei paltonieri.

– Ora se n'è persa la razza. Perché quei cinquanta erano tutte cerve femmine, capite? Ogni volta che il mio cervo cercava d'avvicinare una femmina, io sparavo, e quella cadeva morta. Il cervo non poteva darsene ragione, ed era disperato. Allora... allora decise d'uccidersi, corse su una roccia alta e si buttò giù. Ma io m'aggrappai a un pino che sporgeva ed eccomi qui!

Oppure era una battaglia che s'era ingaggiata tra due cervi, a cornate, e ad ogni colpo lui saltava dalle corna dell'uno a quelle dell'altro, finché a un cozzo più forte si trovò sbalestrato su una quercia...

Insomma, gli era presa quella smania di chi racconta storie e non sa mai se sono più belle quelle che gli sono veramente accadute e che a rievocarle riportano con sé tutto un mare d'ore passate, di sentimenti minuti, tedii, felicità, incertezze, vanaglorie, nausee di sé, oppure quelle che ci s'inventa, in cui si taglia giù di grosso, e tutto appare facile, ma poi più si svaria più ci s'accorge che si torna a parlare delle cose che s'è avuto o capito in realtà vivendo.

Cosimo era ancora nell'età in cui la voglia di raccontare dà voglia di vivere, e si crede di non averne vissute abbastanza da raccontarne, e così partiva a caccia, stava via settimane, poi tornava sugli alberi della piazza reggendo per la coda faine, tassi e volpi, e raccontava agli Ombrosotti nuove storie che da vere, raccontandole, diventavano inventate, e da inventate, vere.

Ma in tutta quella smania c'era un'insoddisfazione più profonda, una mancanza, in quel cercare gente che l'ascoltasse c'era una ricerca diversa. Cosimo non conosceva ancora l'amore, e ogni esperienza, senza quella, che è? Che vale aver rischiato la vita, quando ancora della vita non conosci il sapore?

Le ragazze ortolane o pescivendole passavano per la piazza d'Ombrosa, e le damigelle in carrozza, e Cosimo dall'albero gettava occhiate sommarie e ancora non aveva capito bene perché in tutte c'era qualcosa che lui cercava e che non era interamente in nessuna. A notte, quando nelle case s'accendevano le luci e sui rami Cosimo era solo con i gialli occhi dei gufi, gli veniva da sognare l'amore. Per le coppie che si davano convegno dietro le siepi e tra i filari, s'empiva d'ammirazione e invidia, e le seguiva con lo sguardo perdersi nel buio, ma se si sdraiavano al piede del suo albero scappava via pieno di vergogna.

Allora, per vincere il pudore naturale dei suoi occhi, si fermava a osservare gli amori degli animali. A primavera il mondo sopra gli alberi era un mondo nuziale: gli scoiattoli s'amavano con mosse e squittii quasi umani, gli uccelli s'accoppiavano sbattendo le ali, anche le lucertole correvano via unite, con le code strette a nodo; e i porcospini parevano diventati morbidi per rendere più dolci i loro abbracci. Il cane Ottimo Massimo, per nulla intimidito dal fatto d'esser l'unico bassotto d'Ombrosa, corteggiava grosse cagne da pastore, o cagne-lupe, con spavaldo ardimento, fidandosi della naturale simpatia che ispirava. Talora tornava malconcio dai morsi; ma bastava un amore fortunato a ripagarlo di tutte le sconfitte.

Anche Cosimo, come Ottimo Massimo, era l'unico esem-

plare d'una specie. Nei suoi sogni a occhi aperti, si vedeva amato da bellissime fanciulle; ma come avrebbe incontrato l'amore, lui sugli alberi? Nel fantasticare, riusciva a
non figurarsi dove quelle cose sarebbero successe, se sulla
terra o lassù dov'era ora: un luogo senza luogo, immaginava, come un mondo cui s'arriva andando in su, non in
giù. Ecco: forse c'era un albero così alto che salendo toccasse un altro mondo, la luna.

Intanto, con quest'abitudine delle chiacchiere da piazza, si sentiva sempre meno soddisfatto di sé. E da quando, un giorno di mercato, un tale, venuto dalla vicina città
d'Olivabassa, disse: – Oh, anche voi avete il vostro Spagnolo! – e alle domande di cosa volesse dire, rispose: – A Olivabassa c'è tutta una genìa di Spagnoli che vivono sugli
alberi! – Cosimo non ebbe più pace finché non intraprese
attraverso gli alberi dei boschi il viaggio per Olivabassa.

XVII

Olivabassa era un paese dell'interno. Cosimo ci arrivò dopo due giorni di cammino, superando pericolosamente i tratti di vegetazione più rada. Per via, vicino agli abitati, la gente che non l'aveva mai visto dava in grida di meraviglia, e qualcuno gli tirava dietro delle pietre, per cui cercò di procedere inosservato il più possibile. Ma man mano che s'avvicinava a Olivabassa, s'accorse che se qualche boscaiolo o bifolco o raccoglitrice d'olive lo vedeva, non mostrava alcuno stupore, anzi gli uomini lo salutavano cavandosi il cappello, come se lo conoscessero, e dicevano parole certamente non del dialetto locale, che in bocca loro suonavano strane, come: – *Señor! Buenos días, Señor!*

Era inverno, parte degli alberi era spoglia. In Olivabassa attraversava l'abitato una doppia fila di platani e d'olmi. E mio fratello, avvicinandosi, vide che tra i rami spogli c'era gente, uno o due o anche tre per albero, seduti o in piedi, in atteggiamento grave. In pochi salti li raggiunse.

Erano uomini con vestimenti nobili, tricorni piumati, gran manti, e donne dall'aria pure nobile, con veli sul capo, che stavano sedute sui rami a due o a tre, alcune ricamando, e guardando ogni tanto giù in strada con un breve movimento laterale del busto e un appoggiarsi del braccio lungo il ramo, come a un davanzale.

Gli uomini gli rivolgevano saluti come pieni d'amara comprensione: – *Buenos días, Señor!* – E Cosimo s'inchinava e si cavava il cappello.

Uno che pareva il più autorevole di loro, un obeso, incastrato nella forcella d'un platano da cui pareva non potesse più sollevarsi, una pelle da malato di fegato, sotto la quale l'ombra dei baffi e della barba rasi traspariva nera malgrado l'età avanzata, parve domandare a un suo vicino, macilento, allampanato, vestito in nero e pure lui con le guance nerastre di barba rasa, chi fosse quello sconosciuto che procedeva per la fila d'alberi.

Cosimo pensò che era venuto il momento di presentarsi.

Venne sul platano del signore obeso, fece l'inchino e disse: – Il Barone Cosimo Piovasco di Rondò, per servirla.

– *Rondos? Rondos?* – fece l'obeso. – *Aragonés? Gallego?*

– Nossignore.

– *Catalán?*

– Nossignore. Sono di queste parti.

– *Desterrado también?*

Il gentiluomo allampanato si sentì in dovere d'intervenire a far da interprete, molto ampollosamente. – Dice Sua Altezza Frederico Alonso Sanchez de Guatamurra y Tobasco se vossignoria è pur esso un esule, dappoiché la vediamo rampar per queste frasche.

– Nossignore. O almeno, non esule per alcun decreto altrui.

– *Viaja usted sobre los árboles por gusto?*

E l'interprete: – Sua Altezza Frederico Alonso si compiace di domandarle se è per suo diletto che vossignoria compie questo itinerario.

Cosimo ci pensò un po', e rispose: – Perché penso mi si addica, sebbene nessuno me l'imponga.

– *Feliz usted!* – esclamò Frederico Alonso Sanchez, sospirando. – *Ay de mí, ay de mí!*

E quello in nero, a spiegare, sempre più ampolloso: – Sua Altezza esce a dire che vossignoria è da reputarsi fortunata a godere di codesta libertà, la quale non possiamo esimerci dal comparare alla nostra costrizione, che pur sopportiamo rassegnati al volere di Dio, – e si segnò.

Così, tra una laconica esclamazione del Principe Sanchez e una circostanziata versione del signore nerovestito, Cosimo riuscì a ricostruire la storia della colonia che soggiornava sui platani. Erano nobili spagnoli, ribellatisi a Re Carlos III per questioni di privilegi feudali contrastati, e perciò posti in esilio con le loro famiglie. Giunti a Olivabassa, era stato loro interdetto di continuare il viaggio: quei territori infatti, in base a un antico trattato con Sua Maestà Cattolica, non potevano dar ricetto e nemmeno venir attraversati da persone esiliate dalla Spagna. La situazione di quelle nobili famiglie era ben difficile da risolversi, ma i magistrati di Olivabassa, che non volevano avere seccature con le cancellerie straniere ma che neppure avevano ragioni d'avversione per quei ricchi viaggiatori, vennero a un accomodamento: la lettera del trattato prescriveva che gli esuli non dovessero «toccare il suolo» di quel territorio, quindi bastava che se ne stessero sugli alberi e si era in regola. Dunque gli esuli erano saliti sui platani e sugli olmi, con scale a pioli concesse dal Comune, che poi furono tolte. Stavano appollaiati lassù da alcuni mesi, confidando nel clima mite, in un prossimo decreto d'amnistia di Carlos III e nella provvidenza divina. Avevano una provvista di doppie di Spagna e compravano vivande, dando così commercio alla città. Per tirare su i piatti, avevano installato alcuni saliscendi. Su altri alberi c'erano baldacchini sotto ai quali dormivano. Insomma, s'erano saputi aggiustar bene, ossia, erano gli Olivabassi che li avevano così ben attrezzati, perché ci avevano il loro tornaconto. Gli esuli, da parte loro, non muovevano un dito in tutta la giornata.

Cosimo era la prima volta che incontrava degli altri esseri umani abitanti sulle piante, e cominciò a far domande pratiche.

– E quando piove, come fate?

– *Sacramos todo el tiempo, Señor!*

E l'interprete, che era il Padre Sulpicio de Guadalete, della Compagnia di Gesù, esule da quando il suo ordine era stato messo al bando dalla Spagna: – Protetti dai nostri baldacchini, rivolgiamo il pensiero al Signore, ringraziandolo di quel poco che ci basta!...

– A caccia ci andate mai?

– *Señor, algunas veces con el visco.*

– Talvolta uno fra noi unge di vischio un ramo, per suo spasso.

Cosimo non era mai stanco di scoprire come avevano risolto i problemi che s'erano presentati pure a lui.

– E per lavarvi, per lavarvi, come fate?

– *Para lavar? Hay lavanderas!* – disse Don Frederico, con un'alzata di spalle.

– Diamo i nostri indumenti alle lavandaie del paese, – tradusse Don Sulpicio. – Ogni lunedì, a esser precisi, noi si cala il canestro della roba sporca.

– No, volevo dire per lavarvi la faccia e il corpo.

Don Frederico grugnì e alzò le spalle, come se questo problema non gli si fosse mai presentato.

Don Sulpicio si credette in dovere d'interpretare: – Secondo il parere di Sua Altezza, queste son quistioni private di ciascheduno.

– E, chiedo venia, i vostri bisogni dove li fate?

– *Ollas, Señor.*

E Don Sulpicio, sempre col suo tono modesto: – S'usa certi orciuolini, in verità.

Congedatosi da Don Frederico, Cosimo fu guidato dal Padre Sulpicio a far visita ai vari membri della colonia, nei loro rispettivi alberi residenziali. Tutti questi hidalghi e queste dame serbavano, pur nelle ineliminabili scomodità del loro soggiorno, atteggiamenti abituali e composti. Certi uomini, per stare a cavalcioni sui rami, usavano selle da cavallo, e ciò piacque molto a Cosimo, che in tanti anni non aveva mai pensato a questo sistema (utilissimo per le staffe – notò subito – che eliminano l'inconveniente di dover tenere i piedi penzoloni, cosa che dopo un po' dà il formicolìo). Alcuni puntavano cannocchiali da marina (uno tra loro aveva il grado di Almirante) che probabilmente servivano soltanto a guardarsi tra loro da un albero all'altro, curiosare e far pettegolezzi. Le signore e signorine sedevano tutte su cuscini da loro stesse ricamati, agucchiando (erano le uniche persone in qualche modo operose) oppure carezzando grossi gatti. Di gatti, v'era su quegli alberi gran numero, come pure d'uccelli, in gabbia questi (forse erano le vittime del vischio) tranne alcuni liberi colombi che venivano a posarsi sulla mano delle fanciulle, e carezzati tristemente.

In queste specie di salotti arborei Cosimo era ricevuto con ospitale gravità. Gli offrivano il caffè, poi subito si mettevano a parlare dei palazzi da loro lasciati a Siviglia, a Granada, e dei loro possedimenti e granai e scuderie, e lo invitavano pel giorno in cui sarebbero stati reintegrati nei loro onori. Del Re che li aveva banditi parlavano con un accento che era insieme d'avversione fanatica e di devota reverenza, talvolta riuscendo a separare esattamente la persona contro la quale le loro famiglie erano in lotta e il titolo regale dalla cui autorità emanava la propria. Talvolta invece a bella posta mescolavano i due opposti modi di considerazione in un solo slancio dell'animo: e Cosimo, ogni volta che il discorso cadeva sul Sovrano, non sapeva più che faccia fare.

Aleggiava su tutti i gesti e i discorsi degli esuli un'aura di tristezza e lutto, che un po' corrispondeva alla loro natura, un po' a una determinazione volontaria, come talo-

ra avviene in chi combatte per una causa non ben defini-
ta nei convincimenti e cerca di supplire con l'imponenza
del contegno.

Nelle giovinette – che a una prima occhiata parvero a
Cosimo tutte un po' troppo pelose e opache di pelle – ser-
peggiava un accenno di brio, sempre frenato a tempo. Due
d'esse giocavano, da un platano all'altro, al volano. Tic e
tac, tic e tac, poi un gridolino: il volano era caduto in strada. Lo raccattava un monello olivabasso e per tirarlo su
pretendeva due *pesetas*.

Sull'ultimo albero, un olmo, stava un vecchio, chiamato El Conde, senza parrucca, dimesso nel vestire. Il Padre
Sulpicio, avvicinandosi, abbassò la voce, e Cosimo fu in-
dotto a imitarlo. El Conde con un braccio spostava ogni
tanto un ramo e guardava il declivio della collina e una
piana or verde or brulla che si perdeva lontano.

Sulpicio mormorò a Cosimo una storia d'un suo figlio
detenuto nelle carceri di Re Carlo e torturato. Cosimo comprese che mentre tutti quegli hidalghi facevano gli esuli così
per dire, ma dovevano ogni poco richiamarsi alla mente e
ripetersi perché e percome si trovavano là, solo quel vecchio soffriva davvero. Questo gesto di scostare il ramo come
aspettandosi di veder apparire un'altra terra, quest'inoltra-
re pian piano lo sguardo nella distesa ondulata come sperando di non incontrare mai l'orizzonte, di riuscire a scorgere un paese ahi quanto lontano, era il primo segno vero
d'esilio che Cosimo vedeva. E comprese quanto per quegli
hidalghi contasse la presenza del Conde, come fosse quella
a tenerli insieme, a dare loro un senso. Era lui, forse il più
povero, certo in patria il meno autorevole di loro, che diceva loro quello che dovevano soffrire e sperare.

Tornando dalle visite, Cosimo vide su un ontano una
fanciulla che non aveva visto prima. In due salti fu lì.

Era una ragazza con occhi di bellissimo color pervinca
e carnagione profumata. Reggeva un secchio.

– Com'è che quando ho visto tutti non vi ho vista?

– Ero per acqua al pozzo, – e sorrise. Dal secchio, un po' inclinato, cadde dell'acqua. Lui la aiutò a reggerlo.

– Voi dunque scendete dagli alberi?

– No; c'è un ritorto ciliegio che fa ombra al pozzo. Di là caliamo i secchi. Venite.

Camminarono per un ramo, scavalcando il muro d'una corte. Lei lo guidò nel passaggio sul ciliegio. Sotto era il pozzo.

– Vedete, Barone?

– Come sapete che sono un Barone?

– Io so tutto, – sorrise. – Le mie sorelle m'hanno subito informata della visita.

– Sono quelle del volano?

– Irena e Raimunda, appunto.

– Le figlie di Don Frederico?

– Sì...

– E il vostro nome?

– Ursula.

– Voi andate sugli alberi meglio d'ogni altro qui.

– Ci andavo da bambina: a Granada avevamo grandi alberi nel *patio*.

– Sapreste cogliere quella rosa? – In cima a un albero era fiorita una rosa rampicante.

– Peccato: no.

– Bene, ve la coglierò io –. S'avviò, tornò con la rosa. Ursula sorrise ed avanzò le mani.

– Voglio appuntarla io stesso. Ditemi dove.

– Sul capo, grazie, – e accompagnò la mano di lui.

– Ora ditemi: sapreste, – Cosimo chiese, – raggiungere quel mandorlo?

– Come si fa? – rise. – Non so mica volare.

– Aspettate, – e Cosimo tirò un laccio. – Se vi lasciate legare a questa corda, io vi scarrucolo di là.

– No... Ho paura, – ma rideva.

– È il mio sistema. Ci viaggio da anni, facendo tutto da solo.

– Mamma mia!

La trasportò di là. Poi venne lui. Era un mandorlo tenero e non vasto. Vi si stava vicini. Ursula era ancora ansante e rossa per quel volo.

– Spaventata?

– No –. Ma le batteva il cuore.

– La rosa non s'è persa, – lui disse e la toccò per aggiustarla.

Così, stretti sull'albero, a ogni gesto s'andavano abbracciando.

– Uh! – disse lei, e, lui per primo, si baciarono.

Così cominciò l'amore, il ragazzo felice e sbalordito, lei felice e non sorpresa affatto (alle ragazze nulla accade a caso). Era l'amore tanto atteso da Cosimo e adesso inaspettatamente giunto, e così bello da non capire come mai lo si potesse immaginare bello prima. E della sua bellezza la cosa più nuova era l'essere così semplice, e al ragazzo in quel momento pare che debba sempre essere così.

XVIII

Fiorirono i peschi, i mandorli, i ciliegi. Cosimo e Ursula passavano insieme le giornate sugli alberi fioriti. La primavera colorava di gaiezza perfino la funerea vicinanza del parentado.

Nella colonia degli esuli mio fratello seppe subito rendersi utile, insegnando i vari modi di passare da un albero all'altro e incoraggiando quelle nobili famiglie a uscire dalla abituale compostezza per praticare un po' di movimento. Gettò anche dei ponti di corda, che permettevano agli esuli più vecchi di scambiarsi delle visite. E così, in quasi un anno di permanenza tra gli Spagnoli, dotò la colonia di molti attrezzi da lui inventati: serbatoi d'acqua, fornelli, sacchi di pelo per dormirci dentro. Il desiderio di far nuove invenzioni lo portava a secondare le usanze di questi hidalghi anche quando non andavano d'accordo con le idee dei suoi autori preferiti: così, vedendo il desiderio di quelle pie persone di confessarsi regolarmente, scavò dentro un tronco un confessionale, dentro il quale poteva entrare il magro Don Sulpicio e da una finestrella con tendina e grata ascoltare i loro peccati.

La pura passione delle innovazioni tecniche, insomma, non bastava a salvarlo dall'ossequio alle norme vigenti; ci volevano le idee. Cosimo scrisse al libraio Orbecche che da Ombrosa gli rimandasse per la posta a Olivabassa i volumi arrivati nel frattempo. Così poté far leggere a Ursula *Paolo e Virginia* e *La Nuova Eloisa*.

Gli esuli tenevano spesso adunanze su una vasta quercia, parlamenti in cui stilavano lettere al Sovrano. Queste lettere in principio dovevano essere sempre d'indignata protesta e di minaccia, quasi degli ultimatum; ma a un certo punto, dall'uno o dall'altro di loro venivano proposte formule più blande, più rispettose, e così si finiva in una supplica in cui si prosternavano umilmente ai piedi delle Graziose Maestà implorandone il perdono.

Allora s'alzava El Conde. Tutti ammutolivano. El Conde, guardando in alto, cominciava a parlare, a voce bassa e vibrata, e diceva tutto quel che aveva in cuore. Quando si risiedeva, gli altri restavano seri e muti. Nessuno accennava più alla supplica.

Cosimo ormai faceva parte della comunità e prendeva parte ai parlamenti. E là, con ingenuo fervore giovanile, spiegava le idee dei filosofi, e i torti dei Sovrani, e come gli Stati potevano esser retti secondo ragione e giustizia. Ma tra tutti, i soli che potevano dargli ascolto erano El Conde che per quanto vecchio s'arrovellava sempre alla ricerca d'un modo di capire e reagire, Ursula che aveva letto qualche libro, e un paio di ragazze un po' più sveglie delle altre. Il resto della colonia erano teste di suola da piantarci dentro i chiodi.

Insomma, questo Conde, dài e dài, invece di star sempre a contemplare il paesaggio cominciò a volersi leggere dei libri. Rousseau gli riuscì un po' ostico; Montesquieu invece gli piaceva: era già un passo. Gli altri hidalghi, niente, sebbene qualcuno di nascosto da Padre Sulpicio chiedesse a Cosimo in prestito la *Pulzella* per andarsi a leggere le pagine spinte. Così, col Conde che macinava nuove idee, le adunanze sulla quercia presero un'altra piega: ormai si parlava d'andare in Spagna a far la rivoluzione.

Padre Sulpicio dapprincipio non fiutò il pericolo. Lui di suo non era molto fino, e, tagliato fuori da tutta la gerarchia dei superiori, non era più aggiornato sui veleni delle coscienze. Ma appena poté riordinare le idee (o appena, dicono altri, ricevette certe lettere coi sigilli vescovili) cominciò a dire che il demonio s'era intrufolato in quella loro comunità e che c'era da aspettarsi una pioggia di fulmini, che incenerisse gli alberi con tutti loro sopra.

Una notte Cosimo fu svegliato da un lamento. Accorse con una lanterna e sull'olmo del Conde vide il vecchio già legato al tronco e il Gesuita che stringeva i nodi.

– Alto là, Padre! Cosa è questo?

– Il braccio della Santa Inquisizione, figlio! Ora tocca a questo sciagurato vecchio, perché confessi l'eresia e sputi il demonio. Poi ce ne sarà per te!

Cosimo trasse la spada e recise le corde. – Guardia a voi, Padre! Ci sono anche altre braccia, che servono la ragione e la giustizia!

Il Gesuita dal mantello trasse una spada sguainata. – Barone di Rondò, la vostra famiglia già da tempo ha un conto in sospeso col mio Ordine!

– Aveva ragione mio padre buonanima! – esclamò Cosimo incrociando il ferro. – La Compagnia non perdona!

Si batterono in bilico sui rami. Don Sulpicio era uno schermidore eccellente, e più volte mio fratello si trovò a mal partito. Erano al terzo assalto quando El Conde, riavutosi, si mise a gridare. Si svegliarono gli altri esuli, accorsero, s'interposero tra i duellanti. Sulpicio fece subito sparire la sua spada, e come se niente fosse si mise a raccomandare la calma.

Mettere a tacere un fatto così grave sarebbe stato impensabile in qualsiasi altra comunità, non in quella, con la voglia che avevano di ridurre al minimo tutti i pensieri che s'affacciavano alle loro teste. Così Don Frederico mise i suoi buoni uffici e si venne a una specie di conciliazione tra Don Sulpicio ed El Conde, che lasciava tutto come prima.

Cosimo, certamente, doveva diffidare, e quando andava per gli alberi con Ursula temeva sempre di vedersi spiato dal Gesuita. Sapeva che egli andava mettendo pulci nell'orecchio di Don Frederico perché non lasciasse più uscire la ragazza con lui. Quelle nobili famiglie, in verità, erano educate a costumi molto chiusi; ma là s'era sugli alberi, in esilio, non si badava più a tante cose. Cosimo sembrava loro un bravo giovane, titolato, e sapeva rendersi utile, restava là con loro senza che nessuno glie l'avesse imposto; e se anche capivano che tra lui e Ursula doveva esserci del tenero e li vedevano allontanarsi spesso per i frutteti a cercar fiori e frutta, chiudevano un occhio per non trovarci nulla da ridire.

Adesso però, con Don Sulpicio che metteva male, Don Frederico non poté più far finta di non saper niente. Chiamò Cosimo a colloquio sul suo platano. Al suo fianco era Sulpicio, lungo e nero.

– *Baron*, ti si vede spesso con la mia *niña*, mi si dice.

– M'insegna a *hablar vuestro idioma*, Altezza.

– Quanti anni hai?

– Vado per i *diez y nueve*.

– *Joven!* Troppo giovane! Mia figlia è una ragazza da marito. *Por qué* t'accompagni a lei?

– Ursula ha diciassett'anni...

– Pensi già a *casarte*?

– A cosa?

– T'insegna male *el castellano* mia figlia, *hombre*. Dico se pensi a sceglierti una *novia*, a costruirti una casa.

Sulpicio e Cosimo, insieme, fecero un gesto come a mettere le mani avanti. Il discorso prendeva una certa piega, che non era quella voluta dal Gesuita e tanto meno da mio fratello.

– La mia casa... – disse Cosimo e accennò intorno, verso i rami più alti, le nuvole, – la mia casa è dappertutto, dappertutto dove posso salire, andando in su...

– *No es esto*, – e il Principe Frederico Alonso scosse il capo. – *Baron*, se vuoi venire a Granada quando torneremo, vedrai il più ricco feudo della Sierra. *Mejor que aquí.*

Don Sulpicio non poteva più star zitto: – Ma Altezza, questo giovane è un volteriano... Non deve frequentare più sua figlia...

– *Oh, es joven, es joven*, le idee vanno e vengono, *que se case*, che si sposi e poi gli passerà, venga a Granada, venga.

– *Muchas gracias a usted*... Ci penserò... – e Cosimo girando per le mani il berretto di pel di gatto si ritirò con molti inchini.

Quando rivide Ursula era sovrappensiero. – Sai, Ursula, m'ha parlato tuo padre... M'ha fatto certi discorsi...

Ursula si spaventò. – Non vuole che ci vediamo più?

– Non è questo... Vorrebbe che io, quando non sarete più esiliati, venga con voi a Granada...

– Ah sì! che bello!

– Mah, vedi, io ti voglio bene, ma sono stato sempre sugli alberi, e voglio rimanerci...

– Oh, Cosme, abbiamo dei begli alberi anche là da noi...

– Sì, ma intanto per fare il viaggio con voi dovrei scendere, e una volta sceso...

– Non ti preoccupare, Cosme. Tanto ora siamo esuli e forse lo resteremo per tutta la vita.

E mio fratello non si diede più pena.

Ma Ursula non aveva previsto giusto. Dopo poco arrivò a Don Frederico una lettera coi sigilli reali spagnoli. Il bando, per grazioso indulto di Sua Maestà Cattolica, era revocato. I nobili esiliati potevano tornare alle proprie case e ai propri averi. Subito ci fu un gran brulichìo su per i platani. – Si ritorna! Si ritorna! Madrid! Cadiz! Sevilla!

Corse voce in città. Gli Olivabassi arrivarono con scale a pioli. Degli esuli, chi scendeva, festeggiato dal popolo, chi radunava i bagagli.

– Ma non è finita! – esclamava El Conde. – Ci sentiranno le Cortes! E la Corona! – e poiché dei suoi compagni d'esilio in quel momento nessuno mostrava di volergli dar retta, e già le dame erano preoccupate per i loro vestiti non più alla moda, per il guardaroba da rinnovare, egli si mise a fare gran discorsi alla popolazione olivabassa: – Ora andiamo in Spagna e vedrete! Là faremo i conti! Io e questo giovane faremo giustizia! – e indicava Cosimo. E Cosimo, confuso, a far cenno di no.

Don Frederico, trasportato a braccia, era disceso a terra. – *Baja, joven bizarro!* – gridò a Cosimo. – Giovane valoroso, scendi! Vieni con noi a Granada!

Cosimo, rannicchiato su un ramo, si schermiva.

E il Principe: – *Como no?* Sarai come mio figlio!

– L'esilio è finito! – diceva El Conde. – Finalmente possiamo mettere in opera quel che abbiamo per tanto tempo meditato! Cosa resti a fare sugli alberi, Barone? Non c'è più motivo!

Cosimo allargò le braccia. – Io sono salito quassù prima di voi, signori, e ci resterò anche dopo!

– Vuoi ritirarti! – gridò El Conde.

– No: resistere, – rispose il Barone.

Ursula che era scesa tra i primi e con le sorelle s'affaccendava a stipare una carrozza dei loro bagagli, si precipitò verso l'albero. – Allora resto con te! Resto con te! – e corse per la scala.

La fermarono in quattro o cinque, la strapparono di lì, tolsero le scale dagli alberi.

– *Adios*, Ursula, sii felice! – disse Cosimo, mentre la trasportavano di forza nella carrozza, che partiva.

Scoppiò un abbaio festoso. Il bassotto Ottimo Massimo che per tutto il tempo in cui il suo padrone era rimasto a Olivabassa aveva dimostrato una ringhiosa scontentezza, forse inasprita dalle continue liti con i gatti degli Spagnoli, ora pareva ritornare felice. Si mise a dar la caccia, ma

come per gioco, ai pochi gatti superstiti dimenticati sugli alberi, che rizzavano il pelo e soffiavano contro di lui.

Chi a cavallo, chi in carrozza, chi in berlina, gli esuli par-
tirono. La strada si sgombrò. Solo sugli alberi di Olivabassa rimase mio fratello. Impigliati ai rami c'erano ancora
qualche piuma, qualche nastro o merletto che s'agitava al
vento, e un guanto, un parasole con la trina, un ventaglio,
uno stivale con sperone.

XIX

Era un'estate tutta lune piene, gracchi di rane, fischi di fringuelli, quella in cui il Barone tornò a esser visto a Ombrosa. Pareva in preda a un'irrequietudine da uccello: saltava di ramo in ramo, ficcanaso, ombroso, inconcludente.

Presto cominciò a correre voce che una certa Checchina, di là dalla valle, fosse la sua amante. Certo questa ragazza stava in una casa solitaria, con una zia sorda, e un braccio d'ulivo le passava vicino alla finestra. Gli sfaccendati in piazza discutevano se lo era o non lo era.

– Li ho visti, lei al davanzale, lui sul ramo. Lui si sbracciava come un pipistrello e lei rideva!

– A una cert'ora lui fa il salto!

– Macché: se ha giurato di non scendere dagli alberi in vita sua...

– Be', lui s'è stabilito la regola, può stabilire anche le eccezioni...

– Eh, se si comincia con le eccezioni...

– Ma no, vi dico: è lei che salta dalla finestra sull'ulivo!

– E come fanno? Staranno ben scomodi...

– Io dico che non si sono mai toccati. Sì, lui la corteggia, oppure è lei che l'adesca. Ma lui di lassù non scende...

Sì, no, lui, lei, il davanzale, il salto, il ramo... non finivano più le discussioni. I fidanzati e i mariti, adesso, guai se le loro morose o mogli alzavano gli occhi verso un albero. Le donne, dal canto loro, appena s'incontravano, «Ci ci ci...», di chi parlavano? di lui.

Checchina o non Checchina, le sue tresche mio fratello le aveva senza mai scendere dagli alberi. L'ho incontrato una volta che correva per i rami con a tracolla un materasso, con la stessa naturalezza con cui lo vedevamo portare a tracolla fucili, funi, accette, bisacce, borracce, fiaschette della polvere.

Una certa Dorotea, donna galante, ebbe a confessarmi d'essersi incontrata con lui, di propria iniziativa, e non per lucro, ma per farsene un'idea.

– E che idea te ne sei fatta?

– Eh! Son contenta...

Un'altra, tale Zobeida, mi raccontò d'essersi sognata «l'uomo rampicante» (lo chiamava così) e questo sogno era così informato e minuzioso che credo l'avesse invece vissuto veramente.

Certo, io non so come vadano queste storie, ma Cosimo sulle donne doveva avere un certo fascino. Da quando era stato con quegli Spagnoli aveva preso a aver più cura della sua persona, e aveva smesso di girare infagottato di pelo come un orso. Portava calzoni e marsina attillata e cappello a tuba, all'inglese, e si radeva la barba e acconciava la parrucca. Anzi, ormai si poteva giurare, da com'era vestito, se stava andando a caccia o ad un convegno galante.

Fatto sta che una matura nobildonna che non dico, qui d'Ombrosa (vivono ancora le figlie ed i nipoti, e potrebbero offendersi, ma a quel tempo era una storia risaputa), viaggiava sempre in carrozza, sola, col vecchio cocchiere a cassetta, e si faceva portare per quel tratto della strada maestra che passa nel bosco. A un certo punto diceva: – Giovita, – al cocchiere, – il bosco pullula di funghi. Suvvia, colmatene questo canestrello e poi tornate, – e gli dava una corba. Il poveruomo, coi suoi reumi, sceso di cassetta, si caricava la corba sulle spalle, usciva di strada e prendeva a farsi largo tra le felci, nella guazza, e s'inoltrava s'inoltrava in mezzo ai faggi, chinandosi a frugare sotto ogni foglia per scovare un porcino od una vescia. Intanto, dalla carrozza la nobildonna scompariva, come venisse rapita in cielo, su per fitte fronde che sovrastavano la strada. Non si sa altro, tranne che più volte, a chi passava di là accadde di vedere la carrozza ferma e vuota nel bosco. Poi, misteriosamente com'era scomparsa, riecco la nobildonna seduta nella carrozza, che guardava languida. Ritornava Giovita, inzaccherato, con pochi funghi raggranellati nella corba, e si ripartiva.

Di queste storie se ne raccontavano molte, specialmente in casa di certe madame genovesi che tenevano riunioni per uomini abbienti (le frequentavo anch'io, quand'ero scapolo) e così a queste cinque signore dev'esser venuta voglia d'andare a far visita al Barone. Difatti si dice d'una quercia, che si chiama ancora la Quercia delle Cinque Passere, e noi vecchi sappiamo quello che vuol dire. Fu un certo Gè, mercante di zibibbo, a raccontarlo, uomo cui si può dar credito. Era una bella giornata di sole, e questo Gè andava a caccia nel bosco; arriva a quella quercia e cosa vede? Se le era portate tutte cinque sui rami, Cosimo, una qua e una là, e si godevano il tepore, tutte nude, cogli ombrellini aperti per non farsi scottar dal sole, e il Barone era là in mezzo, che leggeva versi latini, non riuscii a capire se d'Ovidio o di Lucrezio.

Tante se ne raccontavano, e cosa ci sia di vero non lo so: a quel tempo lui su queste cose era riservato e pudico; da vecchio invece raccontava raccontava, fin troppo, ma per lo più storie che non stavano né in cielo né in terra e che non ci si raccapezzava neanche lui. Fatto sta che a quel tempo cominciò l'usanza che quando una ragazza s'ingrossava e non si sapeva chi era stato, veniva comodo di dare a lui la colpa. Una ragazza una volta raccontò che andava raccogliendo olive e s'era sentita sollevare da due braccia lunghe come d'una scimmia... Di lì a poco scaricò due gemelli. Ombrosa si riempì di bastardi del Barone, veri o falsi che fossero. Ora sono cresciuti e qualcuno, è vero, gli somiglia: ma potrebb'essere anche stata suggestione, perché le donne incinte a vedere Cosimo saltare tutt'un tratto da un ramo all'altro certe volte restavano turbate.

Mah, io in genere a queste storie raccontate per spiegare i parti, non ci credo. Non so se ebbe tante donne come dicono, ma è certo che quelle che l'avevano conosciuto davvero preferivano star zitte.

E poi, se aveva tante donne appresso, non si spiegherebbero le notti di luna quando egli girava come un gatto, per gli alberi di fico i susini i melograni attorno all'abitato, in quella zona d'orti cui sovrasta la cerchia esterna delle case d'Ombrosa, e si lamentava, lanciava certe specie di sospiri, o sbadigli, o gemiti, che per quanto lui volesse controllare, rendere manifestazioni tollerabili, usuali, gli uscivano invece dalla gola come degli ululati o gnaulii. E gli Ombrosotti, che ormai lo sapevano, colti nel sonno non si spaventavano neppure, si giravano nelle lenzuola e dicevano: – C'è il Barone che cerca la femmina. Speriamo trovi, e ci lasci dormire.

Alle volte, qualche vecchio, di quelli che patiscono l'insonnia e vanno volentieri alla finestra se sentono un rumore, s'affacciava a guardare nell'ortaglia e vedeva l'ombra di lui tra quella dei rami del fico, proiettata in terra dalla luna. – Non riesce a prender sonno stanotte, Signoria?

– No, è tanto che mi rigiro e sono sempre sveglio, – diceva Cosimo, come se parlasse stando a letto, col viso sprofondato nel guanciale, non aspettando che di sentirsi calare le palpebre, mentr'era invece sospeso là come un acrobata. – Non so cosa c'è stasera, un caldo, un nervoso: forse il tempo va a cambiare, non sentite anche voi?

– Eh, sento, sento... Ma io son vecchio, Signoria, e voi invece avete il sangue che tira...

– E già, tirare tira...

– Be', vedete se vi tira un po' più lontano di qua, signor Barone, che qua tanto non c'è niente che possa darvi sollievo: solo povere famiglie che si svegliano all'alba e che adesso vogliono dormire...

Cosimo non rispondeva, sfrondava via per altri orti. Seppe sempre tenersi nei giusti limiti e d'altra parte gli Ombrosotti seppero sempre tollerare queste sue stranezze; un po' perché egli era pur sempre il Barone e un po' perché era un Barone differente dagli altri.

Certe volte, queste note ferine che gli uscivano dal petto trovavano altre finestre, più curiose d'ascoltarle; bastava il segno dell'accendersi d'una candela, d'un mormorio di risa vellutate, di parole femminili tra la luce e l'ombra che non si arrivava a capire ma certo erano di scherzo su di lui, o per fargli il verso, o fingere di chiamarlo, ed era già un far sul serio, era già amore, per quel derelitto che saltava sui rami come un lugaro.

Ecco, ora una più sfrontata si faceva alla finestra come per veder cos'era, ancora calda di letto, il seno scoperto, i capelli sciolti, il riso bianco nelle forti labbra schiuse, e si svolgevano dei dialoghi.

– Chi c'è? Un gatto?

E lui: – È uomo, è uomo.

– Un uomo che miagola?

– Eh, sospiro.

– Perché? Cosa ti manca?

– Mi manca quel che hai tu.

– Che cosa?

– Vieni qui e te lo dico...

Mai ebbe sgarbi dagli uomini, o vendette, dicevo, segno – mi pare – che non costituiva questo gran pericolo. Solo una volta, misteriosamente, fu ferito. Si sparse la notizia un mattino. Il cerusico d'Ombrosa dovette arrampicarsi sul noce dove egli stava lamentandosi. Aveva una gamba piena di pallini da fucile, di quelli piccoli, da passeri: bisognò cavarli uno per uno con la pinza. Gli fece male, ma presto guarì. Non si seppe mai bene come fosse andata: lui disse che gli era partito un colpo inavvertitamente, scavalcando un ramo.

Convalescente, immobile sul noce, si ritemprava nei suoi studi più severi. Cominciò in quel tempo a scrivere un *Progetto di Costituzione d'uno Stato ideale fondato sopra gli alberi*, in cui descriveva l'immaginaria Repubblica d'Arbòrea, abitata da uomini giusti. Lo cominciò come un trattato sulle leggi e i governi ma scrivendo la sua inclinazione d'inventore di storie complicate ebbe il sopravvento e ne uscì uno zibaldone d'avventure, duelli e storie erotiche, inserite, quest'ultime, in un capitolo sul diritto matrimoniale. L'epilogo del libro avrebbe dovuto essere questo: l'autore, fondato lo Stato perfetto in cima agli alberi e convinta tutta l'umanità a stabilirvisi e a vivere felice, scendeva ad abitare sulla terra rimasta deserta. Avrebbe dovuto essere, ma l'opera restò incompiuta. Ne mandò un riassunto al Diderot, firmando semplicemente: *Cosimo Rondò, lettore dell'Enciclopedia*. Il Diderot ringraziò con un biglietto.

XX

Di quell'epoca io non posso dire molto, perché rimonta ad allora il mio primo viaggio per l'Europa. Avevo compiuto i ventun anno e potevo godere del patrimonio familiare come meglio m'aggradiva, perché a mio fratello bastava poco, e non di più bastava a nostra madre, che poverina era andata negli ultimi tempi molto invecchiando. Mio fratello voleva firmarmi una carta d'usufruttuario di tutti i beni, purché gli passassi un mensile, gli pagassi le tasse e tenessi un po' in ordine gli affari. Non avevo che da prendermi la direzione dei poderi, scegliermi una sposa e già mi vedevo davanti quella vita regolata e pacifica, che nonostante i gran trambusti del trapasso di secolo mi riuscì di vivere davvero.

Però, prima di cominciare, mi concessi un periodo di viaggi. Fui anche a Parigi, proprio in tempo per vedere le trionfali accoglienze tributate al Voltaire che vi tornava dopo molti anni per la rappresentazione d'una sua tragedia. Ma queste non sono le memorie della mia vita, che non meriterebbero certo d'esser scritte; volevo solo dire come in tutto questo viaggio fui colpito dalla fama che s'era sparsa dell'uomo rampante d'Ombrosa, anche nelle nazioni straniere. Perfino su di un almanacco vidi una figura con sotto scritto: «*L'homme sauvage d'Ombreuse (Rép.*

Génoise). Vit seulement sur les arbres». L'avevano rappresentato come un essere tutto ricoperto di lanugine, con una lunga barba ed una lunga coda, e mangiava una locusta. Questa figura era nel capitolo dei mostri, tra l'Ermafrodito e la Sirena.

Di fronte a fantasie di questo genere, io di solito mi guardavo bene dal rivelare che l'uomo selvatico era mio fratello. Ma lo proclamai ben forte quando a Parigi fui invitato a un ricevimento in onore di Voltaire. Il vecchio filosofo se ne stava sulla sua poltrona, coccolato da uno stuolo di madame, allegro come una pasqua e maligno come un istrice. Quando seppe che venivo da Ombrosa, m'apostrofò:

– *C'est chez vous, mon cher Chevalier, qu'il y a ce fameux philosophe qui vit sur les arbres comme un singe?*

E io, lusingato, non potei trattenermi dal rispondergli:

– *C'est mon frère, Monsieur, le Baron de Rondeau.*

Voltaire fu molto sorpreso, fors'anche perché il fratello di quel fenomeno appariva persona così normale, e si mise a farmi domande, come: – *Mais c'est pour approcher du ciel, que votre frère reste là-haut?*

– Mio fratello sostiene, – risposi, – che chi vuole guardare bene la terra deve tenersi alla distanza necessaria, – e il Voltaire apprezzò molto la risposta.

– *Jadis, c'était seulement la Nature qui créait des phénomènes vivants*, – concluse; – *maintenant c'est la Raison* –. E il vecchio sapiente si rituffò nel chiacchiericcio delle sue pinzochere teiste.

Presto dovetti interrompere il viaggio e ritornare a Ombrosa, richiamato da un dispaccio urgente. L'asma di nostra madre s'era improvvisamente aggravata e la poverina non lasciava più il letto.

Quando varcai il cancello e alzai gli occhi verso la nostra villa ero sicuro che l'avrei visto lì. Cosimo era arrampicato su un alto ramo di gelso, appena fuori del davanzale di nostra madre. – Cosimo! – lo chiamai, ma a voce smorzata. Mi fece un cenno che voleva dire tutt'insieme che la mamma era un po' sollevata, ma era sempre grave, e che salissi ma facessi piano.

La stanza era in penombra. La mamma in letto con una pila di guanciali che le tenevano sollevate le spalle sembrava più grande di quanto non l'avessimo mai vista. Intorno c'erano poche donne di casa. Battista non era ancora arrivata, perché il Conte suo marito, che doveva accompagnarla, era stato trattenuto per la vendemmia. Nell'ombra della stanza, spiccava la finestra aperta che inquadrava Cosimo fermo sul ramo dell'albero.

Mi chinai a baciare la mano di nostra madre. Mi riconobbe subito e mi posò la mano sul capo. – Oh, sei arrivato, Biagio... – Parlava con un filo di voce, quando l'asma non le stringeva troppo il petto, ma correntemente e con gran senno. Quello che mi colpì, però, fu il sentirla rivolgersi indifferentemente a me come a Cosimo, quasi fosse anch'egli lì al capezzale. E Cosimo dall'albero le rispondeva.

– È tanto che ho preso la medicina, Cosimo?

– No, son solo pochi minuti, mamma, aspettate a riprenderne, che ora non vi può far bene.

A un certo punto ella disse: – Cosimo, dammi uno spicchio d'arancia, – e io mi sentii stranito. Ma più ancora stupii quando vidi che Cosimo allungava nella camera attraverso la finestra una specie d'arpione da barche e con quello prendeva uno spicchio d'arancia da una consolle e lo porgeva in mano a nostra madre.

Notai che per tutte queste piccole cose, ella preferiva rivolgersi a lui.

– Cosimo, dammi lo scialle.

E lui coll'arpione cercava tra la roba buttata sulla poltrona, sollevava lo scialle, lo porgeva a lei. – Ecco, mamma.

– Grazie, figlio mio.

Sempre gli parlava come fosse a un passo di distanza

ma notai che non gli chiedeva mai cose che lui non arrivasse a fare dall'albero. In quei casi chiedeva sempre a me o alle donne.

Di notte la mamma non s'assopiva. Cosimo restava a vegliarla sull'albero, con una lucernetta appesa al ramo, perché lo vedesse anche nel buio.

Al mattino era il momento più brutto per l'asma. L'unico rimedio era cercare di distrarla e Cosimo con uno zufolo suonava delle ariette, o imitava il canto degli uccelli, o acchiappava farfalle e poi le faceva volare nella camera, o dispiegava dei festoni di fiori di glicine.

Ci fu una giornata di sole. Cosimo con una ciotola sull'albero si mise a fare bolle di sapone e le soffiava dentro la finestra, verso il letto della malata. La mamma vedeva quei colori dell'iride volare e riempire la stanza e diceva: – O che giochi fate! – che pareva quando eravamo bambini e disapprovava sempre i nostri divertimenti come troppo futili e infantili. Ma adesso, forse per la prima volta, prendeva piacere a un nostro gioco. Le bolle di sapone le arrivavano fin sul viso e lei col respiro le faceva scoppiare, e sorrideva. Una bolla giunse fino alle sue labbra e restò intatta. Ci chinammo su di lei. Cosimo lasciò cadere la ciotola. Era morta.

Ai lutti succedono presto o tardi eventi lieti, è legge della vita. Dopo un anno dalla morte di nostra madre mi fidanzai con una fanciulla della nobiltà dei dintorni. Ci volle del bello e del buono per convincere la mia promessa sposa all'idea che sarebbe venuta a stare a Ombrosa: aveva paura di mio fratello. Il pensiero che ci fosse un uomo che si muoveva tra le foglie, che spiava ogni mossa dalle finestre, che appariva quando meno ce lo si aspettava, la riempiva di terrore, anche perché non aveva mai visto Cosimo e l'immaginava come una specie d'Indiano. Per toglierle dalla testa questa paura, indissi un pranzo all'aperto, sotto gli alberi, cui anche Cosimo era invitato. Cosimo mangiava sopra di noi, su di un faggio, coi piatti su di una mensoletta, e devo dire che sebbene per i pasti in società fosse fuori d'esercizio si comportò molto bene. La mia fidanzata si tranquillizzò un poco, rendendosi conto che a parte lo star sugli alberi era un uomo in tutto uguale agli altri; ma le restò un'invincibile diffidenza.

Anche quando, sposatici, ci stabilimmo insieme nella villa d'Ombrosa, sfuggiva il più possibile non solo la conversazione ma anche la vista del cognato, sebbene lui, poverino, ogni tanto le portasse dei mazzi di fiori o delle pelli pregiate. Quando incominciarono a nascerci i figli e poi a crescere, si mise in testa che la vicinanza dello zio potesse avere una cattiva influenza sulla loro educazione. Non fu contenta finché non facemmo riattare il castello nel nostro vecchio feudo di Rondò, da tempo disabitato, e prendemmo a stare più lassù che a Ombrosa, perché i bambini non avessero cattivi esempi.

E pure Cosimo cominciava ad accorgersi del tempo che passava, e il segno era il bassotto Ottimo Massimo che stava diventando vecchio e non aveva più voglia di unirsi alle mute dei segugi dietro alle volpi né tentava più assurdi amori con cagne alane o mastine. Era sempre accucciato, come se per la pochissima distanza che separava la sua pancia da terra quand'era in piedi, non valesse la pena di tenersi ritto. E lì disteso quant'era lungo, dalla coda al muso, ai piedi dell'albero su cui era Cosimo, alzava uno sguardo stanco verso il padrone e scodinzolava appena. Cosimo si faceva scontento: il senso del trascorrere del tempo gli comunicava una specie d'insoddisfazione della sua vita, del su e giù sempre tra quei quattro stecchi. E nulla gli dava più la contentezza piena, né la caccia, né i fugaci amori, né i libri. Non sapeva neanche lui cosa voleva: preso dalle sue furie, s'arrampicava rapidissimo sulle vette più tenere e fragili, come cercasse altri alberi che crescessero sulla cima degli alberi per salire anche su quelli.

Un giorno Ottimo Massimo era inquieto. Pareva fiutasse un vento di primavera. Alzava il muso, annusava, si ributtava giù. Due o tre volte s'alzò, si mosse intorno, si risdraiò. Tutt'a un tratto prese la corsa. Trotterellava piano, ormai, e ogni tanto si fermava a riprender fiato. Cosimo di sui rami lo seguì.

Ottimo Massimo prese la via del bosco. Pareva che avesse in mente una direzione molto precisa, perché anche se ogni tanto si fermava, pisciacchiava, si riposava a lingua fuori guardando il padrone, presto si scrollava e riprendeva la strada senza incertezze. Stava così andando in paraggi poco frequentati da Cosimo, anzi quasi sconosciuti, perché era verso la bandita di caccia del Duca Tolemaico. Il Duca Tolemaico era vecchio cadente e certo non andava a caccia da chissà quanto tempo, ma nella sua bandita nessun bracconiere poteva metter piede perché i guardiacaccia erano molti e sempre vigili e Cosimo che ci aveva avuto già da dire preferiva tenersi al largo. Ora Ottimo Massimo e Cosimo s'addentravano nella bandita del Principe Tolemaico, ma né l'uno né l'altro pensavano a snidarne la pregiata selvaggina: il bassotto trotterellava seguendo un suo segreto richiamo e il Barone era preso da un'impaziente curiosità di scoprire dove mai andava il cane.

Così il bassotto giunse a un punto in cui la foresta finiva e c'era un prato. Due leoni di pietra seduti su pilastri reggevano uno stemma. Di qua forse doveva cominciare un parco, un giardino, una parte più privata della tenuta del Tolemaico: ma non c'erano che quei due leoni di pietra, e al di là il prato, un prato immenso, di corta erba verde, di cui solo in lontananza si vedeva il termine, uno sfondo di querce nere. Il cielo dietro aveva una lieve patina di nuvole. Non un uccello vi cantava.

Per Cosimo, quel prato era una vista che riempiva di sgomento. Vissuto sempre nel folto della vegetazione d'Ombrosa, sicuro di poter raggiungere ogni luogo attraverso le sue vie, al Barone bastava aver davanti una distesa sgombra, impercorribile, nuda sotto il cielo, per provare un senso di vertigine.

Ottimo Massimo si slanciò nel prato e, come fosse ritornato giovane, correva a gran carriera. Dal frassino dov'era appollaiato, Cosimo prese a fischiare, a chiamarlo: – Qui, torna qui, Ottimo Massimo! Dove vai? – ma il cane non gli ubbidiva, non si voltava nemmeno: correva correva per il prato, finché non si vide che una virgola lontana, la sua coda, e anche quella sparì.

Cosimo sul frassino si torceva le mani. A fughe e ad assenze del bassotto era pur abituato, ma ora Ottimo Massimo spariva in questo prato invalicabile, e la sua fuga diventava tutt'uno con l'angoscia provata poc'anzi, e la caricava d'una indeterminata attesa, d'un aspettarsi qualcosa di là di quel prato.

Stava mulinando questi pensieri quando sentì dei passi sotto il frassino. Vide un guardiacaccia che passava, a mani in tasca, fischiando. A dire il vero aveva un'aria assai sbracata e distratta per essere di quei terribili guardiacaccia della tenuta, eppure le insegne della divisa erano quelle del corpo ducale, e Cosimo s'appiattì contro il tronco. Poi, il pensiero del cane ebbe il sopravvento; apostrofò il guardiacaccia: – Ehi, voi, sergente, avete mica visto un can bassotto?

Il guardiacaccia alzò il viso: – Ah, siete voi! Il cacciatore che vola col cane che striscia! No, non l'ho visto il bassotto! Cos'avete preso, di bello, stamane?

Cosimo aveva riconosciuto uno dei più zelanti suoi avversari, e disse: – Macché, m'è scappato il cane e m'è toccato di rincorrerlo fin qui... Ho il fucile scarico...

Il guardiacaccia rise: – Oh, lo carichi pure, e spari fin che ne ha voglia! Tanto, ormai!

– Ormai, cosa?

– Ormai che il Duca è morto, chi vuole che se ne interessi più, della bandita?

– Ah, così, è morto, non sapevo.

– È morto e seppellito da tre mesi. E c'è una lite tra gli eredi di primo e di secondo letto e la vedovella nuova.

– Aveva una terza moglie?

– Sposata quando lui aveva ottant'anni, un anno prima di morire, lei una ragazza di ventuno o giù di lì, vi dico io che pazzie, una sposa che non gli è stata insieme neanche un giorno, e solo adesso comincia a visitare i suoi possessi, e non le piacciono.

– Come: non le piacciono?

– Mah, s'installa in un palazzo, o in un feudo, ci arriva con tutta la sua corte, perché ha sempre uno stuolo di cascamorti dietro, e dopo tre giorni trova tutto brutto, tutto triste, e riparte. Allora saltano fuori gli altri eredi, si buttano su quel possesso, vantano diritti. E lei: «Ah, sì, e prendetevelo!» Adesso è arrivata qui nel padiglione di caccia, ma quanto ci resterà? Io dico poco.

– E dov'è il padiglione di caccia?

– Laggiù oltre il prato, oltre le querce.

– Il mio cane allora è andato là...

– Sarà andato in cerca d'ossi... Mi perdoni, ma mi dà l'idea che Vossignoria lo tenga un po' a stecchetto! – e scoppiò a ridere.

Cosimo non rispose, guardava il prato invalicabile, aspettava che il bassotto tornasse.

Non tornò per tutto il giorno. L'indomani Cosimo era di nuovo sul frassino, a contemplare il prato, come se dello sgomento che gli dava non potesse più fare a meno.

Riapparì il bassotto, verso sera, un puntino nel prato che solo l'occhio acuto di Cosimo riusciva a percepire, e venne avanti sempre più visibile. – Ottimo Massimo! Vieni qui! Dove sei stato? – Il cane s'era fermato, scodinzolava, guardava il padrone, abbaiò, pareva invitarlo a venire, a seguirlo, ma si rendeva conto della distanza ch'egli non poteva valicare, si voltava indietro, faceva passi incerti, ed ecco, si voltava. – Ottimo Massimo! Vieni qui! Ottimo Massimo! – Ma il bassotto correva via, spariva nella lontananza del prato.

Più tardi passarono due guardiacaccia. – Sempre lì che aspetta il cane, Signoria! Ma se l'ho visto al padiglione, in buone mani...

– Come?

– Ma sì, la Marchesa, ossia la Duchessa vedova (noi la chiamiamo Marchesa perché era Marchesina da ragazza) gli faceva tante feste come l'avesse sempre avuto. È un cane da pastasciutta, quello, mi lasci dire, Signoria. Ora ha trovato da star nel morbido e ci resta...

E i due sgherri s'allontanavano ghignando.

Ottimo Massimo non tornava più. Cosimo tutti i giorni era sul frassino a guardare il prato come se in esso potesse leggere qualcosa che da tempo lo struggeva dentro: l'idea stessa della lontananza, dell'incolmabilità, dell'attesa che può prolungarsi oltre la vita.

XXI

Un giorno Cosimo guardava dal frassino. Brillò il sole, un raggio corse sul prato che da verde pisello diventò verde smeraldo. Laggiù nel nero del bosco di querce qualche fronda si mosse e ne balzò un cavallo. Il cavallo aveva in sella un cavaliere, nerovestito, con un mantello, no: una gonna; non era un cavaliere, era un'amazzone, correva a briglia sciolta ed era bionda.

A Cosimo cominciò a battere il cuore e lo prese la speranza che quell'amazzone si sarebbe avvicinata fino a poterla veder bene in viso, e che quel viso si sarebbe rivelato bellissimo. Ma oltre a quest'attesa del suo avvicinarsi e della sua bellezza c'era una terza attesa, un terzo ramo di speranza che s'intrecciava agli altri due ed era il desiderio che questa sempre più luminosa bellezza rispondesse a un bisogno di riconoscere un'impressione nota e quasi dimenticata, un ricordo di cui è rimasta solo una linea, un colore e si vorrebbe far riemergere tutto il resto o meglio ritrovarlo in qualcosa di presente.

E con quest'animo non vedeva l'ora che ella s'avvicinasse al margine del prato vicino a lui, dove torreggiavano i due pilastri dei leoni; ma quest'attesa cominciò a diventare dolorosa, perché s'era accorto che l'amazzone non tagliava il prato in linea retta verso i leoni, ma diagonalmente, cosicché sarebbe presto scomparsa di nuovo nel bosco.

Già stava per perderla di vista, quand'ella voltò bruscamente il cavallo e adesso tagliava il prato in un'altra diagonale, che glie l'avrebbe portata certo un po' più vicina, ma l'avrebbe ugualmente fatta scomparire dalla parte opposta del prato.

In quel mentre Cosimo s'avvide con fastidio che dal bosco erano sbucati sul prato due cavalli marrone, montati da cavalieri, ma cercò di eliminare subito questo pensiero, decise che quei cavalieri non contavano nulla, bastava vedere come sbatacchiavano qua e là dietro di lei, certo non erano da tenere in nessuna considerazione, eppure, doveva ammettere, gli davano fastidio.

Ecco che l'amazzone, prima di scomparire dal prato, anche questa volta voltava il cavallo, ma lo voltava indietro, allontanandosi da Cosimo... No, ora il cavallo girava su se stesso e galoppava in qua, e la mossa pareva fatta apposta per disorientare i due cavalieri sbatacchioni, che difatti adesso se ne galoppavano lontano e non avevano ancora capito che lei correva in direzione opposta.

Ora ogni cosa andava veramente per il suo verso: l'amazzone galoppava nel sole, sempre più bella e sempre più rispondente a quella sete di ricordo di Cosimo, e l'unica cosa allarmante era il continuo zig-zag del suo percorso, che non lasciava prevedere nulla delle sue intenzioni. Nemmeno i due cavalieri capivano dove stesse andando, e cercavano di seguire le sue evoluzioni finendo per fare molta strada inutile, ma sempre con molta buona volontà e prestanza.

Ecco, in men che Cosimo s'aspettasse, la donna a cavallo era giunta al margine del prato vicino a lui, ora passava tra i due pilastri sormontati dai leoni quasi fossero stati messi per farle onore, e si voltava verso il prato e tutto quello che v'era al di là del prato con un largo gesto come d'addio, e galoppava avanti, passava sotto il frassino, e Cosimo ora l'aveva vista bene in viso e nella persona, eretta in sella, il viso di donna altera e insieme di fanciulla, la fronte felice di stare su quegli occhi, gli occhi felici di stare su quel viso, il naso la bocca il mento il collo ogni cosa di lei felice d'ogni altra cosa di lei, e tutto tutto tutto ricordava la ragazzina vista a dodici anni sull'altalena il primo giorno che passò sull'albero: Sofonisba Viola Violante d'Ondariva.

Questa scoperta, ossia l'aver portato questa fin dal primo istante inconfessata scoperta al punto di poterla proclamare a se stesso, riempì Cosimo come d'una febbre. Volle gridare un richiamo, perché lei levasse lo sguardo sul frassino e lo vedesse, ma dalla gola gli uscì solo il verso della beccaccia e lei non si voltò.

Ora il cavallo bianco galoppava nel castagneto, e gli zoccoli battevano sui ricci sparsi a terra aprendoli e mostrando la scorza lignea e lucida del frutto. L'amazzone dirigeva il cavallo un po' in un verso e un po' in un altro, e Cosimo ora la pensava già lontana e irraggiungibile, ora saltando d'albero in albero la rivedeva con sorpresa riapparire nella prospettiva dei tronchi, e questo modo di muoversi dava sempre più fuoco al ricordo che fiammeggiava nella mente del Barone. Voleva farle giungere un appello, un segno della sua presenza, ma gli veniva alle labbra solo il fischio della pernice grigia e lei non gli prestava ascolto.

I due cavalieri che la seguivano, parevano capirne ancor meno le intenzioni e il percorso, e continuavano ad andare in direzioni sbagliate impigliandosi in roveti o infangandosi in pantani, mentre lei sfrecciava sicura e inafferrabile. Dava anzi ogni tanto delle specie d'ordini o incitamenti ai cavalieri alzando il braccio col frustino o strappando il baccello d'un carrubo e lanciandolo, come a dire che bisognava andare in là. Subito i cavalieri si buttavano in quella direzione al galoppo per i prati e le ripe, ma lei s'era voltata da un'altra parte e non li guardava più.

«È lei! È lei!» pensava Cosimo sempre più infiammato di speranza e voleva gridare il suo nome ma dalle labbra non gli sortiva che un verso lungo e triste come quello del piviere.

Ora, avveniva che tutti questi andirivieni e inganni ai cavalieri e giochi si disponessero attorno ad una linea, che pur essendo irregolare e ondulata non escludeva una possibile intenzione. E indovinando quest'intenzione, e non reggendo più all'impresa impossibile di seguirla, Cosimo si disse: «Andrò in un posto che se è lei ci verrà. Anzi, non può essere qui che per andarci». E saltando per le sue vie, andò verso il vecchio parco abbandonato dei D'Ondariva.

In quell'ombra, in quell'aria piena d'aromi, in quel luogo dove le foglie e i legni avevano altro colore e altra sostanza, si sentì così preso dai ricordi della fanciullezza che quasi scordò l'amazzone, o se non la scordò si disse che poteva pure non essere lei e tanto già esser vera quest'attesa e speranza di lei che quasi era come se lei ci fosse.

Ma sentì un rumore. Era lo zoccolo del cavallo bianco sulla ghiaia. Veniva per il giardino non più di corsa, come se l'amazzone volesse guardare e riconoscere minutamente ogni cosa. Dei cavalieri sciocchi non si sentiva più alcun segno: doveva aver fatto perdere del tutto le sue tracce.

La vide: faceva il giro della vasca, del chioschetto, delle anfore. Guardava le piante divenute enormi, con pendenti radici aeree, le magnolie diventate un bosco. Ma non vedeva lui, lui che cercava di chiamarla col tubare dell'upupa, col trillo della pispola, con suoni che si perdevano nel fitto cinguettio degli uccelli del giardino.

Era smontata di sella, andava a piedi conducendosi dietro il cavallo per le briglie. Giunse alla villa, lasciò il cavallo, entrò nel portico. Scoppiò a gridare: – Ortensia! Gaetano! Tarquinio! Qui c'è da dare il bianco, da riverniciare le persiane, da appendere gli arazzi! E voglio qui il tavolo, là la consolle, in mezzo la spinetta, e i quadri sono tutti da cambiar di posto.

Cosimo s'accorse allora che quella casa che al suo sguardo distratto era parsa chiusa e disabitata come sempre, era invece adesso aperta, piena di persone, servitori che pulivano, rassettavano, davano aria, mettevano a posto mobili, sbattevano tappeti. Era Viola che ritornava, dunque, Viola che si ristabiliva a Ombrosa, che riprendeva possesso della villa da cui era partita bambina! E il batticuore di gioia in petto a Cosimo non era però molto dissimile da un batticuore di paura, perché esser lei tornata, averla sotto gli occhi così imprevedibile e fiera, poteva voler dire non averla mai più, nemmeno nel ricordo, nemmeno in quel segreto profumo di foglie e color della luce attraverso il verde, poteva voler dire che lui sarebbe stato obbligato a fuggirla e così fuggire anche la prima memoria di lei fanciulla.

Con quest'alterno batticuore Cosimo la vedeva muoversi in mezzo alla servitù, facendo trasportare divani clavicembali cantoniere, e poi passare in fretta in giardino e rimontare a cavallo, rincorsa dallo stuolo della gente che attendeva ancora ordini, e adesso si rivolgeva ai giardinieri, dicendo come dovevano riordinare le aiole incolte e ridisporre nei viali la ghiaia portata via dalle piogge, e rimettere le sedie di vimini, l'altalena...

Dell'altalena indicò, con ampi gesti, il ramo dal quale era appesa una volta e doveva esser riappesa ora, e quanto lunghe dovevano essere le funi, e l'ampiezza della corsa, e così dicendo col gesto e lo sguardo andò fino all'albero di magnolia sul quale Cosimo una volta le era apparso. E sull'albero di magnolia, ecco, lo rivide.

Fu sorpresa. Molto. Non dicano. Certo, si riprese subito e fece la sufficiente, al suo solito modo, ma lì per lì fu molto sorpresa e le risero gli occhi e la bocca e un dente che aveva come quando era bambina.

– Tu! – e poi, cercando il tono di chi parla di una cosa naturale, ma non riuscendo a nascondere il suo compiaciuto interesse: – Ah, così sei rimasto qui da allora senza mai scendere?

Cosimo riuscì a trasformare quella voce che gli voleva uscire come un grido di un passero, in un: – Sì, sono io, Viola, ti ricordi?

– Senza mai, proprio mai posare un piede in terra?

– Mai.

E lei, già come se si fosse concessa troppo: – Ah, vedi che sei riuscito? Non era dunque poi così difficile.

– Aspettavo il tuo ritorno...

– Benissimo. Ehi, voi, dove portate quella tenda! Lasciate tutto qui che veda io! – Tornò a guardare lui. Cosimo quel giorno era vestito da caccia: irsuto, col berretto di gatto, con lo schioppo. – Sembri Robinson!

– L'hai letto? – disse subito lui, per farsi vedere al corrente.

Viola s'era già voltata: – Gaetano! Ampelio! Le foglie secche! C'è pieno di foglie secche! – E a lui: – Tra un'ora, in fondo al parco. Aspettami –. E corse via a dar ordini, a cavallo.

Cosimo si gettò nel folto: avrebbe voluto che fosse mille volte più folto, una valanga di foglie e rami e spini e caprifogli e capelveneri da affondarci e sprofondarci e solo dopo essercisi del tutto sommerso cominciare a capire se era felice o folle di paura.

Sul grande albero in fondo al parco, coi ginocchi stretti al ramo, guardava l'ora in un cipollone che era stato del nonno materno Generale Von Kurtewitz e si diceva: non verrà. Invece Donna Viola arrivò quasi puntuale, a cavallo; lo fermò sotto la pianta, senza nemmeno guardare in su; non aveva più il cappello né la giubba da amazzone; la blusa bianca bordata di pizzo sulla gonna nera era quasi monacale. Alzandosi sulle staffe porse una mano a lui sul ramo; lui l'aiutò; lei montando sulla sella raggiunse il ramo, poi sempre senza guardare lui, s'arrampicò rapida, cercò una forcella comoda, sedette. Cosimo s'accoccolò ai suoi piedi, e non poteva cominciare che così: – Sei ritornata?

Viola lo guardò ironica. Era bionda come da bambina.
– Come lo sai? – fece.

E lui, senza capire lo scherzo: – T'ho visto in quel prato della bandita del Duca...

– La bandita è mia. Che si riempia d'ortiche! Sai tutto? Di me, dico?

– No... Ho saputo solo ora che sei vedova...

– Certo, sono vedova, – si diede un colpo alla sottana nera, spiegandola, e prese a parlare fitto fitto: – Tu non sai mai niente. Stai lì sugli alberi tutto il giorno a ficcanasare negli affari altrui, e poi non sai niente. Ho sposato il vecchio Tolemaico perché m'hanno obbligata i miei, m'hanno obbligata. Dicevano che facevo la civetta e che non potevo stare senza un marito. Un anno, sono stata Duchessa Tolemaico, ed è stato l'anno più noioso della mia vita, anche se col vecchio non sono stata più d'una settimana. Non metterò mai più piede in nessuno dei loro castelli e ruderi e topaie, che si riempiano di serpi! D'ora in avanti me ne starò qui, dove stavo da bambina. Ci starò finché mi garba, si capisce, poi me ne andrò: sono vedova e posso fare quello che mi piace, finalmente. Ho fatto sempre quel che mi piace, a dire il vero: anche Tolemaico l'ho sposato perché m'andava di sposarlo, non è vero m'abbiano obbligata a sposare lui, volevano che mi maritassi a tutti i costi e allora ho scelto il pretendente più decrepito che esistesse. «Così resterò vedova prima», ho detto e difatti ora lo sono.

Cosimo era lì mezzo stordito sotto quella valanga di notizie e d'affermazioni perentorie, e Viola era più lontana che mai: civetta, vedova e duchessa, faceva parte d'un mondo irraggiungibile, e tutto quello che lui seppe dire fu: – E con chi era che facevi la civetta?

E lei: – Ecco. Sei geloso. Guarda che non ti permetterò mai d'essere geloso.

Cosimo ebbe uno scatto proprio da geloso provocato al litigio, ma poi subito pensò: «Come? Geloso? Ma perché ammette che io possa esser geloso di lei? Perché dice: *"non ti permetterò mai"*? È come dire che pensa che noi...».

Allora, rosso in viso, commosso, aveva voglia di dirle, di chiederle, di sentire, invece fu lei a domandargli, secca: – Dimmi ora tu: cos'hai fatto?

– Oh, ne ho fatte di cose, – prese a dire lui, – sono andato a caccia, anche cinghiali, ma soprattutto volpi lepri faine e poi si capisce tordi e merli; poi i pirati, sono scesi i pirati turchi, è stata una gran battaglia, mio zio è morto; e ho letto molti libri, per me e per un mio amico, un brigante impiccato; ho tutta l'Enciclopedia di Diderot e gli ho anche scritto e m'ha risposto, da Parigi; e ho fatto tanti lavori, ho potato, ho salvato un bosco dagli incendi...

– ... E mi amerai sempre, assolutamente, sopra ogni cosa, e sapresti fare qualsiasi cosa per me?

A quest'uscita di lei, Cosimo, sbigottito, disse: – Sì...

– Sei un uomo che è vissuto sugli alberi solo per me, per imparare ad amarmi...

– Sì... Sì...

– Baciami.

La premette contro il tronco, la baciò. Alzando il viso s'accorse della bellezza di lei come se non l'avesse mai vista prima. – Ma di': come sei bella...

– Per te, – e si sbottonò la blusa bianca. Il petto era giovane e coi botton di rosa, Cosimo arrivò a sfiorarlo appena, Viola guizzò via per i rami che pareva volasse, lui le rampava dietro e aveva in viso quella gonna.

– Ma dove mi stai portando? – diceva Viola come fosse lui a condurla, non lei che se lo portava dietro.

– Di qua, – fece Cosimo e prese lui a guidarla, e a ogni passaggio di ramo la prendeva per mano o per la vita e le insegnava i passi.

– Di qua, – e andavano su certi olivi, protesi da una ripida erta, e dalla vetta d'uno d'essi il mare che finora scorgevano solo frammento per frammento tra foglie e rami come frantumato, adesso tutt'a un tratto lo scopersero calmo e limpido e vasto come il cielo. L'orizzonte s'apriva largo ed alto e l'azzurro era teso e sgombro senza una vela e ci si contavano le increspature appena accennate delle onde. Solo un lievissimo risucchio, come un sospiro, correva per i sassi della riva.

Con gli occhi mezzo abbagliati, Cosimo e Viola ridiscesero nell'ombra verde-cupa del fogliame. – Di qua.

In un noce, sulla sella del tronco, c'era un incavo a conca, la ferita d'un antico lavoro d'ascia, e là era uno dei rifugi di Cosimo. C'era stesa una pelle di cinghiale, e intorno posati una fiasca, qualche arnese, una ciotola.

Viola si buttò sul cinghiale. – Ci hai portato altre donne?

Lui esitò. E Viola: – Se non ce ne hai portate sei un uomo da nulla.

– Sì... Qualcuna...

Si prese uno schiaffo in faccia a piena palma. – Così m'aspettavi?

Cosimo si passava la mano sulla guancia rossa e non sapeva cosa dire; ma lei già pareva tornata ben disposta: – E com'erano? Dimmi: com'erano?

– Non come te, Viola, non come te...

– Cosa sai di come sono io, eh, cosa sai?

S'era fatta dolce, e Cosimo a questi passaggi repentini non finiva di stupirsi. Le venne vicino. Viola era d'oro e miele.

– Di'...

– Di'...

Si conobbero. Lui conobbe lei e se stesso, perché in verità non s'era mai saputo. E lei conobbe lui e se stessa, perché pur essendosi saputa sempre, mai s'era potuta riconoscere così.

XXII

Il primo loro pellegrinaggio fu a quell'albero che in un'incisione profonda nella scorza, già tanto vecchia e deformata che non pareva più opera di mano umana, portava scritto a grosse lettere: *Cosimo, Viola,* e – più sotto – *Ottimo Massimo.*

– Quassù? Chi è stato? Quando?

– Io: allora.

Viola era commossa.

– E questo cosa vuol dire? – e indicava le parole: *Ottimo Massimo.*

– Il mio cane. Cioè il tuo. Il bassotto.

– Turcaret?

– Ottimo Massimo, io l'ho chiamato così.

– Turcaret! Quanto avevo pianto, quando partendo m'ero accorta che non l'avevano caricato in carrozza... Oh, di non vedere più te non m'importava, ma ero disperata di non avere più il bassotto!

– Se non era per lui non t'avrei ritrovata! È lui che ha fiutato nel vento che eri vicina, e non ha avuto pace finché non t'ha cercata...

– L'ho riconosciuto subito, appena l'ho visto arrivare al padiglione, tutto trafelato... Gli altri dicevano: «E questo donde salta fuori?» Io mi son chinata a osservarlo, il colore, le macchie. «Ma questo è Turcaret! Il bassotto che avevo da bambina a Ombrosa!»

Cosimo rideva. Lei improvvisamente torse il naso. – Ottimo Massimo... Che brutto nome! Dove vai a pescare dei nomi così brutti? – E Cosimo s'oscurò subito in volto.

Per Ottimo Massimo ora invece la felicità non aveva ombre. Il suo vecchio cuore di cane diviso tra due padroni aveva finalmente pace, dopo aver faticato giorni e giorni per attirare la Marchesa verso i confini della bandita, al frassino dove era appostato Cosimo. L'aveva tirata per la sottana, o le era fuggito portando via un oggetto, correndo verso il prato per farsi inseguire, e lei: – Ma cosa vuoi? Dove mi trascini? Turcaret! Smettila! Ma che cane dispettoso ho ritrovato! – Ma già la vista del bassotto aveva smosso nella sua memoria i ricordi dell'infanzia, la nostalgia d'Ombrosa. E subito aveva preparato il trasloco dal padiglione ducale per tornare alla vecchia villa dalle strane piante.

Era tornata, Viola. Per Cosimo era cominciata la stagione più bella, e anche per lei, che batteva le campagne sul suo cavallo bianco e appena avvistava il Barone tra fronde e cielo si levava di sella, rampava per i tronchi obliqui e i rami, presto divenuta esperta quasi al pari di lui, e lo raggiungeva dappertutto.

– Oh, Viola, io non so più, io m'arrampicherei non so dove...

– A me, – diceva Viola, piano, e lui era come matto.

L'amore era per lei esercizio eroico: il piacere si mescolava a prove d'ardimento e generosità e dedizione e tensione di tutte le facoltà dell'animo. Il loro mondo erano gli alberi i più intricati e attorti e impervii.

– Là! – esclamava indicando un'alta inforcatura di rami, e insieme si slanciavano per raggiungerla e cominciava tra loro una gara d'acrobazie che culminava in nuovi abbracci. S'amavano sospesi sul vuoto, puntellandosi o aggrappandosi ai rami, lei gettandosi su di lui quasi volando.

L'ostinazione amorosa di Viola s'incontrava con quella di Cosimo, e talora si scontrava. Cosimo rifuggiva dagli indugi, dalle mollezze, dalle perversità raffinate: nulla che non fosse l'amore naturale gli piaceva. Le virtù repubblicane erano nell'aria: si preparavano epoche severe e licenziose a un tempo. Cosimo, amante insaziabile, era uno stoico, un asceta, un puritano. Sempre in cerca della felicità amorosa, restava pur sempre nemico della voluttà. Giungeva a diffidare del bacio, della carezza, della lusinga verbale, di ogni cosa che offuscasse o pretendesse di sostituirsi alla salute della natura. Era Viola, ad avergliene scoperto la pienezza; e con lei mai conobbe la tristezza dopo l'amore, predicata dai teologi; anzi, su questo argomento scrisse una lettera filosofica al Rousseau che, forse turbato, non rispose.

Ma Viola era anche donna raffinata, capricciosa, viziata, di sangue e d'animo cattolica. L'amore di Cosimo le colmava i sensi, ma ne lasciava insoddisfatte le fantasie. Da ciò, screzi e ombrosi risentimenti. Ma duravano poco, tanto varia era la loro vita e il mondo intorno.

Stanchi, cercavano i loro rifugi nascosti sugli alberi dalla chioma più folta: amache che avvolgevano i loro corpi come in una foglia accartocciata, o padiglioni pensili, con tendaggi che volavano al vento, o giacigli di piume. In questi apparecchi s'esplicava il genio di Donna Viola: dovunque si trovasse la Marchesa aveva il dono di creare attorno a sé agio, lusso e una complicata comodità; complicata a vedersi, ma che lei otteneva con miracolosa facilità, perché ogni cosa che lei voleva doveva immediatamente vederla compiuta a tutti i costi.

Su queste loro alcove aeree si posavano a cantare i pettirossi e di tra le tende entravano farfalle vanesse a coppia, inseguendosi. Nei pomeriggi d'estate, quando il sonno coglieva i due amanti vicini, entrava uno scoiattolo, cercando qualcosa da rodere, e carezzava i loro visi con la coda piumata, o addentava un alluce. Chiusero con più cautela le tende, allora: ma una famiglia di ghiri si mise a rodere il soffitto del padiglione e piombò loro addosso.

Era il tempo in cui andavano scoprendosi, raccontandosi le loro vite, interrogandosi.

– E ti sentivi solo?

– Mi mancavi tu.

– Ma solo rispetto al resto del mondo?

– No. Perché? Avevo sempre qualcosa da fare con altra gente: ho colto frutta, ho potato, ho studiato filosofia con l'Abate, mi sono battuto coi pirati. Non è così per tutti?

– Tu solo sei così, perciò ti amo.

Ma il Barone non aveva ancora ben capito cos'era che Viola accettava di lui e cosa no. Alle volte bastava un non-nulla, una parola o un accento di lui a far prorompere l'ira della Marchesa.

Lui per esempio: – Con Gian dei Brughi leggevo romanzi, col Cavaliere facevo progetti idraulici...

– E con me?...

– Con te faccio l'amore. Come la potatura, la frutta...

Lei taceva, immobile. Subito Cosimo s'accorgeva d'aver scatenato la sua ira: gli occhi le erano improvvisamente diventati di ghiaccio.

– Perché, cosa c'è, Viola, cos'ho detto?

Lei era distante come non lo vedesse né sentisse, a cento miglia da lui, marmorea in viso.

– Ma no, Viola, cosa c'è, perché, senti...

Viola s'alzava ed agile, senza bisogno di aiuto, si metteva a scendere dall'albero.

Cosimo non aveva ancora capito qual era stato il suo errore, non era riuscito ancora a pensarci, forse preferiva non pensarci affatto, non capirlo, per proclamare meglio la sua innocenza: – Ma no, non m'avrai capito, Viola, senti...

La seguiva fin sul palco più basso: – Viola, non te ne andare, non così, Viola...

Lei ora parlava, ma al cavallo, che aveva raggiunto e slegava; montava in sella e via.

Cosimo cominciava a disperarsi, a saltare da un albero all'altro. – No, Viola, dimmi, Viola!

Lei era galoppata via. Lui per i rami l'inseguiva: – Ti supplico, Viola, io ti amo! – ma non la vedeva più. Si buttava sui rami incerti, con balzi rischiosi. – Viola! Viola!

Quand'era ormai sicuro d'averla persa, e non poteva frenare i singhiozzi, eccola che ripassava al trotto, senza levar lo sguardo.

– Guarda, guarda, Viola, cosa faccio! – e prendeva a dar testate contro un tronco, a capo nudo (che aveva, per la verità, durissimo).

Lei nemmeno lo guardava. Era già lontana.

Cosimo aspettava che tornasse, a zig-zag tra gli alberi. – Viola! Sono disperato! – e si buttava riverso nel vuoto, a testa in giù, tenendosi con le gambe a un ramo e tempestandosi di pugni capo e viso. Oppure si metteva a spezzar rami con furia distruttrice, e un olmo frondoso in pochi istanti era ridotto nudo e sguernito come fosse passata la grandine.

Mai però minacciò di uccidersi, anzi, non minacciò mai nulla, i ricatti del sentimento non erano da lui. Quel che si sentiva di fare lo faceva e mentre già lo faceva l'annunciava, non prima.

A un certo punto Donna Viola, imprevedibilmente com'era entrata nell'ira, ne usciva. Di tutte le follie di Cosimo che pareva non l'avessero sfiorata, una repentinamente l'accendeva di pietà e d'amore. – No, Cosimo, caro, aspettami! – e saltava di sella, e si precipitava ad arrampicarsi per un tronco, e le braccia di lui dall'alto erano pronte a sollevarla.

L'amore riprendeva con una furia pari a quella del litigio. Era difatti la stessa cosa, ma Cosimo non ne capiva niente.

– Perché mi fai soffrire?

– Perché ti amo.

Ora era lui ad arrabbiarsi: – No, non mi ami! Chi ama vuole la felicità, non il dolore.

– Chi ama vuole solo l'amore, anche a costo del dolore.

– Mi fai soffrire apposta, allora.

– Sì, per vedere se mi ami.

La filosofia del Barone si rifiutava d'andar oltre. – Il dolore è uno stato negativo dell'anima.

– L'amore è tutto.

– Il dolore va sempre combattuto.

– L'amore non si rifiuta a nulla.

– Certe cose non le ammetterò mai.

– Sì che le ammetti, perché mi ami e soffri.

Così come le disperazioni, erano clamorose in Cosimo le esplosioni di gioia incontenibile. Talora la sua felicità arrivava a un punto ch'egli doveva staccarsi dall'amante e andar saltando e gridando e proclamando le meraviglie della sua dama.

– *Yo quiero the most wonderful puellam de todo el mundo!*

Quelli che stavano seduti sulle panchine d'Ombrosa, sfaccendati e vecchi marinai, ormai avevano preso l'abitudine a queste sue rapide apparizioni. Ecco che lo si scorgeva venire a salti per i lecci, declamare:

> *Zu dir, zu dir, gunàika,*
> *Vo cercando il mio ben,*
> *En la isla de Jamaica,*
> *Du soir jusqu'au matin!*

oppure:

> *Il y a un pré where the grass grows toda de oro*
> *Take me away, take me away, che io ci moro!*

e scompariva.

Il suo studio delle lingue classiche e moderne, per quanto poco approfondito, gli permetteva d'abbandonarsi a questa clamorosa predicazione dei suoi sentimenti, e più il suo animo era scosso da un'intensa emozione, più il suo linguaggio si faceva oscuro. Si ricorda una volta che, festeggiandosi il Patrono, la gente d'Ombrosa era radunata nella piazza e c'erano l'albero della cuccagna e i festoni e lo stendardo. Il Barone comparve in cima a un platano e con uno di quei balzi di cui solo la sua agilità acrobatica era capace, saltò sull'albero della cuccagna, s'arrampicò fino alla cima, gridò: – *Que viva die schöne Venus posteriòr!* – si lasciò scivolare giù per il palo insaponato fin quasi a terra, s'arrestò, risalì ratto in cima, strappò dal trofeo una rosea e tonda forma di cacio e con un altro balzo dei suoi rivolò sul platano e fuggì, lasciando sbalorditi gli Ombrosotti.

Nulla quanto queste esuberanze rendevano felice la Marchesa; e la muovevano a ricambiargliele in manifestazioni d'amore altrettanto rapinose. Gli Ombrosotti, quando la vedevano galoppare a briglia sciolta, il viso quasi immerso nella criniera bianca del cavallo, sapevano che correva a un convegno col Barone. Anche nell'andare a cavallo ella esprimeva una forza amorosa, ma qui Cosimo non poteva più seguirla; e la passione equestre di lei, sebbene egli molto l'ammirasse, però era per lui anche una segreta ragione di gelosia e rancore, perché vedeva Viola dominare un mondo più vasto del suo e capiva che non avrebbe mai potuto averla solo per sé, chiuderla nei confini del suo regno. La Marchesa, da parte sua, forse soffriva di non poter essere insieme amante e amazzone: la prendeva alle volte un indistinto bisogno che l'amore di lei e Cosimo fosse amore a cavallo, e correre sugli alberi non le bastava più, avrebbe voluto correrci al galoppo in sella al suo destriero.

E in realtà il cavallo a forza di correre per quel terreno di salite e dirupi era diventato rampante come un capriolo, e Viola ora lo spingeva di rincorsa contro certi alberi, per esempio vecchi olivi dal tronco sbilenco. Il cavallo arrivava talvolta sino alla prima forcella di rami, ed ella prese l'abitudine di legarlo non più a terra, ma là sull'olivo. Smontàva e lo lasciava a brucare foglie e ramoscelli.

Cosicché, quando un pettegolo passando per l'oliveto e levando occhi curiosi vide lassù il Barone e la Marchesa abbracciati e poi andò a raccontarlo ed aggiunse: – E il cavallo bianco era anche lui in cima a un ramo! – fu preso per fantastico e non creduto da nessuno. Per quella volta ancora il segreto degli amanti fu salvo.

XXIII

Il fatto che ora ho narrato prova che gli Ombrosotti, com'erano stati prodighi di pettegolezzi sulla precedente vita galante di mio fratello, così ora, di fronte a questa passione che si scatenava si può dire sopra le loro teste, mantenevano un rispettoso riserbo, come di fronte a qualcosa più grande di loro. Non che la condotta della Marchesa non fosse riprovata: ma più per i suoi aspetti esteriori, come quel galoppare a rotta di collo (– Chissà poi dove andrà, così di furia? – si dicevano, pur sapendo bene che andava ai convegni con Cosimo) o quel mobilio che metteva in cima agli alberi. C'era già un'aria di considerare tutto come una moda dei nobili, una di quelle tante stravaganze (– Tutti sugli alberi, adesso: donne, uomini. Non ne avranno più da inventare? –); insomma stavano venendo dei tempi magari più tolleranti, ma più ipocriti.

Sui lecci della piazza il Barone si faceva vedere ormai a grandi intervalli, ed era segno che lei era partita. Perché Viola stava talvolta lontana per dei mesi, a curare i suoi beni sparsi in tutta Europa, ma queste partenze corrispondevano sempre a momenti in cui i loro rapporti avevano subìto delle scosse e la Marchesa s'era offesa con Cosimo per il suo non capire quel che lei voleva fargli capire dell'amore. Non che Viola partisse offesa con lui: riuscivano sempre a far la pace prima, ma in lui restava il sospetto che a quel viaggio si fosse decisa per stanchezza di lui, perché lui non riusciva a trattenerla, forse si stava ormai staccando da lui, forse un'occasione del viaggio o una pausa di riflessione l'avrebbero decisa a non tornare. Così mio fratello viveva in ansia. Da una parte cercava di riprendere la sua vita abituale di prima d'incontrarla, di rimettersi ad andare a caccia e a pesca, e seguire i lavori agricoli, i suoi studi, le gradassate in piazza, come non avesse mai fatto altro (persisteva in lui il testardo orgoglio giovanile di chi non vuole ammettere di subire influenze altrui), e insieme si compiaceva di quanto quell'amore gli dava, d'alacrità, di fierezza; ma d'altra parte s'accorgeva che tante cose non gli importavano più, che senza Viola la vita non gli prendeva più sapore, che il suo pensiero correva sempre a lei. Più cercava, fuori dal turbine della presenza di Viola, di ripadroneggiare le passioni e i piaceri in una saggia economia dell'animo, più sentiva il vuoto da lei lasciato o la febbre d'attenderla. Insomma, il suo innamoramento era proprio come Viola lo voleva, non come lui pretendeva che fosse; era sempre la donna a trionfare, anche se lontana, e Cosimo, suo malgrado, finiva per goderne.

Tutt'a un tratto, la Marchesa tornava. Sugli alberi ricominciava la stagione degli amori, ma anche quella delle gelosie. Dov'era stata Viola? Cos'aveva fatto? Cosimo era ansioso di saperlo ma nello stesso tempo aveva paura del modo in cui lei rispondeva alle sue inchieste, tutto per accenni, e ogni accenno trovava modo d'insinuare un motivo di sospetto per Cosimo, e lui capiva che faceva per tormentarlo, eppure tutto poteva essere ben vero, e in questo incerto stato d'animo ora mascherava la sua gelosia ora la lasciava prorompere violenta e Viola rispondeva in modo sempre diverso e imprevedibile alle sue reazioni, e ora gli sembrava più che mai legata a lui, ora di non riuscire più a riaccenderla.

Quale fosse poi veramente la vita della Marchesa nei suoi viaggi, noi a Ombrosa non potevamo sapere, lontani com'eravamo dalle capitali e dai loro pettegolezzi. Ma in quel tempo io compii il mio secondo viaggio a Parigi, per certi contratti (una fornitura di limoni, perché ora anche molti nobili si mettevano a commerciare, ed io fra i primi).

Una sera, in uno dei più illustri salotti parigini, incontrai Donna Viola. Era acconciata con una tal sontuosa pettinatura ed una veste così splendente che se non stentai a riconoscerla, anzi trasalii al primo vederla, fu perché era proprio donna da non poter mai esser confusa con nessuna. Mi salutò con indifferenza, ma presto trovò il modo d'appartarsi con me e di chiedermi, senz'attendere risposta tra una domanda e l'altra: – Avete nuove di vostro fratello? Sarete presto di ritorno a Ombrosa? Tenete, dategli questo in mio ricordo –. E trattosi dal seno un fazzoletto di seta me lo cacciò in mano. Poi si lasciò subito raggiungere dalla corte d'ammiratori che si portava dietro.

– Voi conoscete la Marchesa? – mi chiese piano un amico parigino.

– Solo di sfuggita, – risposi, ed era vero: nei suoi soggiorni a Ombrosa Donna Viola, contagiata dalla selvatichezza di Cosimo, non si curava di frequentare la nobiltà del vicinato.

– Di rado tanta bellezza s'è accompagnata a tanta irrequietudine, – disse il mio amico. – I pettegoli vogliono che a Parigi ella passi da un amante all'altro, in una giostra così continua da non permettere a nessuno di dirla sua e dirsi privilegiato. Ma ogni tanto sparisce per mesi e mesi e dicono si ritiri in un convento, a macerarsi nelle penitenze.

Io trattenni a stento le risa, vedendo come i soggiorni della Marchesa sugli alberi d'Ombrosa erano creduti dai Parigini periodi di penitenza; ma nello stesso tempo quei pettegolezzi mi turbarono, facendomi prevedere tempi di tristezza per mio fratello.

Per prevenirlo da brutte sorprese, volli metterlo sull'avviso, e appena tornato a Ombrosa andai a cercarlo. Mi domandò a lungo del viaggio, delle novità di Francia, ma non riuscii a dargli nessuna notizia della politica e della letteratura di cui non fosse già informato.

In ultimo, trassi di tasca il fazzoletto di Donna Viola. – A Parigi in un salotto ho incontrato una dama che ti conosce, e m'ha dato questo per te, col suo saluto.

Calò rapido il cestino appeso allo spago, tirò su il fazzoletto di seta e lo portò al viso come ad aspirarne il profumo. – Ah, l'hai vista? E com'era? Dimmi: com'era?

– Molto bella e brillante, – risposi lentamente, – ma dicono che questo profumo venga aspirato da molte narici...

Si cacciò il fazzoletto in seno come temesse che gli venisse strappato. Mi si rivolse rosso in viso: – E non avevi una spada per ricacciare in gola queste menzogne a chi te le diceva?

Dovetti confessare che non m'era neanche passato per la mente.

Restò un poco in silenzio. Poi scrollò le spalle. – Tutte menzogne. Io solo so che è solo mia, – e scappò per i rami senza salutarmi. Riconobbi la sua maniera solita di rifiutare ogni cosa che lo costringesse a uscire dal suo mondo.

Da allora non lo si vide che triste ed impaziente, saltellare in qua e in là, senza far nulla. Se ogni tanto lo sentivo fischiare in gara con i merli, il suo zirlo era sempre più nervoso e cupo.

La Marchesa arrivò. Come sempre, la gelosia di lui le fece piacere: un po' la incitò, un po' la volse in gioco. Così tornarono le belle giornate d'amore e mio fratello era felice.

Ma la Marchesa ormai non tralasciava occasione per accusare Cosimo d'avere dell'amore un'idea angusta.

– Cosa vuoi dire? Che sono geloso?

– Fai bene a esser geloso. Ma tu pretendi di sottomettere la gelosia alla ragione.

– Certo: così la rendo più efficace.

– Tu ragioni troppo. Perché mai l'amore va ragionato?

– Per amarti di più. Ogni cosa, a farla ragionando, aumenta il suo potere.

– Vivi sugli alberi e hai la mentalità d'un notaio con la gotta.

– Le imprese più ardite vanno vissute con l'animo più semplice.

Continuava a sputar sentenze, fino a che lei non gli sfuggiva: allora, lui, a inseguirla, a disperarsi, a strapparsi i capelli.

In quei giorni, una nave ammiraglia inglese gettò l'ancora nella nostra rada. L'Ammiraglio diede una festa ai notabili d'Ombrosa e agli ufficiali d'altre navi di passaggio; la Marchesa ci andò; da quella sera Cosimo riprovò le pene della gelosia. Due ufficiali di due navi diverse s'invaghirono di Donna Viola e li si vedeva continuamente a riva, a corteggiare la dama e a cercar di superarsi nelle loro attenzioni. Uno era luogotenente di vascello dell'ammiraglia inglese; l'altro era pur egli luogotenente di vascello, ma della flotta napoletana. Presi a nolo due sauri, i luogotenenti facevano la spola sotto le terrazze della Marchesa e quando s'incontravano il napoletano roteava verso l'inglese un'occhiata da incenerirlo, mentre di tra le palpebre socchiuse dell'inglese saettava uno sguardo come la punta d'una spada.

E Donna Viola? Non prende, quella civetta, a starsene ore e ore in casa, a venirsene al davanzale in *matinée*, come fosse una vedovella fresca fresca, appena uscita dal lutto? Cosimo, a non averla più con sé sulle piante, a non sentire l'avvicinarsi del galoppo del cavallo bianco, diventava matto, ed il suo posto finì per essere (anche lui) davanti a quella terrazza, a tener d'occhio lei e i due luogotenenti di vascello.

Stava studiando il modo di giocare qualche tiro ai rivali, che li facesse tornare al più presto sulle rispettive navi, ma il vedere che Viola mostrava di gradire in egual modo la corte dell'uno e quella dell'altro, gli ridiede la speranza ch'ella volesse solo farsi gioco d'entrambi, e di lui insieme. Non per questo diminuì la sua sorveglianza: al primo segno che ella avesse dato di preferire uno dei due, era pronto a intervenire.

Ecco, un mattino passa l'inglese. Viola è alla finestra. Si sorridono. La Marchesa lascia cadere un biglietto. L'ufficiale lo afferra al volo, lo legge, s'inchina, rosso in volto, e sprona via. Un convegno! Era l'inglese il fortunato! Cosimo si giurò di non lasciarlo arrivare tranquillo fino a sera.

In quella passa il napoletano. Viola getta un biglietto anche a lui. L'ufficiale lo legge, lo porta alle labbra e lo bacia. Dunque si reputava il prescelto? E l'altro, allora? Contro quale dei due Cosimo doveva agire? Certo a uno dei due, Donna Viola aveva fissato un appuntamento; all'altro doveva solamente aver fatto uno scherzo dei suoi. O li voleva beffare tutti e due?

Quanto al luogo del convegno, Cosimo appuntava i suoi sospetti su di un chiosco in fondo al parco. Poco tempo prima la Marchesa l'aveva fatto riattare e arredare, e Cosimo si rodeva dalla gelosia perché non era più il tempo in cui lei caricava le cime degli alberi di tendaggi e divani: ora si preoccupava di luoghi dov'egli non sarebbe mai entrato. «Sorveglierò il padiglione, – Cosimo si disse. – Se ha fissato un convegno con uno dei due luogotenenti, non può essere che lì.» E s'appollaiò nel folto d'un castagno d'India.

Poco prima del tramonto, s'ode un galoppo. Arriva il napoletano. «Ora lo provoco!» pensa Cosimo e con una cerbottana gli tira nel collo una pallottola di sterco di scoiattolo. L'ufficiale trasalisce, si guarda intorno. Cosimo si sporge dal ramo, e nello sporgersi vede al di là della siepe il luogotenente inglese che sta scendendo di sella, e lega il cavallo a un palo. «Allora è lui; forse l'altro passava qui per caso.» E giù una cerbottanata di scoiattolo sul naso.

– *Who's there?* – dice l'inglese, e fa per traversar la siepe, ma si trova faccia a faccia col collega napoletano, che, sceso anch'egli da cavallo, sta dicendo lui pure: – Chi è là?

– *I beg your pardon, Sir,* – dice l'inglese, – ma debbo invitarvi a sgombrare immediatamente questo luogo!

– Se sto qui è con mio buon diritto, – fa il napoletano, – invito ad andarsene la Signoria Vostra!

– Nessun diritto può valere il mio, – replica l'inglese. – *I'm sorry*, non vi consento di restare.

– È una questione d'onore, – dice l'altro, – e ne faccia pur fede il mio casato: Salvatore di San Cataldo di Santa Maria Capua Vetere, della Marina delle Due Sicilie!

– Sir Osbert Castlefight, terzo del nome! – si presenta l'inglese. – È il mio onore a imporre che voi sgombriate il campo.

– Non prima d'aver cacciato voi con questa spada! – e la trae dal fodero.

– Signor, vogliate battervi, – fa Sir Osbert, mettendosi in guardia.

Si battono.

– È qui che vi volevo, collega, e non da oggi! – e gli mena un'inquartata.

E Sir Osbert, parando: – Da tempo seguivo le vostre mosse, tenente, e v'attendevo a questo!

Pari di forze, i due luogotenenti di vascello si spossavano in assalti e in finte. Erano al culmine della loro foga, quando – Fermatevi, in nome del Cielo! – Sulla soglia del padiglione era apparsa Donna Viola.

– Marchesa, quest'uomo... – dissero i due luogotenenti, ad una voce, abbassando le spade e indicandosi a vicenda.

E Donna Viola: – Miei cari amici! Riponete codeste spade, ve ne prego! È questo il modo di spaventare una dama? Prediligevo questo padiglione come il luogo più silenzioso e segreto del parco, ed ecco che appena assopita mi risveglia il vostro battere d'armi!

– Ma, Milady, – dice l'inglese, – non ero io stato invitato qui da voi?

– Voi eravate ben qui per attendere me, signora... – dice il napoletano.

Dalla gola di Donna Viola si levò una risata leggera come un frullo d'ali. – Ah, sì, sì, avevo invitato voi... o voi... Oh, la mia testa così confusa... Ebbene, che attendete? Entrate, accomodatevi, vi prego...

– Milady, credevo si trattasse d'un invito per me solo. Mi sono illuso. Vi riverisco e vi chiedo licenza.

– Lo stesso volevo dire pur io, signora, e congedarmi.

La Marchesa rideva: – Miei buoni amici... Miei buoni amici... Sono così sventata... Credevo d'aver invitato Sir Osbert a un'ora... e Don Salvatore a un'altra ora... No, no, scusatemi: alla stessa ora, ma in posti differenti... Oh, no, come può essere?... Ebbene, visto che siete qui entrambi, perché non possiamo sederci e far conversazione civilmente?

I due luogotenenti si guardarono, poi guardarono lei. – Dobbiamo intendere, Marchesa, che mostravate di gradire le nostre attenzioni solo per farvi gioco d'entrambi di noi?

– Perché, miei buoni amici? Al contrario, al contrario... La vostra assiduità non poteva lasciarmi indifferente... Siete entrambi così cari... È questa la mia pena... Se scegliessi l'eleganza di Sir Osbert dovrei perdere voi, mio appassionato Don Salvatore... E scegliendo il fuoco del tenente di San Cataldo, dovrei rinunciare a voi, Sir! Oh, perché mai... perché mai...

– Perché mai cosa? – domandarono a una voce i due ufficiali.

E Donna Viola, abbassando il capo: – Perché mai non potrò essere d'entrambi nello stesso tempo...?

Dall'alto del castagno d'India s'udì un crosciar di rami. Era Cosimo che non riusciva più a tenersi calmo.

Ma i due luogotenenti di vascello erano troppo sottosopra per udirlo. Indietreggiarono insieme d'un passo.

– Questo mai, signora.

La Marchesa alzò il bel volto con il suo sorriso più radioso: – Ebbene, io sarò del primo di voi che, come prova d'amore, per compiacermi in tutto, si dichiarerà pronto anche a dividermi col rivale!

– Signora...

– Milady...

I due luogotenenti, inchinatisi verso Viola in una secca riverenza di commiato, si voltarono l'uno di fronte all'altro, si tesero la mano, se la strinsero.

– *I was sure you were a gentleman, Signor Cataldo,* – disse l'inglese.

– Né io dubitavo del vostro onore, Mister Osberto, – fece il napoletano.

Voltarono le spalle alla Marchesa e s'avviarono ai cavalli.

– Amici miei... Perché così offesi... Sciocconi... – diceva Viola, ma i due ufficiali avevano già il piede sulla staffa.

Era il momento che Cosimo aspettava da un pezzo, pregustando la vendetta che aveva preparato: ora i due avrebbero avuto una ben dolorosa sorpresa. Senonché, vedendo il loro virile contegno nel congedarsi dall'immodesta Marchesa, Cosimo si sentì improvvisamente riconciliato con loro. Troppo tardi! Ormai il terribile dispositivo di vendetta non poteva più essere tolto! Nello spazio d'un secondo, Cosimo generosamente decise d'avvertirli: – Alto là! – gridò dall'albero, – non sedetevi in sella!

I due ufficiali alzarono vivamente il capo. – *What are you doing up there?* Che fate costassù? Come vi permettete? *Come down!*

Dietro di loro s'udì il riso di Donna Viola, una delle sue risate a frullo.

I due erano perplessi. C'era un terzo, che a quanto pare aveva assistito a tutta la scena. La situazione si faceva più complessa.

– *In any way*, – si dissero, – noi due restiamo solidali!

– Sul nostro onore!

– Nessuno dei due acconsentirà a dividere Milady con chicchessia!

– Mai per la vita!

– Ma se uno di voi decidesse d'acconsentire...

– In questo caso, sempre solidali! Acconsentiremo insieme!

– D'accordo! E ora, via!

A questo nuovo dialogo, Cosimo si morse un dito dalla rabbia d'aver tentato d'evitare il compimento della vendetta. «Che si compia, dunque!» e si ritrasse tra le fronde. I due ufficiali balzavano in arcioni. «Ora gridano», pensò Cosimo, e gli venne da tapparsi le orecchie. Risuonò un duplice urlo. I due luogotenenti s'erano seduti su due porcospini nascosti sotto la gualdrappa delle selle.

– Tradimento! – e volarono a terra, in un'esplosione di salti e grida e giri su se stessi, e pareva che volessero prendersela con la Marchesa.

Ma Donna Viola, più indignata di loro, gridò verso l'alto: – Scimmione maligno e mostruoso! – e s'avventò per il tronco del castagno d'India, così rapidamente scomparendo alla vista dei due ufficiali che la credettero inghiottita dalla terra.

Tra i rami Viola si trovò di fronte Cosimo. Si guardavano con occhi fiammeggianti, e quest'ira dava loro una specie di purezza, come arcangeli. Pareva stessero per sbranarsi, quando la donna: – O mio caro! – esclamò. – Così, così ti voglio: geloso, implacabile! – Già gli aveva gettato le braccia al collo, e s'abbracciavano, e Cosimo non si ricordava già più nulla.

Lei gli ondeggiò tra le braccia, staccò il viso dal suo, come riflettendo, e poi: – Però, anche loro due, quanto m'amano, hai visto? Sono pronti a dividermi tra loro...

Cosimo parve gettarsi contro di lei, poi si sollevò tra i rami, morse le fronde, picchiò il capo contro il tronco: – Sono due vermiii...!

Viola s'era allontanata da lui col suo viso di statua. – Hai molto da imparare da loro –. Si voltò, scese veloce dall'albero.

I due corteggiatori, dimentichi delle passate contese, non avevano trovato altro partito che quello di incominciare con pazienza a cercarsi a vicenda le spine. Donna Viola li interruppe. – Presto! Venite sulla mia carrozza! – Scomparvero dietro il padiglione. La carrozza partì. Cosimo, sul castagno d'India, nascondeva il viso tra le mani.

Cominciò un tempo di tormenti per Cosimo, ma anche per i due ex rivali. E per Viola, poteva forse dirsi un tempo di gioia? Io credo che la Marchesa tormentasse gli altri solo perché voleva tormentarsi. I due nobili ufficiali erano sempre tra i piedi, inseparabili, sotto le finestre di Viola, o invitati nel suo salotto, o in lunghe soste soli all'osteria. Lei li lusingava tutti e due e chiedeva loro in gara sempre nuove prove d'amore, alle quali essi ogni volta si dichiaravano pronti, e già erano disposti ad averla metà per uno, non solo, ma a dividerla anche con altri, e ormai rotolando per la china delle concessioni non potevano fermarsi più, spinti ognuno dal desiderio di riuscire finalmente in questo modo a commuoverla e ad ottenere il mantenimento delle sue promesse, e nello stesso tempo impegnati dal patto di solidarietà col rivale, e insieme divorati dalla gelosia e dalla speranza di soppiantarlo, e ormai anche dal richiamo dell'oscura degradazione in cui si sentivano affondare.

A ogni nuova promessa strappata agli ufficiali di marina, Viola montava a cavallo e andava a dirlo a Cosimo.

– Di', lo sai che l'inglese è disposto a questo e a questo...

E il napoletano pure... – gli gridava, appena lo vedeva te-
tramente appollaiato su un albero.

Cosimo non rispondeva.

– Questo è amore assoluto, – lei insisteva.

– Vaccate assolute, tutti quanti siete! – urlava Cosimo,
e spariva.

Era questo il crudele modo che ora avevano d'amarsi,
e non trovavano più la via d'uscirne.

La nave ammiraglia inglese salpava. – Voi restate, è
vero? – disse Viola a Sir Osbert. Sir Osbert non si presen-
tò a bordo; fu dichiarato disertore. Per solidarietà ed emulazione, Don Salvatore disertò lui pure.

– Loro hanno disertato! – annunciò trionfalmente Viola
a Cosimo. – Per me! E tu...

– E io??? – urlò Cosimo con uno sguardo così feroce che
Viola non disse più parola.

Sir Osbert e Salvatore di San Cataldo, disertori dalla Marina delle rispettive Maestà, passavano le giornate all'osteria, giocando ai dadi, pallidi, inquieti, cercando di sbancarsi
a vicenda, mentre Viola era al culmine della scontentezza
di sé e di tutto quel che la circondava.

Prese il cavallo, andò verso il bosco. Cosimo era su una
quercia. Lei si fermò sotto, in un prato.

– Sono stanca.

– Di quelli?

– Di tutti voi.

– Ah.

– Loro m'hanno dato le più grandi prove d'amore...

Cosimo sputò.

– ... Ma non mi bastano.

Cosimo alzò gli occhi su di lei.

E lei: – Tu non credi che l'amore sia dedizione assoluta, rinuncia di sé...

Era lì sul prato, bella come mai, e la freddezza che indu-
riva appena i suoi lineamenti e l'altero portamento della

persona sarebbe bastato un niente a scioglierli, e riaverla tra le braccia... Poteva dire qualcosa, Cosimo, una qualsiasi cosa per venirle incontro, poteva dirle: – Dimmi che cosa vuoi che faccia, sono pronto... – e sarebbe stata di nuovo la felicità per lui, la felicità insieme senza ombre. Invece disse: – Non ci può essere amore se non si è se stessi con tutte le proprie forze.

Viola ebbe un moto di contrarietà che era anche un moto di stanchezza. Eppure ancora avrebbe potuto capirlo, come difatti lo capiva, anzi aveva sulle labbra le parole da dire: «Tu sei come io ti voglio...» e subito risalire da lui... Si morse un labbro. Disse: – Sii te stesso da solo, allora.

«Ma allora esser me stesso non ha senso...», ecco quello che voleva dire Cosimo. Invece disse: – Se preferisci quei due vermi...

– Non ti permetto di disprezzare i miei amici! – lei gridò, e ancora pensava: «A me importi solo tu, è solo per te che faccio tutto quel che faccio!»

– Solo io posso essere disprezzato...

– Il tuo modo di pensare!

– Sono una cosa sola con esso.

– Allora addio. Parto stasera stessa. Non mi vedrai più.

Corse alla villa, fece i bagagli, partì senza neppure dire niente ai luogotenenti. Fu di parola. Non tornò più a Ombrosa. Andò in Francia e gli avvenimenti storici s'accavallarono alla sua volontà, quand'ella già non desiderava che tornare. Scoppiò la Rivoluzione, poi la guerra; la Marchesa dapprima interessata al nuovo corso degli eventi (era nell'*entourage* di Lafayette), emigrò poi nel Belgio e di là in Inghilterra. Nella nebbia di Londra, durante i lunghi anni delle guerre contro Napoleone, sognava gli alberi d'Ombrosa. Poi si risposò con un Lord interessato nella Compagnia delle Indie e si stabilì a Calcutta. Dalla sua terrazza guardava le foreste, gli alberi più strani di quelli del giardino della sua infanzia, e le pareva a ogni momento di vedere Cosimo farsi largo tra le foglie. Ma era l'ombra d'una scimmia, o d'un giaguaro.

Sir Osbert Castlefight e Salvatore di San Cataldo restarono legati per la vita e per la morte, e si diedero alla carriera dell'avventuriero. Furono visti nelle case di gioco di Venezia, a Gottinga alla facoltà di teologia, a Pietroburgo alla corte di Caterina II, poi se ne persero le tracce.

Cosimo restò per lungo tempo a vagabondare per i boschi, piangendo, lacero, rifiutando il cibo. Piangeva a gran voce, come i neonati, e gli uccelli che una volta fuggivano a stormi all'approssimarsi di quell'infallibile cacciatore, ora gli si facevano vicini, sulle cime degli alberi intorno o volandogli sul capo, e i passeri gridavano, trillavano i cardellini, tubava la tortora, zirlava il tordo, cinguettava il fringuello e il luì; e dalle alte tane uscivano gli scoiattoli, i ghiri, i topi campagnoli, e univano i loro squittii al coro, e così si muoveva mio fratello in mezzo a questa nuvola di pianti.

Poi venne il tempo della violenza distruggitrice: ogni albero, cominciava dalla vetta e, via una foglia via l'altra, rapidissimo lo riduceva bruco come d'inverno, anche se non era d'abito spogliante. Poi risaliva in cima e tutti i ramoscelli li spezzava finché non lasciava che le grosse travature, risaliva ancora, e con un temperino cominciava a staccare la corteccia, e si vedevano le piante scorticate scoprire il bianco con abbrividente aria ferita.

E in tutto questo rovello, non c'era più risentimento contro Viola, ma soltanto rimorso per averla perduta, per non aver saputo tenerla legata a sé, per averla ferita con un ingiusto e sciocco orgoglio. Perché, ora lo capiva, lei gli era stata sempre fedele, e se si portava dietro altri due uomini era per significare che stimava solo Cosimo degno d'essere il suo unico amante, e tutte le sue insoddisfazioni e bizze non erano che la smania insaziabile di far crescere il loro innamoramento non ammettendo che toccasse un culmine, e lui lui lui non aveva capito nulla di questo e l'aveva inasprita fino a perderla.

Per alcune settimane si tenne nel bosco, solo come mai era stato; non aveva più neanche Ottimo Massimo, perché se l'era portato via Viola. Quando mio fratello tornò a mostrarsi a Ombrosa, era cambiato. Neanch'io potevo più farmi illusioni: stavolta Cosimo era proprio diventato matto.

XXIV

Che Cosimo fosse matto, a Ombrosa s'era detto sempre, fin da quando a dodici anni era salito sugli alberi rifiutandosi di scendere. Ma in seguito, come succede, questa sua follia era stata accettata da tutti, e non parlo solo della fissazione di vivere lassù, ma delle varie stranezze del suo carattere, e nessuno lo considerava altrimenti che un originale. Poi, nella piena stagione del suo amore per Viola ci furono le manifestazioni in idiomi incomprensibili, specialmente quella durante la festa del Patrono, che i più giudicarono sacrilega, interpretando le sue parole come un grido eretico, forse in cartaginese, lingua dei Pelagiani, o una professione di Socinianesimo, in polacco. Da allora, cominciò a correre la voce: – Il Barone è ammattito! – e i benpensanti soggiungevano: – Come può ammattire uno che è stato matto sempre?

In mezzo a questi contrastanti giudizi, Cosimo era diventato matto davvero. Se prima andava vestito di pelli da capo a piedi, ora cominciò ad adornarsi la testa di penne, come gli aborigeni d'America, penne d'upupa o di verdone, dai colori vivaci, ed oltre che in testa ne portava sparse sui vestiti. Finì per farsi delle marsine tutte ricoperte di penne, e ad imitare le abitudini di vari uccelli, come il picchio, traendo dai tronchi lombrichi e larve e vantandoli come gran ricchezza.

Pronunciava anche delle apologie degli uccelli, alla gente che si radunava a sentirlo e a motteggiarlo sotto gli alberi: e da cacciatore si fece avvocato dei pennuti e si proclamava ora codibugnolo ora barbagianni ora pettirosso, con opportuni camuffamenti, e teneva discorsi d'accusa agli uomini, che non sapevano riconoscere negli uccelli i loro veri amici, discorsi che erano poi d'accusa a tutta la società umana, sotto forma di parabole. Pure gli uccelli s'erano accorti di questo suo mutamento d'idee, e gli venivano vicino, anche se sotto c'era gente ad ascoltarlo. Così egli poteva illustrare il suo discorso con esempi viventi che indicava sui rami intorno.

Per questa sua virtù, molto si parlò tra i cacciatori d'Ombrosa d'usarlo come richiamo, ma nessuno osò mai sparare sugli uccelli che gli si posavano vicino. Perché il Barone anche adesso che era ridotto così fuori di senno continuava a incutere una certa soggezione; lo canzonavano, sì, e aveva spesso sotto i suoi alberi un codazzo di monelli e fannulloni che gli davano la baia, però veniva anche rispettato, ed ascoltato sempre con attenzione.

I suoi alberi ora erano addobbati di fogli scritti e anche di cartelli con massime di Seneca e Shaftesbury, e di oggetti: ciuffi di penne, ceri da chiesa, falciuole, corone, busti da donna, pistole, bilance, legati l'uno all'altro in un certo ordine. La gente d'Ombrosa passava le ore a cercar d'indovinare cosa volevano dire quei rebus: i nobili, il Papa, la virtù, la guerra, e io credo che certe volte non avessero nessun significato ma servissero solo ad aguzzare l'ingegno e a far capire che anche le idee più fuori del comune potevano essere le giuste.

Cosimo si mise anche a comporre certi scritti, come *Il verso del Merlo*, *Il Picchio che bussa*, *I Dialoghi dei Gufi*, e a distribuirli pubblicamente. Anzi, fu proprio in questo periodo di demenza che apprese l'arte della stampa e cominciò a stampare delle specie di libelli o gazzette (tra cui *La Gazzetta delle Gazze*), poi tutte unificate sotto il titolo: *Il Monitore dei Bipedi*. S'era portato su di un noce un pancone, un telaio, un torchio, una cassetta di caratteri, una damigiana d'inchiostro, e passava le giornate a comporre le sue pagine e a tirare copie. Alle volte tra il telaio e la carta capitavano dei ragni, delle farfalle, e la loro impronta restava stampata sulla pagina; alle volte un ghiro saltava sul foglio fresco d'inchiostro e imbrattava tutto a colpi di coda; alle volte gli scoiattoli si prendevano una lettera dell'alfabeto e se la portavano nella loro tana credendo fosse da mangiare, come capitò con la lettera Q, che per quella forma rotonda e peduncolata fu presa per un frutto, e Cosimo dovette incominciare certi articoli *Cuando* e *Cuantunque*.

Tutte belle cose, però io avevo l'impressione che in quel tempo mio fratello non solo fosse del tutto ammattito, ma andasse anche un poco imbecillendosi, cosa questa più grave e dolorosa, perché la pazzia è una forza della natura, nel male o nel bene, mentre la minchioneria è una debolezza della natura, senza contropartita.

D'inverno infatti egli parve ridursi a una specie di letargo. Stava appeso a un tronco nel suo sacco imbottito, con solo la testa fuori, come un nidiaceo, ed era tanto se, nelle ore più calde, faceva quattro salti per arrivare all'ontano sul torrente Merdanzo a fare i suoi bisogni. Se ne stava nel sacco a leggiucchiare (accendendo, a buio, una lucernetta a olio), o a borbottare tra sé, o a canticchiare. Ma il più del tempo lo passava dormendo.

Per mangiare, aveva certe sue misteriose provviste, ma si lasciava offrire piatti di minestrone e di ravioli, quando qualche anima buona veniva a portarglieli fin su, con una scala. Difatti, era nata come una superstizione nella gente minuta, che a fare un'offerta al Barone portasse fortuna; segno che egli suscitava o timore o benvolere, e io

credo il secondo. Questo fatto che l'erede del titolo baro-
nale di Rondò si mettesse a vivere di pubbliche elemosine
mi parve disdicevole; e soprattutto pensai alla buonanima di nostro padre, se l'avesse saputo. Per me, fin allora non avevo da rimproverarmi nulla, perché mio fratello aveva sempre disprezzato le comodità della famiglia, e
m'aveva firmato una carta per la quale, dopo avergli ver-
sato una piccola rendita (che gli andava quasi tutta in libri) verso di lui non avevo più nessun dovere. Ma adesso, vedendolo incapace di procurarsi il cibo, provai a far
salire da lui su una scala a pioli uno dei nostri lacchè in
livrea e parrucca bianca, con un quarto di tacchino e un
bicchiere di Borgogna su un vassoio. Credevo rifiutasse,
per una di quelle misteriose ragioni di principio, invece
accettò subito molto volentieri, e da allora, ogni volta che
ce ne ricordavamo, mandavamo una porzione delle nostre pietanze a lui sull'albero.

Insomma, era una brutta decadenza. Per fortuna ci fu
l'invasione dei lupi, e Cosimo ridiede prova delle sue virtù migliori. Era un inverno gelido, la neve era caduta fin
sui nostri boschi. Torme di lupi, cacciati dalla fame dalle
Alpi, calarono alle nostre riviere. Qualche boscaiolo li in-
contrò e ne portò la notizia atterrito. Gli Ombrosotti, che
dal tempo della guardia contro gli incendi avevano imparato a unirsi nei momenti del pericolo, presero a far turni
di sentinella intorno alla città, per impedire l'avvicinarsi
di quelle fiere affamate. Ma nessuno s'azzardava a uscire
dall'abitato, massime la notte.

– Purtroppo il Barone non è più quello d'una volta! – si
diceva a Ombrosa.

Quel brutto inverno non era stato senza conseguenze per
la salute di Cosimo. Stava lì a penzolare rannicchiato nel
suo otre come un baco nel bozzolo, con la goccia al naso,
l'aria sorda e gonfia. Ci fu l'allarme per i lupi e la gente
passando là sotto l'apostrofava: – Ah, Barone, una volta

saresti stato tu a farci la guardia dai tuoi alberi, e adesso siamo noi che facciamo la guardia a te.

Lui restava con gli occhi semichiusi, come se non capisse o non gli importasse niente. Invece, a un tratto alzò il capo, tirò su dal naso e disse, rauco: – Le pecore. Per cacciare i lupi. Vanno messe delle pecore sugli alberi. Legate.

La gente già s'affollava lì sotto per sentire che pazzie tirava fuori, e canzonarlo. Invece lui, sbuffando e scatarrando, s'alzò dal sacco, disse: – Vi faccio vedere dove, – e s'avviò per i rami.

Su alcuni noci o querce, tra il bosco e il coltivato, in posizioni scelte con gran cura, Cosimo volle che portassero delle pecore o degli agnelli e li legò lui stesso ai rami, vivi, belanti, ma in modo che non potessero cascar giù. Su ognuno di questi alberi nascose poi un fucile caricato a palla. Lui pure si vestì da pecora: cappuccio, giubba, brache, tutto di ricciuto vello ovino. E si mise ad aspettare la notte al sereno su quegli alberi. Tutti credevano che fosse la più grossa delle sue pazzie.

Invece quella notte calarono i lupi. Sentendo l'odor della pecora, udendone il belato e poi vedendola lassù, tutto il branco si fermava a piè dell'albero, e ululavano, con affamate fauci aperte all'aria, e puntavano le zampe contro il tronco. Ecco che allora, balzelloni sui rami, s'avvicinava Cosimo, e i lupi vedendo quella forma tra la pecora e l'uomo che saltava lassù come un uccello restavano allocchiti a bocca aperta. Finché «Bum! Bum!» si pigliavano due pallottole giuste in gola. Due: perché un fucile Cosimo se lo portava con sé (e lo ricaricava poi ogni volta) e un altro era lì pronto con la pallottola in canna su ogni albero; dunque ogni volta erano due lupi che restavano stesi sulla terra gelata. Ne sterminò così un gran numero e ad ogni sparo i branchi volgevano in rotta disorientati, e i cacciatori accorrendo dove sentivano gli urli e gli spari facevano il resto.

Di questa caccia ai lupi, in seguito, Cosimo raccontava episodi in molte versioni, e non so dire quale fosse la giusta. Per esempio: – La battaglia procedeva per il meglio quando, muovendo verso l'albero dell'ultima pecora, ci trovai tre lupi che erano riusciti ad arrampicarsi sui rami e la stavano finendo. Mezzo cieco e stordito dal raffreddore com'ero, arrivai quasi sul muso dei lupi senza accorgermene. I lupi, al vedere quest'altra pecora che camminava in piedi per i rami, le si voltarono contro, spalancando le fauci ancora rosse di sangue. Io avevo il fucile scarico, perché dopo tanta sparatoria ero rimasto senza polvere; e il fucile preparato su quell'albero non potevo raggiungerlo perché c'erano i lupi. Ero su di un ramo secondario e un po' tenero, ma sopra di me avevo a portata di braccia un ramo più robusto. Cominciai a camminare a ritroso sul mio ramo, lentamente allontanandomi dal tronco. Un lupo, lentamente, mi seguì. Ma io con le mani mi tenevo appeso al ramo di sopra, e i piedi fingevo di muoverli su quel ramo tenero; in realtà mi ci tenevo sospeso sopra. Il lupo, ingannato, si fidò ad avanzare, e il ramo gli si piegò sotto, mentre io d'un balzo mi sollevavo sul ramo di sopra. Il lupo cadde con un appena accennato abbaio da cane, e per terra si spezzò le ossa restandoci stecchito.

– E gli altri due lupi?

– ... Gli altri due mi stavano studiando, immobili. Allora, tutto d'un colpo, mi tolsi giubba e cappuccio di pel di pecora e glieli gettai. Uno dei due lupi, a vedersi volare addosso quest'ombra bianca d'agnello, cercò d'afferrarla coi denti, ma essendosi preparato a reggere un gran peso e quella essendo invece una vuota spoglia, si trovò sbilanciato e perse l'equilibrio, finendo pure lui per spezzarsi zampe e collo al suolo.

– Ne resta ancora uno...

– ... Ne resta ancora uno, ma essendomi improvvisamente alleggerito negli abiti buttando via la giubba, mi venne uno di quegli starnuti da far tremare il cielo. Il lupo, a quel prorompere così improvviso e nuovo, ebbe un tale soprassalto che cadde dalla pianta rompendosi il collo come gli altri.

Così mio fratello raccontava la sua notte di battaglia. Quello che è certo è che il freddo che aveva preso, già malaticcio com'era, quasi gli fu fatale. Stette alcuni giorni tra la morte e la vita, e fu curato a spese del Comune d'Ombrosa, in segno di riconoscenza. Steso in un'amaca, era circondato da un sali e scendi di dottori sulle scale a pioli. I migliori medici del circondario furono chiamati a consulto, e chi gli faceva serviziali, chi salassi, chi senapismi, chi fomenti. Nessuno parlava più del Barone di Rondò come d'un matto, ma tutti come d'uno dei più grandi ingegni e fenomeni del secolo.

Questo finché restò ammalato. Quando guarì, si tornò a dirlo chi savio come prima, chi matto come sempre. Fatto sta che non fece più tante stranezze. Continuò a stampare un ebdomadario, intitolato non più *Il Monitore dei Bipedi* ma *Il Vertebrato Ragionevole*.

XXV

Io non so se a quell'epoca già fosse stata fondata a Ombrosa una Loggia di Franchi Muratori: venni iniziato alla Massoneria molto più tardi, dopo la prima campagna napoleonica, insieme con gran parte della borghesia abbiente e della piccola nobiltà dei nostri posti e non so dire perciò quali siano stati i primi rapporti di mio fratello con la Loggia. Al proposito citerò un episodio occorso pressapoco ai tempi di cui sto ora narrando, e che varie testimonianze confermerebbero per vero.

Arrivarono un giorno a Ombrosa due spagnoli, viaggiatori di passaggio. Si recarono a casa di certo Bartolomeo Cavagna, pasticciere, noto come frammassone. Pare si qualificassero per confratelli della Loggia di Madrid, talché egli li condusse la sera ad assistere a una seduta della Massoneria ombrosotta, che allora si riuniva al lume di torce e ceri in una radura in mezzo al bosco. Di tutto questo s'ha notizia solo da voci e supposizioni: quel che è certo è che l'indomani i due spagnoli, appena usciti dalla loro locanda, furono seguiti da Cosimo di Rondò che non visto li sorvegliava dall'alto degli alberi.

I due viaggiatori entrarono nel cortile d'un'osteria fuori porta. Cosimo s'appostò sopra un glicine. A un tavolo c'era un avventore che attendeva i due; non se ne vedeva il viso, adombrato da un cappello nero a larghe tese. Quelle tre teste, anzi quei tre cappelli, conversero sul quadrato bianco della tovaglia; e dopo avere un po' confabulato, le mani dello sconosciuto presero a scrivere su una stretta carta qualcosa che gli altri due gli dettavano e che, dall'ordine in cui metteva le parole una sotto l'altra, si sarebbe detto un elenco di nomi.

– Buon giorno a questi signori! – disse Cosimo. I tre cappelli si sollevarono lasciando apparire tre visi con gli occhi sgranati verso l'uomo sul glicine. Ma uno dei tre, quello dalle larghe tese, si riabbassò subito, tanto da toccare il tavolo con la punta del naso. Mio fratello aveva fatto in tempo a intravvedere una fisionomia che non gli pareva sconosciuta.

– *Buenos días a usted!* – fecero i due. – Ma è un'usanza del luogo presentarsi ai forestieri calando dal cielo come un piccione? Spero vogliate scendere subito a spiegarcelo!

– Chi sta in alto è ben in vista da ogni parte, – disse il Barone, – mentre c'è chi striscia per nascondere il viso.

– Sappiate che nessuno di noi è tenuto a mostrare il viso a voi, *señor*, più di quanto non è tenuto a mostrare il suo didietro.

– So che per certe sorta di persone è un punto d'onore tenere la faccia in ombra.

– Quali, di grazia?

– Le spie, a dirne una!

I due compari trasalirono. Quello chinato restò immobile, ma per la prima volta s'udì la sua voce. – O, a dirne un'altra, i membri di società segrete... – scandì lentamente.

Questa battuta poteva interpretarsi in vari modi. Cosimo lo pensò e poi lo disse forte: – Questa battuta, signore, può interpretarsi in vari modi. Voi dite «membri di società segrete» insinuando che lo sia io, o insinuando che lo siate voi, o che lo siamo entrambi, o che non lo siamo né voi né io ma altri, o perché comunque vada è una battuta che può servire a vedere cosa dico io dopo?

– *Como como como?* – disse disorientato l'uomo col cappello a larghe tese, e in quel disorientamento, scordandosi che doveva tenere il capo chino, s'alzò fino a guardare

Cosimo negli occhi. Cosimo lo riconobbe: era Don Sulpicio, il gesuita suo nemico dei tempi di Olivabassa!

– Ah! Non m'ero ingannato! Giù la maschera, reverendo padre! – esclamò il Barone.

– Voi! Ne ero certo! – fece lo spagnolo e si tolse il cappello, s'inchinò, scoprendo la chierica. – Don Sulpicio de Guadalete, *superior de la Compañia de Jesus*.

– Cosimo di Rondò, Muratore Franco ed Accettato!

Anche gli altri due spagnoli si presentarono con un breve inchino.

– Don Calisto!

– Don Fulgencio!

– Gesuiti anche lorsignori?

– *Nosotros también!*

– Ma il vostro ordine non è stato sciolto di recente per ordine del Papa?

– Non per dar tregua ai libertini e agli eretici del vostro stampo! – disse Don Sulpicio, snudando la spada.

Erano gesuiti spagnoli che dopo lo scioglimento dell'Ordine s'erano dati alla campagna, cercando di formare una milizia armata in tutte le contrade, per combattere le idee nuove ed il teismo.

Anche Cosimo aveva sfoderato la spada. Parecchia gente aveva fatto ressa intorno. – Favorite scendere, se volete battervi *caballerosamente*, – disse lo spagnolo.

Più in là era un bosco di noci. Era il tempo della bacchiatura e i contadini avevano appeso dei lenzuoli da un albero all'altro, per raccogliere le noci che bacchiavano. Cosimo corse su un noce, saltò nel lenzuolo, e lì si tenne ritto, frenando i piedi che gli scivolavano sulla tela in quella specie di grande amaca.

– Salite voi di due spanne, Don Sulpicio, che io sono disceso più di quanto non sia solito! – e snudò anche lui la spada.

Lo spagnolo saltò lui pure sul lenzuolo teso. Era difficile tenersi ritti, perché il lenzuolo tendeva a chiudersi a sacco intorno alle loro persone, ma i due contendenti erano tanto accaniti che riuscirono a incrociare i ferri.

– *Alla maggior gloria di Dio!*

– *A Gloria del Grande Architetto dell'Universo!*

E si menavano fendenti.

– Prima che vi pianti questa lama nel piloro, – disse Cosimo, – datemi notizia della Señorita Ursula.

– È morta in un convento!

Cosimo fu turbato dalla notizia (che però io penso fosse inventata a bella posta) e l'ex gesuita ne approfittò per un colpo mancino. Con un a-fondo raggiunse una delle cocche che legate ai rami dei noci sostenevano il lenzuolo dalla parte di Cosimo, e la tagliò di netto. Cosimo sarebbe certo caduto se non fosse stato lesto a gettarsi sul lenzuolo dalla parte di Don Sulpicio e ad aggrapparsi a un lembo. Nel balzo, la sua spada travolse la guardia dello spagnolo e l'infilzò nel ventre. Don Sulpicio s'abbandonò, scivolò giù per il lenzuolo inclinato dalla parte dove aveva tagliato la cocca, e cadde a terra. Cosimo s'arrampicò sul noce. Gli altri due ex gesuiti sollevarono il corpo del compagno ferito o morto (non si seppe mai bene), scapparono e non si fecero mai più rivedere.

La gente s'affollò intorno al lenzuolo insanguinato. Da quel giorno mio fratello ebbe fama generale di frammassone.

Il segreto della Società non mi permise di saperne di più. Quando io entrai a farne parte, come ho detto, intesi parlare di Cosimo come d'un anziano fratello i cui rapporti con la Loggia non erano ben chiari, e chi lo definiva «dormiente», chi un eretico passato ad altro rito, chi addirittura un apostata; ma sempre con gran rispetto per la sua attività passata. Non escludo neppure che potesse esser stato lui quel leggendario Maestro «Picchio Muratore» cui s'attribuiva la fondazione della Loggia «all'Oriente d'Ombrosa», e che d'altronde la descrizione dei primi riti che vi si sarebbero tenuti, risentirebbero dell'influenza del Barone: basti dire che i neofiti venivano bendati, fatti salire in cima a un albero e calati appesi a corde.

È certo che da noi le prime riunioni dei Frammassoni si svolgevano la notte in mezzo ai boschi. La presenza di Cosimo quindi sarebbe più che giustificata, tanto nel caso che sia stato lui a ricevere dai suoi corrispondenti forestieri gli opuscoli con le Costituzioni massoniche e a fondare qui la Loggia, quanto nel caso che sia stato qualcun altro, probabilmente dopo esser stato iniziato in Francia o in Inghilterra, a introdurre i riti anche ad Ombrosa. Forse è possibile che la Massoneria esistesse già da tempo, all'insaputa di Cosimo, ed egli casualmente una notte, muovendosi per gli alberi del bosco, scoprisse in una radura una riunione d'uomini con strani paramenti e arnesi, alla luce di candelabri, si soffermasse di lassù ad ascoltare, e poi intervenisse gettando lo scompiglio con una qualche uscita sconcertante, come per esempio: – Se alzi un muro, pensa a ciò che resta fuori! – (frase che gli sentii spesso ripetere), o un'altra delle sue, e i Massoni, riconosciuta la sua alta dottrina, lo facessero entrare nella Loggia, con cariche speciali, ed apportandovi un gran numero di nuovi riti e simboli.

Sta il fatto che per tutto il tempo che mio fratello ci ebbe a che fare, la Massoneria all'aperto (come la chiamerò per distinguerla da quella che si riunirà poi in un edificio chiuso) ebbe un rituale molto più ricco, in cui entravano civette, telescopi, pigne, pompe idrauliche, funghi, diavolini di Cartesio, ragnatele, tavole pitagoriche. Vi era anche un certo sfoggio di teschi, ma non solo umani, bensì anche crani di mucche, lupi ed aquile. Siffatti oggetti ed altri ancora, tra cui le cazzuole, le squadre e i compassi della normale liturgia massonica, venivano trovati a quel tempo appesi ai rami in bizzarri accostamenti, e attribuiti ancora alla pazzia del Barone. Solo poche persone lasciavano capire che adesso questi rebus avevano un significato più serio; ma d'altronde non si è mai potuto tracciare una separazione netta tra i segnali di prima e quelli di dopo, ed escludere che sin da principio fossero segni esoterici d'una qualche società segreta.

Perché Cosimo già molto tempo prima che alla Massoneria era affiliato a varie associazioni o confraternite di mestiere, come quella di San Crispino o dei Calzolai, o quella dei Virtuosi Bottai, dei Giusti Armaiuoli o dei Cappellai Coscienziosi. Facendosi da sé quasi tutte le cose che gli servivano, conosceva le arti più varie, e poteva vantarsi membro di molte corporazioni, che da parte loro erano ben contente d'avere tra loro un membro di nobile famiglia, di bizzarro ingegno e di provato disinteresse.

Come questa passione che Cosimo sempre dimostrò per la vita associata si conciliasse con la sua perpetua fuga dal consorzio civile, non ho mai ben compreso, e ciò resta una delle non minori singolarità del suo carattere. Si direbbe che egli, più era deciso a star rintanato tra i suoi rami, più sentiva il bisogno di creare nuovi rapporti col genere umano. Ma per quanto ogni tanto si buttasse, anima e corpo, a organizzare un nuovo sodalizio, stabilendone meticolosamente gli statuti, le finalità, la scelta degli uomini più adatti per ogni carica, mai i suoi compagni sapevano fino a che punto potessero contare su di lui, quando e dove potevano incontrarlo, e quando invece sarebbe stato improvvisamente ripreso dalla sua natura da uccello e non si sarebbe lasciato più acchiappare. Forse, se proprio si vuole ricondurre a un unico impulso questi atteggiamenti contraddittori, bisogna pensare che egli fosse ugualmente nemico d'ogni tipo di convivenza umana vigente ai tempi suoi, e perciò tutti li fuggisse, e s'affannasse ostinatamente a sperimentarne di nuovi: ma nessuno d'essi gli pareva giusto e diverso dagli altri abbastanza; da ciò le sue continue parentesi di selvatichezza assoluta.

Era un'idea di società universale, che aveva in mente. E tutte le volte che s'adoperò per associar persone, sia per fini ben precisi come la guardia contro gli incendi o la difesa dai lupi, sia in confraternite di mestiere come i Perfetti Arrotini o gli Illuminati Conciatori di Pelli, siccome riusciva sempre a farli radunare nel bosco, nottetempo, intorno a un albero, dal quale egli predicava, ne veniva sempre un'aria di congiura, di setta, d'eresia, e in quell'aria anche i discorsi passavano facilmente dal particolare al generale e dalle semplici regole d'un mestiere manuale si passava come niente al progetto d'instaurare una repubblica mondiale di uguali, di liberi e di giusti.

Nella Massoneria Cosimo dunque non faceva che ripetere quel che già aveva fatto nelle altre società segrete o semisegrete cui aveva partecipato. E quando un certo Lord Liverpuck, mandato dalla Gran Loggia di Londra a visitare i confratelli del Continente, capitò a Ombrosa mentre era Maestro mio fratello, restò così scandalizzato dalla sua poca ortodossia che scrisse a Londra questa d'Ombrosa dover essere una nuova Massoneria di rito scozzese, pagata dagli Stuart per fare propaganda contro il trono degli Hannover, per la restaurazione giacobita.

Dopo di ciò avvenne il fatto che ho raccontato, dei due viaggiatori spagnoli che si presentarono per massoni a Bartolomeo Cavagna. Invitati a una riunione della Loggia, essi trovarono tutto normalissimo, anzi dissero che era proprio tal quale all'Oriente di Madrid. Fu questo a insospettire Cosimo, che sapeva bene quanta parte di quel rituale fosse di sua invenzione: fu per questo che si mise sulle tracce degli spioni e li smascherò e trionfò sul suo vecchio nemico Don Sulpicio.

Comunque, io sono dell'idea che questi cambiamenti di liturgia fossero un bisogno suo personale, perché di tutti i mestieri avrebbe potuto prendere i simboli a ragion veduta, tranne che quelli del muratore, lui che di case in muratura non ne aveva mai volute né costruire né abitare.

XXVI

Ombrosa era una terra di vigne, anche. Non l'ho mai messo in risalto perché seguendo Cosimo ho dovuto tenermi sempre alle piante d'alto fusto. Ma c'erano vaste pendici di vigneti, e ad agosto sotto il fogliame dei filari l'uva rossese gonfiava in grappoli d'un succo denso già di color vino. Certe vigne erano a pergola: lo dico anche perché Cosimo invecchiando s'era fatto così piccolo e leggero e aveva così bene imparata l'arte di camminare senza peso che le travi dei pergolati lo reggevano. Egli poteva dunque passare sulle vigne, e così andando, e aiutandosi con gli alberi da frutta intorno, e reggendosi ai pali detti *scarasse*, poteva fare molti lavori come la potatura, d'inverno, quando le viti sono nudi ghirigori attorno al fil di ferro, o sfittire la troppa foglia d'estate, o cercare gli insetti, e poi a settembre la vendemmia.

Per la vendemmia veniva a giornata nelle vigne tutta la gente ombrosotta, e tra il verde dei filari non si vedeva che sottane a colori vivaci e berrette con la nappa. I mulattieri caricavano corbe piene sui basti e le vuotavano nei tini; altre se le prendevano i vari esattori che venivano con squadre di sbirri a controllare i tributi per i nobili del luogo, per il Governo della Repubblica di Genova, per il clero ed altre decime. Ogni anno succedeva qualche lite.

Le questioni delle parti del raccolto da erogare a destra e a manca furono quelle che dettero motivo alle maggiori proteste sui «quaderni di doglianza», quando ci fu la rivoluzione in Francia. Su questi quaderni si misero a scriverci anche a Ombrosa, tanto per provare, anche se qui non serviva proprio a niente. Era stata una delle idee di Cosimo, il quale in quel tempo non aveva più bisogno d'andare alle riunioni della Loggia per discutere con quei quattro vuotafiaschi di Massoni. Stava sugli alberi della piazza e gli veniva intorno tutta la gente della marina e della campagna a farsi spiegare le notizie, perché lui riceveva le gazzette con la posta, e in più aveva certi amici suoi che gli scrivevano, tra cui l'astronomo Bailly, che poi lo fecero *maire* di Parigi, e altri clubisti. Tutti i momenti ce n'era una nuova: il Necker, e la pallacorda, e la Bastiglia, e Lafayette col cavallo bianco, e re Luigi travestito da lacchè. Cosimo spiegava e recitava tutto saltando da un ramo all'altro, e su un ramo faceva Mirabeau alla tribuna, e sull'altro Marat ai Giacobini, e su un altro ancora re Luigi a Versaglia che si metteva la berretta rossa per tener buone le comari venute a piedi da Parigi.

Per spiegare cos'erano i «quaderni di doglianza», Cosimo disse: – Proviamo a farne uno –. Prese un quaderno da scuola e l'appese all'albero con uno spago; ognuno veniva lì e ci segnava le cose che non andavano. Ne saltavano fuori d'ogni genere: sul prezzo del pesce i pescatori, e i vignaioli sulle decime, e i pastori sui confini dei pascoli, e i boscaioli sui boschi del demanio, e poi tutti quelli che avevano parenti in galera, e quelli che s'erano presi dei tratti di corda per un qualche reato, e quelli che ce l'avevano coi nobili per questioni di donne: non si finiva più. Cosimo pensò che anche se era un «quaderno di doglianza» non era bello che fosse così triste, e gli venne l'idea di chiedere a ognuno che scrivesse la cosa che gli sarebbe piaciuta di più. E di nuovo ciascuno andava a metterci la sua, stavolta tutto in bene: chi scriveva della focaccia, chi del minestrone; chi voleva una bionda, chi due brune; chi gli sarebbe piaciuto dormire tutto il giorno, chi andare per funghi tutto l'anno; chi voleva una carrozza con quattro cavalli, chi si contentava d'una capra; chi avrebbe desiderato rivedere sua madre morta, chi incontrare gli dèi dell'Olimpo: insomma tutto quanto c'è di buono al mondo veniva scritto nel quaderno, oppure disegnato, perché molti non sapevano scrivere, o addirittura pitturato a colori. Anche Cosimo ci scrisse: un nome: Viola. Il nome che da anni scriveva dappertutto.

Ne venne un bel quaderno, e Cosimo lo intitolò «Quaderno della doglianza e della contentezza». Ma quando fu riempito non c'era nessuna assemblea a cui mandarlo, perciò rimase lì, appeso all'albero con uno spago, e quando piovve restò a cancellarsi e a infradiciarsi, e quella vista faceva stringere i cuori degli Ombrosotti per la miseria presente e li riempiva di desiderio di rivolta.

Insomma, c'erano anche da noi tutte le cause della Rivoluzione francese. Solo che non eravamo in Francia, e la Rivoluzione non ci fu. Viviamo in un paese dove si verificano sempre le cause e non gli effetti.

A Ombrosa, però, corsero ugualmente tempi grossi. Contro gli Austrosardi l'esercito repubblicano muoveva guerra lì a due passi. Massena a Collardente, Laharpe sul Nervia, Mouret lungo la Cornice, con Napoleone che allora era soltanto generale d'artiglieria, cosicché quei rombi che si udivano giungere a Ombrosa sul vento or sì or no, era proprio lui che li faceva.

A settembre ci si preparava per la vendemmia. E pareva ci si preparasse per qualcosa di segreto e di terribile.

I conciliaboli di porta in porta:

– L'uva è matura!

– È matura! Eh già!

– Altro che matura! Si va a cogliere!

– Si va a pigiare!

– Ci siamo tutti! Tu dove sarai?

– Alla vigna di là del ponte. E tu? E tu?

– Dal Conte Pigna.

– Io alla vigna del mulino.

– Hai visto quanti sbirri? Paiono merli calati a beccare i grappoli.

– Ma quest'anno non beccano!

– Se i merli sono tanti, qui siamo tutti cacciatori!

– C'è chi invece non vuol farsi vedere. C'è chi scappa.

– Come mai quest'anno la vendemmia non piace più a tanta gente?

– Da noi volevano rimandarla. Ma ormai l'uva è matura!

– È matura!

L'indomani invece la vendemmia cominciò silenziosa. Le vigne erano affollate di gente a catena lungo i filari, ma non nasceva nessun canto. Qualche sparso richiamo, grida: – Ci siete anche voi? È matura! – un muovere di squadre, un che di cupo, forse anche del cielo, che era non del tutto coperto ma un po' greve, e se una voce attaccava una canzone rimaneva subito a mezzo, non raccolta dal coro. I mulattieri portavano le corbe piene d'uva ai tini. Prima di solito si facevano le parti per i nobili, il vescovo e il governo; quest'anno no, pareva che se ne dimenticassero.

Gli esattori, venuti per riscuotere le decime, erano nervosi, non sapevano che pesci pigliare. Più passava il tempo, più non succedeva niente, più si sentiva che doveva succedere qualcosa, più gli sbirri capivano che bisognava muoversi ma meno capivano che fare.

Cosimo, coi suoi passi da gatto, aveva preso a camminare per i pergolati. Con una forbice in mano, tagliava un grappolo qua e un grappolo là, senz'ordine, porgendolo poi ai vendemmiatori e alle vendemmiatrici là di sotto, a ciascuno dicendo qualcosa a bassa voce.

Il capo degli sbirri non ne poteva più. Disse: – E ben, e allora, così, vediamo un po' 'ste decime? – L'aveva appena detto e s'era già pentito. Per le vigne risuonò un cupo suono tra il boato e il sibilo: era un vendemmiatore che soffiava in una conchiglia di quelle a buccina e spargeva un suono d'allarme nelle valli. Da ogni poggio risposero suoni uguali, i vignaiuoli levarono le conchiglie come trombe, e anche Cosimo, dall'alto d'una pergola.

Per i filari si propagò un canto; dapprima rotto, discordante, che non si capiva che cos'era. Poi le voci trovarono un'intesa, s'intonarono, presero l'aire, e cantarono come se corressero, di volata, e gli uomini e le donne fermi e seminascosti lungo i filari, e i pali le viti i grappoli, tutto pareva correre, e l'uva vendemmiarsi da sé, gettarsi dentro i tini e pigiarsi, e l'aria le nuvole il sole diventare tutto mosto, e già si cominciava a capire quel canto, prima le note della musica e poi qualcuna delle parole, che dicevano: – *Ça ira! Ça ira! Ça ira!* – e i giovani pestavano l'uva coi piedi scalzi e rossi, – *Ça ira!* – e le ragazze cacciavano le forbici appuntite come pugnali nel verde fitto ferendo le contorte attaccature dei grappoli, – *Ça ira!* – e i moscerini a nuvoli invadevano l'aria sopra i mucchi di graspi pronti per il torchio, – *Ça ira!* – e fu allora che gli sbirri persero il controllo e: – Alto là! Silenzio! Basta col bordello! Chi canta lo si spara! – e cominciarono a scaricare fucili in aria.

Rispose loro un tuono di fucileria che parevano reggimenti schierati a battaglia sulle colline. Tutti gli schioppi da caccia d'Ombrosa esplodevano, e Cosimo in cima a un alto fico suonava la carica nella conchiglia a tromba. Per tutte le vigne ci fu un muoversi di gente. Non si capiva più quel che era vendemmia e quel che era mischia: uomini uva donne tralci roncole pampini *scarasse* fucili corbe cavalli fil di ferro pugni calci di mulo stinchi mammelle e tutto cantando: *Ça ira!*

– Eccovi le decime! – Finì che gli sbirri e gli esattori furono cacciati a capofitto nei tini pieni d'uva, con le gambe che restavano fuori e scalciavano. Se ne tornarono senza aver esatto niente, lordi da capo a piedi di succo d'uva, d'acini pestati, di vinacce, di sansa, di graspi che restavano impigliati ai fucili, alle giberne, ai baffi.

La vendemmia proseguì come una festa, tutti essendo convinti d'aver abolito i privilegi feudali. Intanto noialtri nobili e nobilotti c'eravamo barricati nei palazzi, armati, pronti a vender cara la pelle. (Io veramente mi limitai a non mettere il naso fuori dall'uscio, soprattutto per non farmi dire dagli altri nobili che ero d'accordo con quell'anticristo di mio fratello, reputato il peggior istigatore, giacobino e clubista di tutta la zona.) Ma per quel giorno, cacciati gli esattori e la truppa, non fu torto un capello a nessuno.

Erano tutti in gran daffare a preparare feste. Misero su anche l'Albero della Libertà, per seguire la moda francese; solo che non sapevano bene com'erano fatti, e poi da noi d'alberi ce n'erano talmente tanti che non valeva la pena di metterne di finti. Così addobbarono un albero vero, un olmo, con fiori, grappoli d'uva, festoni, scritte: «*Vive la Grande Nation!*» In cima in cima c'era mio fratello, con la coccarda tricolore sul berretto di pel di gatto, e teneva una conferenza su Rousseau e Voltaire, di cui non si udiva neanche una parola, perché tutto il popolo là sotto faceva girotondo cantando: *Ça ira!*

L'allegria durò poco. Vennero truppe in gran forza: genovesi, per esigere le decime e garantire la neutralità del territorio, e austrosarde, perché s'era sparsa già la voce che i giacobini d'Ombrosa volevano proclamare l'annessione alla «Grande Nazione Universale» cioè alla Repubblica francese. I rivoltosi cercarono di resistere, costruirono qualche barricata, chiusero le porte della città... Ma sì, ci voleva altro! Le truppe entrarono in città da tutti i lati, misero posti di blocco in ogni strada di campagna, e quelli che avevano nome d'agitatori furono imprigionati, tranne Cosimo che chi lo pigliava era bravo, e altri pochi con lui.

Il processo ai rivoluzionari fu messo su alle spicce, ma gli imputati riuscirono a dimostrare che non c'entravano niente e che i veri capi erano proprio quelli che se l'erano svignata. Così furono tutti liberati, tanto con le truppe che si fermavano di stanza a Ombrosa non c'era da temere altri subbugli. Si fermò anche un presidio d'Austrosardi, per garantirsi da possibili infiltrazioni del nemico, e al comando d'esso c'era nostro cognato D'Estomac, il marito di Battista, emigrato dalla Francia al seguito del Conte di Provenza.

Mi ritrovai dunque tra i piedi mia sorella Battista, con che piacere vi lascio immaginare. Mi s'installò in casa, col marito ufficiale, i cavalli, le truppe d'ordinanza. Lei passava le serate raccontandoci le ultime esecuzioni capitali di Parigi; anzi, aveva un modellino di ghigliottina, con una vera lama, e per spiegare la fine di tutti i suoi amici e parenti acquistati decapitava lucertole, orbettini, lombrichi ed anche sorci. Così passavamo le serate. Io invidiavo Cosimo che viveva i suoi giorni e le sue notti alla macchia, nascosto in chissà quali boschi.

XXVII

Sulle imprese da lui compiute nei boschi durante la guerra, Cosimo ne raccontò tante, e talmente incredibili, che d'avallare una versione o un'altra io non me la sento. Lascio la parola a lui, riportando fedelmente qualcuno dei suoi racconti:

Nel bosco s'avventuravano pattuglie d'esploratori degli opposti eserciti. Dall'alto dei rami, a ogni passo che sentivo tonfare tra i cespugli, io tendevo l'orecchio per capire se era di Austrosardi o di Francesi.

Un tenentino austriaco, biondo biondo, comandava una pattuglia di soldati in perfetta divisa, con codino e fiocco, tricorno e uosa, bande bianche incrociate, fucile e baionetta, e li faceva marciare in fila per due, cercando di tenere l'allineamento in quegli scoscesi sentieri. Ignaro di come fosse fatto il bosco, ma sicuro d'eseguire a puntino gli ordini ricevuti, l'ufficialetto procedeva secondo le linee tracciate sulla carta, prendendo continuamente delle nasate contro i tronchi, facendo scivolare la truppa con le scarpe chiodate su pietre lisce o cavar gli occhi nei roveti, ma sempre conscio della supremazia delle armi imperiali.

Erano dei magnifici soldati. Io li attendevo al varco nascosto su di un pino. Avevo in mano una pigna da mezzo chilo e la lasciai cadere sulla testa del serrafila. Il fante allargò le braccia, piegò le ginocchia e cadde tra le felci del sottobosco. Nessuno se ne accorse; la squadra continuò la sua marcia.

Li raggiunsi ancora. Questa volta buttai un porcospino appallottolato sul collo d'un caporale. Il caporale reclinò il capo e svenne. Il tenente stavolta osservò il fatto, mandò due uomini a prendere una barella, e proseguì.

La pattuglia, come se lo facesse apposta, andava a impelagarsi nei più fitti gineprai di tutto il bosco. E l'aspettava sempre un nuovo agguato. Avevo raccolto in un cartoccio certi bruchi pelosi, azzurri, che a toccarli facevano gonfiare la pelle peggio dell'ortica, e glie ne feci piovere addosso un centinaio. Il plotone passò, sparì nel folto, riemerse grattandosi, con le mani e i visi tutti bollicine rosse, e marciò avanti.

Meravigliosa truppa e magnifico ufficiale. Tutto nel bosco gli era così estraneo, che non distingueva quel che v'era d'insolito, e proseguiva con gli effettivi decimati, ma sempre fieri e indomabili. Ricorsi allora a una famiglia di gatti selvatici: li lanciavo per la coda, dopo averli mulinati un po' per aria, cosa che li adirava oltre ogni dire. Ci fu molto rumore, specialmente felino, poi silenzio e tregua. Gli austriaci medicavano i feriti. La pattuglia, biancheggiante di bende, riprese la sua marcia.

«Qui l'unica è cercare di farli prigionieri!» mi dissi, affrettandomi a precederli, sperando di trovare una pattuglia francese da avvertire dell'approssimarsi dei nemici. Ma da un pezzo i Francesi su quel fronte sembravano non dar più segno di vita.

Mentre sorpassavo certi luoghi muscosi, vidi muovere qualcosa. Mi soffermai, tesi l'orecchio. Si sentiva una specie d'acciottolio di ruscello, che poi andò scandendosi in un borbottio continuato e ora si potevano distinguere parole come: – *Mais alors... cré-nom-de... foutez-moi-donc... tu m'emmer... quoi...* – Aguzzando gli occhi nella penombra,

vidi che quella soffice vegetazione era composta soprattutto di colbacchi pelosi e folti baffi e barbe. Era un plotone di usseri francesi. Impregnatosi d'umidità durante la
campagna invernale, tutto il loro pelo andava a primavera fiorendo di muffe e muschio.

Comandava l'avamposto il tenente Agrippa Papillon, da
Rouen, poeta, volontario nell'Armata repubblicana. Persuaso della generale bontà della natura, il tenente Papillon
non voleva che i suoi soldati si scrollassero gli aghi di pino,
i ricci di castagna, i rametti, le foglie, le lumache che s'at-
taccavano loro addosso nell'attraversare il bosco. E la pattuglia stava già tanto fondendosi con la natura circostante
che ci voleva proprio il mio occhio esercitato per scorgerla.

Tra i suoi soldati bivaccanti, l'ufficiale-poeta, coi lunghi
capelli inanellati che gli incorniciavano il magro viso sotto il
cappello a lucerna, declamava ai boschi: – O foresta! O notte!
Eccomi in vostra balìa! Un tenero ramo di capelvenere, avvin-
ghiato alla caviglia di questi prodi soldati, potrà dunque fer-
mare il destino della Francia? O Valmy! Quanto sei lontana!

Mi feci avanti: – *Pardon, citoyen.*

– Che? Chi è là?

– Un patriota di questi boschi, cittadino ufficiale.

– Ah! Qui? Dov'è?

– Dritto sul vostro naso, cittadino ufficiale.

– Vedo! Che è là? Un uomo-uccello, un figlio delle Ar-
pie! Siete forse una creatura mitologica?

– Sono il cittadino Rondò, figlio d'esseri umani, v'as-
sicuro, sia da parte di padre che di madre, cittadino ufficiale. Anzi, ebbi per madre un valoroso soldato, ai tempi
delle guerre di Successione.

– Capisco. O tempi, o gloria. Vi credo, cittadino, e sono
ansioso d'ascoltare le notizie che sembrate venuto ad an-
nunziarmi.

– Una pattuglia austriaca sta penetrando nelle vostre
linee!

– Che dite? È la battaglia! È l'ora! O ruscello, mite ruscello, ecco, tra poco sarai tinto di sangue! Suvvia! All'armi!

Ai comandi del tenente-poeta, gli usseri andavano radunando armi e robe, ma si muovevano in modo così sventato e fiacco, stirandosi, scatarrando, imprecando, che cominciai a esser preoccupato della loro efficienza militare.

– Cittadino ufficiale, avete un piano?

– Un piano? Marciare sul nemico!

– Sì, ma come?

– Come? A ranghi serrati!

– Ebbene, se permettete un consiglio, io terrei i soldati fermi, in ordine sparso, lasciando che la pattuglia nemica s'intrappoli da sé.

Il tenente Papillon era uomo accomodante e non fece obiezioni al mio piano. Gli usseri, sparsi nel bosco, mal si distinguevano da cespi di verzura, e il tenente austriaco certo era il meno adatto ad afferrare questa differenza. La pattuglia imperiale marciava seguendo l'itinerario tracciato sulla carta, con ogni tanto un brusco «per fila destr!» o «per fila sinistr!» Così passarono sotto il naso degli usseri francesi senza accorgersene. Gli usseri, silenziosi, propagando intorno solo rumori naturali come stormir di fronde e frulli d'ali, si disposero in manovra aggirante. Dall'alto degli alberi io segnalavo loro con il fischio della coturnice o il grido della civetta gli spostamenti delle truppe nemiche e le scorciatoie che dovevano prendere. Gli austriaci, all'oscuro di tutto, erano in trappola.

– Alto là! In nome della libertà, fraternità e uguaglianza, vi dichiaro tutti prigionieri! – sentirono gridare tutt'a un tratto, da un albero, ed apparve tra i rami un'ombra umana che brandiva un fucilaccio dalla lunga canna.

– *Urràh! Vive la Nation!* – e tutti i cespugli intorno si rivelarono usseri francesi, con alla testa il tenente Papillon.

Risuonarono cupe imprecazioni austrosarde, ma prima

che avessero potuto reagire erano già stati disarmati. Il tenente austriaco, pallido ma a fronte alta, consegnò la spada al collega nemico.

Diventai un prezioso collaboratore dell'Armata repubblicana, ma preferivo far le mie cacce da solo, valendomi dell'aiuto degli animali della foresta, come la volta in cui misi in fuga una colonna austriaca scaraventando loro addosso un nido di vespe.

La mia fama s'era sparsa nel campo austrosardo, amplificata al punto che si diceva che il bosco pullulasse di giacobini armati nascosti in cima agli alberi. Andando, le truppe reali ed imperiali tendevano l'orecchio: al più lieve tonfo di castagna sgranata dal riccio o al più sottile squittìo di scoiattolo, già si vedevano circondati dai giacobini, e cambiavano strada. A questo modo, provocando rumori e fruscii appena percettibili, facevo deviare le colonne piemontesi e austriache e riuscivo a condurle dove volevo.

Un giorno ne portai una in una fitta macchia spinosa, e ve la feci perdere. Nella macchia era nascosta una famiglia di cinghiali; stanati dai monti dove tuonava il cannone, i cinghiali scendevano a branchi a rifugiarsi nei boschi più bassi. Gli austriaci smarriti marciavano senza vedere a un palmo dal naso, e tutt'a un tratto un branco di cinghiali irsuti si levò sotto i loro piedi, emettendo grugniti lancinanti. Proiettati a grifo avanti i bestioni si cacciavano tra le ginocchia d'ogni soldato sbalzandolo in aria, e calpestavano i caduti con una valanga d'appuntiti zoccoli, e infilavano zannate nelle pance. L'intero battaglione fu travolto. Appostato sugli alberi insieme ai miei compagni, li inseguivamo a colpi di fucile. Quelli che tornarono al campo, raccontarono chi d'un terremoto che aveva d'improvviso squassato sotto i loro piedi il terreno spinoso, chi d'una battaglia contro una banda di giacobini scaturiti da sotterra, perché questi giacobini altro non erano che diavoli, mezzo uomo e mezzo bestia, che vivevano o sugli alberi o nel fondo dei cespugli.

V'ho detto che preferivo compiere i miei colpi da solo, o con quei pochi compagni d'Ombrosa rifugiatisi con me nei boschi dopo la vendemmia. Con l'Armata francese cercavo d'aver a che fare meno che potevo, perché gli eserciti si sa come sono, ogni volta che si muovono combinano disastri. Però m'ero affezionato all'avamposto del tenente Papillon, ed ero non poco preoccupato per la sua sorte. Infatti, al plotone comandato dal poeta, l'immobilità del fronte minacciava d'essere fatale. Muschi e licheni crescevano sulle divise dei soldati, e talvolta anche eriche e felci; in cima ai colbacchi facevano il nido gli scriccioli, o spuntavano e fiorivano piante di mughetto; gli stivali si saldavano col terriccio in uno zoccolo compatto: tutto il plotone stava per mettere radici. L'arrendevolezza verso la natura del tenente Agrippa Papillon faceva sprofondare quel manipolo di valorosi in un amalgama animale e vegetale.

Bisognava svegliarli. Ma come? Ebbi un'idea e mi presentai al tenente Papillon per proporgliela. Il poeta stava declamando alla luna.

– O luna! Tonda come una bocca da fuoco, come una palla di cannone che, esausta ormai la spinta delle polveri, continua la sua lenta traiettoria rotolando silenziosa per i cieli! Quando deflagrerai, luna, sollevando un'alta nube di polvere e faville, sommergendo gli eserciti nemici, e i troni, e aprendo a me una breccia di gloria nel muro compatto della scarsa considerazione in cui mi tengono i miei concittadini! O Rouen! O luna! O sorte! O Convenzione! O rane! O fanciulle! O vita mia!

E io: – *Citoyen...*

Papillon, seccato d'essere sempre interrotto, disse secco: – Ebbene?

– Volevo dire, cittadino ufficiale, che ci sarebbe il sistema di svegliare i vostri uomini da un letargo ormai pericoloso.

– Lo volesse il Cielo, cittadino. Io, come vedete, mi struggo per l'azione. E quale sarebbe questo sistema?

– Le pulci, cittadino ufficiale.

– Mi dispiace disilludervi, cittadino. L'esercito repubblicano non ha pulci. Sono tutte morte d'inedia per le conseguenze del blocco e il carovita.

– Io posso fornirvele, cittadino ufficiale.

– Non so se parlate da senno o per celia. Comunque, farò un esposto ai Comandi superiori, e si vedrà. Cittadino, io vi ringrazio per quello che voi fate per la causa repubblicana! O gloria! O Rouen! O pulci! O luna! – e s'allontanò farneticando.

Compresi che dovevo agire di mia iniziativa. Mi provvidi d'una gran quantità di pulci, e dagli alberi, appena vedevo un ussero francese, con la cerbottana glie ne tiravo una addosso, cercando con la mia precisa mira di fargliela entrare nel colletto. Poi cominciai a cospargerne tutto il reparto, a manciate. Erano missioni pericolose, perché se fossi stato colto sul fatto, a nulla mi sarebbe valsa la fama di patriota: m'avrebbero preso prigioniero, portato in Francia e ghigliottinato come un emissario di Pitt. Invece, il mio intervento fu provvidenziale: il prurito delle pulci riaccese acuto negli usseri l'umano e civile bisogno di grattarsi, di frugarsi, di spidocchiarsi; buttavano all'aria gli indumenti muschiosi, gli zaini ed i fardelli ricoperti di funghi e ragnatele, si lavavano, si radevano, si pettinavano, insomma riprendevano coscienza della loro umanità individuale, e li riguadagnava il senso della civiltà, dell'affrancamento dalla natura bruta. In più li pungeva uno stimolo d'attività, uno zelo, una combattività, da tempo dimenticati. Il momento dell'attacco li trovò pervasi da questo slancio: le Armate della Repubblica ebbero ragione della resistenza nemica, travolsero il fronte, ed avanzarono fino alle vittorie di Dego e di Millesimo...

XXVIII

Da Ombrosa, nostra sorella e l'emigrato D'Estomac scapparono giusto in tempo per non esser catturati dall'esercito repubblicano. Il popolo d'Ombrosa pareva tornato ai giorni della vendemmia. Alzarono l'Albero della Libertà, stavolta più conforme agli esempi francesi, cioè un po' rassomigliante a un albero della cuccagna. Cosimo, manco a dirlo, ci s'arrampicò, col berretto frigio in testa; ma si stancò subito e andò via.

Intorno ai palazzi dei nobili ci fu un po' di chiasso, delle grida: – *Aristò, aristò, alla lanterna, sairà!* – A me, tra che ero fratello di mio fratello e che siamo sempre stati nobili da poco, mi lasciarono in pace; anzi, in seguito mi considerarono pure un patriota (così, quando cambiò di nuovo, ebbi dei guai).

Misero su la *municipalité*, il *maire*, tutto alla francese; mio fratello fu nominato nella giunta provvisoria, sebbene molti non fossero d'accordo, tenendolo in conto di demente. Quelli del vecchio regime ridevano e dicevano che era tutta una gabbia di matti.

Le sedute della giunta si tenevano nell'antico palazzo del governatore genovese. Cosimo s'appollaiava su un carrubo, all'altezza delle finestre e seguiva le discussioni. Alle volte interveniva, vociando, e dava il suo voto. Si sa che i rivoluzionari sono più formalisti dei conservatori: trovavano da ridire, che era un sistema che non andava, che sminuiva il decoro dell'assemblea, e cosí via, e quando al posto della Repubblica oligarchica di Genova misero su la Repubblica Ligure, nella nuova amministrazione non elessero più mio fratello.

E dire che Cosimo in quel tempo aveva scritto e diffuso un *Progetto di Costituzione per Città Repubblicana con Dichiarazione dei Diritti degli Uomini, delle Donne, dei Bambini, degli Animali Domestici e Selvatici, compresi Uccelli Pesci e Insetti, e delle Piante sia d'Alto Fusto sia Ortaggi ed Erbe*. Era un bellissimo lavoro, che poteva servire d'orientamento a tutti i governanti; invece nessuno lo prese in considerazione e restò lettera morta.

Ma il più del suo tempo Cosimo lo passava ancora nel bosco, dove gli zappatori del Genio dell'Armata francese aprivano una strada per il trasporto delle artiglierie. Con le lunghe barbe che uscivano di sotto i colbacchi e si perdevano nei grembiuloni di cuoio, gli zappatori erano diversi da tutti gli altri militari. Forse questo dipendeva dal fatto che dietro di sé essi non portavano quella scia di disastri e di sciupío delle altre truppe, ma invece la soddisfazione di cose che restavano e l'ambizione di farle meglio che potevano. Poi avevano tante cose da raccontare: avevano attraversato nazioni, vissuto assedi e battaglie; alcuni di loro avevano anche visto le gran cose passate là a Parigi, sbastigliamenti e ghigliottine; e Cosimo passava le sere ad ascoltarli. Riposte le zappe e le pale, sedevano attorno a un fuoco, fumando corte pipe e rivangando ricordi.

Di giorno, Cosimo aiutava i tracciatori a delineare il percorso della strada. Nessuno meglio di lui era in grado di farlo: sapeva tutti i passi per cui la carreggiabile poteva passare con minor dislivello e minor perdita di piante. E sempre aveva in mente, più che le artiglierie francesi, i bisogni delle popolazioni di quei paesi senza strade. Almeno, di tutto quel passaggio di soldati rubagalline, ne veniva un vantaggio: una strada fatta a spese loro.

Manco male: perché ormai le truppe occupanti, specie da quando da repubblicane erano diventate imperiali, stavano sullo stomaco a tutti. E tutti andavano a sfogarsi coi patrioti: – Vedete i vostri amici cosa fanno! – E i patrioti, ad allargar le braccia, ad alzare gli occhi al cielo, a rispondere: – Mah! Soldati! Speriamo che passi!

Dalle stalle, i Napoleonici requisivano maiali, mucche, perfino capre. Quanto a tasse e a decime era peggio di prima. In più ci si mise il servizio di leva. Questa d'andar soldato, da noi, nessuno l'ha mai voluta capire: e i giovani chiamati si rifugiavano nei boschi.

Cosimo faceva quel che poteva per alleviare questi mali: sorvegliava il bestiame nel bosco quando i piccoli proprietari per paura d'una razzia lo mandavano alla macchia; o faceva la guardia per i trasporti clandestini di grano al mulino o d'olive al frantoio, in modo che i Napoleonici non venissero a prendersene una parte; o indicava ai giovani di leva le caverne del bosco dove potevano nascondersi. Insomma, cercava di difendere il popolo dalle prepotenze, ma attacchi contro le truppe occupanti non ne fece mai, sebbene a quel tempo per i boschi cominciassero a girare bande armate di «barbetti» che rendevano la vita difficile ai Francesi. Cosimo, testardo com'era, non voleva mai smentirsi, ed essendo stato amico dei Francesi prima, continuava a pensare di dover essere leale, anche se tante cose erano cambiate ed era tutto diverso da come s'aspettava. Poi bisogna anche tener conto che cominciava a venir vecchio, e non si dava più molto da fare, ormai, né da una parte né dall'altra.

Napoleone andò a Milano a farsi incoronare e poi fece qualche viaggio per l'Italia. In ogni città l'accoglievano con grandi feste e lo portavano a vedere le rarità e i monumenti. A Ombrosa misero nel programma anche una visita al «patriota in cima agli alberi», perché, come succede, a Cosimo qui da noi nessuno gli badava, ma fuori era molto nominato, specie all'estero.

Non fu un incontro alla buona. Era tutta una cosa predisposta dal comitato municipale dei festeggiamenti per far bella figura. Si scelse un bell'albero; lo volevano di quercia, ma quello meglio esposto era di noce, e allora truccarono il noce con un po' di fogliame di quercia, ci misero dei nastri col tricolore francese e il tricolore lombardo, delle coccarde, delle gale. Mio fratello lo fecero appollaiare lassù, vestito da festa ma col caratteristico berretto di pel di gatto, e uno scoiattolo in spalla.

Tutto era fissato per le dieci, c'era un gran cerchio di folla intorno, ma naturalmente fino alle undici e mezza Napoleone non si vide, con gran fastidio di mio fratello che invecchiando cominciava a soffrire alla vescica e ogni tanto doveva nascondersi dietro il tronco a orinare.

Venne l'Imperatore, col seguito tutto beccheggiante di feluche. Era già mezzogiorno, Napoleone guardava su tra i rami verso Cosimo e aveva il sole negli occhi. Cominciò a rivolgere a Cosimo quattro frasi di circostanza: – *Je sais très bien que vous, citoyen...* – e si faceva solecchio, – *... parmi les forêts...* – e faceva il saltino in qua perché il sole non gli battesse proprio sugli occhi, – *parmi les frondaisons de votre luxuriante...* – e faceva un saltino in là perché Cosimo in un inchino d'assenso gli aveva di nuovo scoperto il sole.

Vedendo l'inquietudine di Bonaparte, Cosimo domandò, cortese: – Posso fare qualcosa per voi, *mon Empereur?*

– Sì, sì, – disse Napoleone, – statevene un po' più in qua, ve ne prego, per ripararmi dal sole, ecco, così, fermo... – Poi si tacque, come assalito da un pensiero, e rivolto al Viceré Eugenio: – *Tout cela me rappelle quelque chose... Quelque chose que j'ai déjà vu...*

Cosimo gli venne in aiuto: – Non eravate voi, Maestà: era Alessandro Magno.

– Ah, ma certo! – fece Napoleone. – L'incontro di Alessandro e Diogene!

– *Vous n'oubliez jamais votre Plutarque, mon Empereur,* – disse il Beauharnais.

– Solo che allora, – soggiunse Cosimo, – era Alessandro a domandare a Diogene cosa poteva fare per lui, e Diogene a pregarlo di scostarsi...

Napoleone fece schioccare le dita come avesse finalmente trovato la frase che andava cercando. S'assicurò con un'occhiata che i dignitari del seguito lo stessero ascoltando, e disse, in ottimo italiano: – Se io non era l'Imperator Napoleone, avria voluto ben essere il cittadino Cosimo Rondò!

E si voltò e andò via. Il seguito gli tenne dietro con un gran rumore di speroni.

Tutto finì lì. Ci si sarebbe aspettato che entro una settimana arrivasse a Cosimo la croce della Legion d'Onore. Invece niente. Mio fratello magari se ne infischiava, ma a noi in famiglia avrebbe fatto piacere.

XXIX

La gioventù va via presto sulla terra, figuratevi sugli alberi, donde tutto è destinato a cadere: foglie, frutti. Cosimo veniva vecchio. Tanti anni, con tutte le loro notti passate al gelo, al vento, all'ácqua, sotto fragili ripari o senza nulla intorno, circondato dall'aria, senza mai una casa, un fuoco, un piatto caldo... Cosimo era ormai un vecchietto rattrappito, gambe arcuate e braccia lunghe come una scimmia, gibboso, insaccato in un mantello di pelliccia che finiva a cappuccio, come un frate peloso. La faccia era cotta dal sole, rugosa come una castagna, con chiari occhi rotondi tra le grinze.

Alla Beresina l'armata di Napoleone volta in rotta, la squadra inglese in sbarco a Genova, noi passavamo i giorni attendendo le notizie dei rivolgimenti. Cosimo non si faceva vedere a Ombrosa: stava appollaiato su di un pino del bosco, sul ciglio del cammino dell'Artiglieria, là dov'erano passati i cannoni per Marengo, e guardava verso oriente, sul battuto deserto in cui ora soltanto s'incontravano pastori con le capre o muli carichi di legna. Cos'aspettava? Napoleone l'aveva visto, la Rivoluzione sapeva com'era finita, non c'era più da attendersi che il peggio. Eppure stava lì, a occhi fissi, come se da un momento all'altro alla svolta dovesse comparire l'Armata Imperiale ancora ricoperta di ghiaccioli russi, e Bonaparte in sella, il mento malraso chino sul petto, febbricitante, pallido... Si sarebbe fermato sotto il pino (dietro di lui, un confuso smorzarsi di passi, uno sbatter di zaini e fucili a terra, uno scalzarsi di soldati esausti al ciglio della strada, uno sbendar piedi piagati) e avrebbe detto: «Avevi ragione, cittadino Rondò: ridammi le costituzioni da te vergate, ridammi il tuo consiglio che né il Direttorio né il Consolato né l'Impero vollero ascoltare: ricominciamo da capo, rialziamo gli Alberi della Libertà, salviamo la patria universale!» Questi erano certo i sogni, le speranze di Cosimo.

Invece, un giorno, arrancando sul Cammino dell'Artiglieria, da oriente vennero avanti tre figure. Uno, zoppo, si reggeva a una stampella, l'altro aveva il capo in un turbante di bende, il terzo era il più sano perché aveva solo un legaccio nero sopra un occhio. Gli stracci stinti che portavano indosso, i brandelli d'alamari che gli pendevano dal petto, il colbacco senza più il cocuzzolo ma col pennacchio che uno di loro aveva, gli stivali stracciati lungo tutta la gamba, parevano aver appartenuto a uniformi della Guardia napoleonica. Ma armi non ne avevano: ossia uno brandiva un fodero di sciabola vuoto, un altro teneva su una spalla una canna di fucile come un bastone, per reggere un fagotto. E venivano avanti cantando: – *De mon pays... De mon pays... De mon pays...* – come tre ubriachi.

– Ehi, forestieri, – gridò loro mio fratello, – chi siete?

– Guarda che razza d'uccello! Che fai lassù? Mangi pinoli?

E un altro: – Chi vuol darci dei pinoli? Con la fame arretrata che abbiamo, vuol farci mangiare dei pinoli?

– E la sete! La sete che c'è venuta a mangiar neve!

– Siamo il Terzo Reggimento degli Usseri!

– Al completo!

– Tutti quelli che rimangono!

– Tre su trecento: non è poco!

– Per me, sono scampato io e tanto basta!

– Ah, non è ancora detto, la pelle a casa non l'hai ancora portata!

– Ti pigli un canchero!

– Siamo i vincitori d'Austerlitz!

– E i fottuti di Vilna! Allegria!

– Di', uccello parlante, spiegaci dov'è una cantina, da queste parti!

– Abbiamo vuotato le botti di mezza Europa ma la sete non ci passa!

– È perché siamo crivellati dalle pallottole, e il vino cola.

– Tu sei crivellato in quel posto!

– Una cantina che ci faccia credito!

– Passeremo a pagare un'altra volta!

– Paga Napoleone!

– Prrr...

– Paga lo Zar! Ci sta venendo dietro, presentate i conti a lui!

Cosimo disse: – Vino da queste parti niente, ma più in là c'è un ruscello e potete togliervi la sete.

– Annegati tu, nel ruscello, gufo!

– Non avessi perduto il fucile nella Vistola ti avrei già sparato e cotto allo spiedo come un tordo!

– Aspettate: io in questo ruscello vado a metterci a bagno il piede, che mi brucia...

– Per me, lavatici anche il didietro...

Intanto andarono al ruscello tutti e tre, a scalzarsi, mettere i piedi a bagno, lavarsi la faccia e i panni. Il sapone l'ebbero da Cosimo, che era uno di quelli che venendo vecchi diventano puliti, perché li prende quel tanto di schifo di sé che in gioventù non s'avverte; cosí girava sempre col sapone. Il fresco dell'acqua snebbiò un po' la sbronza dei tre reduci. E passando la sbronza passava l'allegria, li riprendeva la tristezza del loro stato e sospiravano e gemevano; ma in quella tristezza l'acqua limpida diventa-

va una gioia, e ne godevano, cantando: – *De mon pays...*
De mon pays...

Cosimo era tornato al suo posto di vedetta sul ciglio della strada. Sentì un galoppo. Ecco che arrivava un drappello di cavalleggeri, sollevando polvere. Vestivano divise mai vedute; e sotto i pesanti colbacchi mostravano certi visi biondi, barbuti, un po' schiacciati, dai socchiusi occhi verdi. Cosimo li salutò col cappello: – Qual buon vento, cavalieri?

Si fermarono. – *Sdrastvuy!* Di', *batjuska*, quanto ce n'è per arrivare?

– *Sdrastvujte*, soldati, – disse Cosimo, che aveva imparato un po' di tutte le lingue e anche del russo, – *Kudà vam?* per arrivare dove?

– Per arrivare dove arriva questa strada...

– Eh, questa strada, arrivare arriva in tanti posti... Voi dove andate?

– *V Pariž.*

– Be', per Parigi ce n'è delle più comode...

– *Niet, nie Pariž. Vo Frantsiu, za Napoleonom. Kudà vedjòt eta doroga?*

– Eh, in tanti posti: Olivabassa, Sassocorto, Trappa...

– *Kak?* Aliviabassa? *Niet, niet.*

– Be', volendo si va anche a Marsiglia...

– *V Marsel... da, da, Marsel... Frantsia...*

– E che ci andate a fare in Francia?

– Napoleone è venuto a far guerra al nostro Zar, e adesso il nostro Zar corre dietro a Napoleone.

– E fin da dove venite?

– *Iz Charkova. Iz Kieva. Iz Rostova.*

– Così ne avete visti di bei posti! E vi piace più qui da noi o in Russia?

– Posti belli, posti brutti, a noi piace la Russia.

Un galoppo, un polverone, e un cavallo si fermò lì, montato da un ufficiale che gridò ai cosacchi: – *Von! Marš! Kto vam pozvolil ostanovitsja?*

– *Do svidanja, batjuska!* – dissero quelli a Cosimo, – *Nam porà...* – e spronarono via.

L'ufficiale era rimasto a piè del pino. Era alto, esile, d'aria nobile e triste; teneva levato il capo nudo verso il cielo venato di nuvole.

– *Bonjour, monsieur,* – disse a Cosimo, – *vous connaissez notre langue?*

– *Da, gospodin ofitsèr,* – rispose mio fratello, – *mais pas mieux que vous le français, quand-même.*

– *Êtes-vous un habitant de ce pays? Êtiez-vous ici pendant qu'il y avait Napoléon?*

– *Oui, monsieur l'officier.*

– *Comment ça allait-il?*

– *Vous savez, monsieur, les armées font toujours des dégâts, quelles que soient les idées qu'elles apportent.*

– *Oui, nous aussi nous faisons beaucoup de dégâts... mais nous n'apportons pas d'idées...*

Era malinconico e inquieto, eppure era un vincitore. Cosimo lo prese in simpatia e voleva consolarlo: – *Vous avez vaincu!*

– *Oui. Nous avons bien combattu. Très bien. Mais peut-être...*

S'udì uno scoppio d'urla, un tonfare, un cozzar d'armi. – *Kto tam?* – fece l'ufficiale. Tornarono i cosacchi, e trascinavano per terra dei corpi mezzi nudi, e in mano reggevano qualcosa, nella sinistra (la destra impugnava la larga sciabola ricurva, sguainata e – sì – grondante sangue) e questo qualcosa erano le teste barbute di quei tre ubriaconi d'usseri. – *Frantsuzy! Napoleon!* Tutti ammazzati!

Il giovane ufficiale con secchi ordini li fece portare via. Voltò il capo. Parlò ancora a Cosimo:

– *Vous voyez... La guerre... Il y a plusieurs années que je fais le mieux que je puis une chose affreuse: la guerre... et tout cela pour des idéals que je ne saurais presque expliquer moi-même...*

– Anch'io, – rispose Cosimo, – vivo da molti anni per

degli ideali che non saprei spiegare neppure a me stesso: *mais je fais une chose tout à fait bonne: je vis dans les arbres.*

L'ufficiale da melanconico s'era fatto nervoso. – *Alors,* – disse, – *je dois m'en aller.* – Salutò militarmente. – *Adieu, monsieur... Quel est votre nom?*

– *Le Baron Cosme de Rondeau,* – gli gridò dietro Cosimo, che già lui era partito. – *Prošcajte, gospodin... Et le vôtre?*

– *Je suis le Prince Andréj...* – e il galoppo del cavallo si portò via il cognome.

XXX

Ora io non so che cosa ci porterà questo secolo decimono-no, cominciato male e che continua sempre peggio. Grava sull'Europa l'ombra della Restaurazione; tutti i novatori – giacobini o bonapartisti che fossero – sconfitti; l'assolu-tismo e i gesuiti rianno il campo; gli ideali della giovinez-za, i lumi, le speranze del nostro secolo decimottavo, tut-to è cenere.

Io confido i miei pensieri a questo quaderno, né saprei altrimenti esprimerli: sono stato sempre un uomo posato, senza grandi slanci o smanie, padre di famiglia, nobile di casato, illuminato di idee, ossequiente alle leggi. Gli ec-cessi della politica non m'hanno dato mai scrolloni troppo forti, e spero che così continui. Ma dentro, che tristezza!

Prima era diverso, c'era mio fratello; mi dicevo: «c'è già lui che ci pensa» e io badavo a vivere. Il segno delle cose cambiate per me non è stato né l'arrivo degli Austrorus-si né l'annessione al Piemonte né le nuove tasse o che so io, ma il non veder più lui, aprendo la finestra, lassù in bilico. Ora che lui non c'è, mi pare che dovrei pensare a tante cose, la filosofia, la politica, la storia, seguo le gaz-zette, leggo i libri, mi ci rompo la testa, ma le cose che vo-leva dire lui non sono lì, è altro che lui intendeva, qual-cosa che abbracciasse tutto, e non poteva dirla con parole ma solo vivendo come visse. Solo essendo così spietata-mente se stesso come fu fino alla morte, poteva dare qual-cosa a tutti gli uomini.

Ricordo quando s'ammalò. Ce ne accorgemmo per-ché portò il suo giaciglio sul grande noce là in mezzo alla piazza. Prima, i luoghi dove dormiva li aveva sempre te-nuti nascosti, col suo istinto selvatico. Ora sentiva biso-gno d'essere sempre in vista degli altri. A me si strinse il cuore: avevo sempre pensato che non gli sarebbe piaciuto di morire solo, e quello forse era già un segno. Gli man-dammo un medico, su con una scala; quando scese fece una smorfia ed allargò le braccia.

Salii io sulla scala. – Cosimo, – principiai a dirgli, – hai sessantacinque anni passati, come puoi continuare a star lì in cima? Ormai quello che volevi dire l'hai detto, abbiamo capito, è stata una gran forza d'animo la tua, ce l'hai fatta, ora puoi scendere. Anche per chi ha passato tutta la vita in mare c'è un'età in cui si sbarca.

Macché. Fece di no con la mano. Non parlava quasi più. S'alzava, ogni tanto, avvolto in una coperta fin sul capo, e si sedeva su un ramo a godersi un po' di sole. Più in là non si spostava. C'era una vecchia del popolo, una san-ta donna (forse una sua antica amante), che andava a far-gli le pulizie, a portargli piatti caldi. Tenevamo la scala a pioli appoggiata contro il tronco, perché c'era sempre bi-sogno d'andar su ad aiutarlo, e anche perché si sperava che si decidesse da un momento all'altro a venir giù. (Lo speravano gli altri; io lo sapevo bene come lui era fatto.) Intorno, sulla piazza c'era sempre un circolo di gente che gli teneva compagnia, discorrendo tra loro e talvolta an-che rivolgendogli una battuta, sebbene si sapesse che non aveva più voglia di parlare.

S'aggravò. Issammo un letto sull'albero, riuscimmo a si-stemarlo in equilibrio; lui si coricò volentieri. Ci prese un po' il rimorso di non averci pensato prima: a dire il vero lui le comodità non le rifiutava mica: pur che fosse sugli alberi, aveva sempre cercato di vivere meglio che poteva. Allora ci affrettammo a dargli altri conforti: delle stuoie per ripararlo dall'aria, un baldacchino, un braciere. Migliorò un poco, e gli portammo una poltrona, la assicurammo tra due rami; prese a passarci le giornate, avvolto nelle sue coperte.

Un mattino invece non lo vedemmo né in letto né in poltrona, alzammo lo sguardo, intimoriti: era salito in cima all'albero e se ne stava a cavalcioni d'un ramo altissimo, con indosso solo una camicia.

– Che fai lassù?

Non rispose. Era mezzo rigido. Sembrava stesse là in cima per miracolo. Preparammo un gran lenzuolo di quelli per raccogliere le olive, e ci mettemmo in una ventina a tenerlo teso, perché ci s'aspettava che cascasse.

Intanto andò su un medico; fu una salita difficile, bisognò legare due scale una sull'altra. Scese e disse: – Vada il prete.

C'eravamo già accordati che provasse un certo Don Pericle, suo amico, prete costituzionale al tempo dei Francesi, iscritto alla Loggia quando ancora non era proibito al clero, e di recente riammesso ai suoi uffici dal Vescovado, dopo molte traversie. Salì coi paramenti e il ciborio, e dietro il chierico. Stette un po' lassù, pareva confabulassero, poi scese. – Li ha presi i sacramenti, allora, Don Pericle?

– No, no, ma dice che va bene, che per lui va bene –. Non si riuscì a cavargli di più.

Gli uomini che tenevano il lenzuolo erano stanchi. Cosimo stava lassù e non si muoveva. Si levò il vento, era libeccio, la vetta dell'albero ondeggiava, noi stavamo pronti. In quella in cielo apparve una mongolfiera.

Certi aeronauti inglesi facevano esperienze di volo in mongolfiera sulla costa. Era un bel pallone, ornato di frange e gale e fiocchi, con appesa una navicella di vimini: e dentro due ufficiali con le spalline d'oro e le aguzze feluche guardavano col cannocchiale il paesaggio sottostante. Puntarono i cannocchiali sulla piazza, osservando l'uomo sull'albero, il lenzuolo teso, la folla, aspetti strani del mondo. Anche Cosimo aveva alzato il capo, e guardava attento il pallone.

Quand'ecco la mongolfiera fu presa da una girata di libeccio; cominciò a correre nel vento vorticando come una trottola, e andava verso il mare. Gli aeronauti, senza perdersi d'animo, s'adoperavano a ridurre – credo – la pressione del pallone e nello stesso tempo srotolarono giù l'ancora per cercare d'afferrarsi a qualche appiglio. L'ancora volava argentea nel cielo appesa a una lunga fune, e seguendo obliqua la corsa del pallone ora passava sopra la piazza, ed era pressapoco all'altezza della cima del noce, tanto che temevamo colpisse Cosimo. Ma non potevamo supporre quello che dopo un attimo avrebbero visto i nostri occhi.

L'agonizzante Cosimo, nel momento in cui la fune dell'ancora gli passò vicino, spiccò un balzo di quelli che gli erano consueti nella sua gioventù, s'aggrappò alla corda, coi piedi sull'ancora e il corpo raggomitolato, e così lo vedemmo volar via, trascinato nel vento, frenando appena la corsa del pallone, e sparire verso il mare...

La mongolfiera, attraversato il golfo, riuscì ad atterrare poi sull'altra riva. Appesa alla corda c'era solo l'ancora. Gli aeronauti, troppo affannati a cercar di tenere una rotta, non s'erano accorti di nulla. Si suppose che il vecchio morente fosse sparito mentre volava in mezzo al golfo.

Così scomparve Cosimo, e non ci diede neppure la soddisfazione di vederlo tornare sulla terra da morto. Nella tomba di famiglia c'è una stele che lo ricorda con scritto: «Cosimo Piovasco di Rondò – Visse sugli alberi – Amò sempre la terra – Salì in cielo».

Ogni tanto scrivendo m'interrompo e vado alla finestra. Il cielo è vuoto, e a noi vecchi d'Ombrosa, abituati a vivere sotto quelle verdi cupole, fa male agli occhi guardarlo. Si direbbe che gli alberi non hanno retto, dopo che mio fratello se n'è andato, o che gli uomini sono stati presi dalla furia della scure. Poi, la vegetazione è cambiata: non più i lecci, gli olmi, le roveri: ora l'Africa, l'Australia, le Americhe, le Indie allungano fin qui rami e radici. Le piante antiche sono arretrate in alto: sopra le colline gli olivi e nei boschi dei monti pini e castagni; in giù la costa è un'Australia rossa d'eucalipti, elefantesca di *ficus*, piante da giardino enormi e solitarie, e tutto il resto è palme, coi loro ciuffi scarmigliati, alberi inospitali del deserto.

Ombrosa non c'è più. Guardando il cielo sgombro, mi domando se davvero è esistita. Quel frastaglio di rami e foglie, biforcazioni, lobi, spiumii, minuto e senza fine, e il cielo solo a sprazzi irregolari e ritagli, forse c'era solo perché ci passasse mio fratello col suo leggero passo di codibugnolo, era un ricamo fatto sul nulla che assomiglia a questo filo d'inchiostro, come l'ho lasciato correre per pagine e pagine, zeppo di cancellature, di rimandi, di sgorbi nervosi, di macchie, di lacune, che a momenti si sgrana in grossi acini chiari, a momenti si infittisce in segni minuscoli come semi puntiformi, ora si ritorce su se stesso, ora si biforca, ora collega grumi di frasi con contorni di foglie o di nuvole, e poi s'intoppa, e poi ripiglia a attorcigliarsi, e corre e corre e si sdipana e avvolge un ultimo grappolo insensato di parole idee sogni ed è finito.

(1957)

Postfazione[*]

di Cesare Cases

Si sapeva che Calvino ha caro quello che Nietzsche chiamava il «*pathos* della distanza». *Il sentiero dei nidi di ragno* si chiude sulla constatazione di Pin che le lucciole «a vederle da vicino sono bestie schifose anche loro», cui il Cugino replica: «Sì, ma viste così sono belle». Questo *pathos* della distanza, se è segno di elezione, è anche causa d'infelicità, incapacità di adattarsi alla realtà immediata, a quelle bestie immonde che sono per Pin le donne come sua sorella, la Nera del carrugio, o all'esaltazione bordelliera degli avanguardisti a Mentone. In questa tensione tra la solitudine nella distanza e la comunità necessaria, ma disgustosamente vicina e infida, vive l'opera di Calvino. In entrambe le situazioni estreme l'uomo è mutilato, e si tratta di ricomporlo, ciò che non può avvenire che nella favola. Ed ecco quella del *Visconte dimezzato*, che però staccava l'esperienza della mutilazione dalle sue premesse reali e ne faceva un'astratta separazione tra bene e male, un simbolo che le belle pagine e i miracoli stilistici non potevano redimere dal suo carattere di luogo comune stevensoniano. Col *Barone rampante* Calvino ha invece trovato la soluzione: ha insediato il suo eroe sulle piante, a una distanza tale da poter essere in rapporto con gli uomini e giovar loro senza essere offeso dalla sana, ma un po' maleodorante na-

[*] Apparso con il titolo *Calvino e il «pathos» della distanza* in «Città aperta», 7-8, luglio-agosto 1958, pp. 33-35; poi in *Patrie lettere*, Liviana, Padova 1974; nuova ed. Einaudi, Torino 1987, pp. 160-66.

tura del popolo e da quella arida e crudele dei suoi nobili familiari. Ne è uscito il suo libro più lungo e persuasivo, accusato di
«fantasia meccanica», mentre c'è da meravigliarsi piuttosto di
come la fantasia abbia tenuto anche in quasi tutte le invenzioni
secondarie, confermando la bontà della principale.

Poiché c'era da vincere l'ostacolo della staticità della situazione,
Calvino si è divertito, si sa, a fare un *pastiche* del Nievo: la villa
d'Ombrosa è una specie di castello di Fratta, Viola una specie di
Pisana e quel mezzo turco del Cavalier Avvocato una nuova edizione del padre Altoviti. Tuttavia le analogie non devono trarre
in inganno, servono anzi a ribadire la differenza. Le *Confessioni*
sono, specie nella prima parte, il solo vero *Entwicklungsroman* della
nostra letteratura. La ripresa di certi loro motivi e personaggi nel
Barone non può altro che sottolineare il fatto che qui di *Entwicklungsroman* non si tratta. E come potrebbe esserci evoluzione? Dal
15 giugno 1767 fino alla morte l'essenza di Cosimo Piovasco di
Rondò è una costante inalterabile: è il vivere sugli alberi. Evolve-
re significa essere educati: *Entwicklungsroman* è lo stesso che *Er-
ziehungsroman*. E Cosimo viene tanto poco educato che finisce con
l'educare lui perfino l'aio di famiglia, l'abate Fauchelafleur. Su-
perati i primi problemi robinsoniani di adattamento all'ambiente
è sempre lui che dispone, organizza, sorveglia: lui, doppiamen-
te atto al comando, per natura e per posizione. Quindi nessuna
educazione, nessuna esperienza che lo trasformi sostanzialmente. Anche Viola non è in fondo che l'immagine femminilmen-
te esasperata di lui stesso: la donna arborea per l'uomo arboreo.

Ma se *Il barone* non è un *Entwicklungsroman*, è dubbio anche
che si tratti puramente e semplicemente di un romanzo, poiché
non c'è un nodo fondamentale, un avvenimento o una serie
di avvenimenti decisivi che mettano alla prova il carattere dei
personaggi. Si sono ricordati i *contes* di Voltaire, e certo, a parte l'atmosfera settecentesca, c'è la stessa mescolanza di fantasia e moralità. È chiaro però che altro è la fantasia rigorosamen-
te narrativa e funzionale di Voltaire e altro quella naturalistica
di Calvino, rampante nei campi della zoologia e della botanica con intima partecipazione e sapienza quasi mai esornativa.
Piuttosto, già a proposito del *Sentiero*, Pavese aveva fatto un al-

tro nome più significativo: quello – nientemeno – dell'Ariosto. Richiamo valido anche qui, non certo per la pazzia amorosa di Cosimo, innocua anch'essa, anch'essa incapace di modificare il personaggio, bensì per il *pathos* della distanza. Se l'Ariosto riesce a superare le dissonanze del mondo guardandolo, come dice Croce, «con gli occhi di Dio», Calvino, più modernamente e modestamente, ci riesce guardandolo con gli occhi di un arboricolo. Poiché mentre lo scrittore di romanzi accetta sempre come dato certo problematico, ma ineliminabile, la disarmonia tra individuo e società, tra uomo e mondo, Calvino, poeta epico sperdutosi in tempi avversi all'epos, non vi si rassegna, e aspira a priori (e non, caso mai, come risultato di un lungo processo) a un'integrazione totale. E l'innocenza omerica appariva come alternativa ai problemi dei suoi personaggi: era il sentiero dei nidi di ragno, era la valle solitaria che si apre improvvisamente agli occhi di un adolescente uscito dalla paura e dall'eccitazione. Innocenza vera, non artificiale, arcadico-idillica, Erminia tra i pastori. Il modo calviniano di affrontare la «crisi del romanzo», anziché essere il ripiegamento sugli sconnessi balbettamenti "neorealistici", è stato la ricerca di una salda scrittura epico-lirica che gli permettesse di esprimere questa intrinseca unità tra individuo e cosmo; scrittura che egli ha efficacemente definito nella chiusa del *Barone* paragonandola all'intrico vegetale di Ombrosa, aereo, capriccioso e nervoso. Poiché il paesaggio di Calvino, sede inquieta di gente inquieta, non è quello riposato dell'Ariosto, «culte pianure e delicati colli», né l'unità uomo-natura si effettua sulla base di uno statico idillio, bensì su quella di una profonda concordanza nel ritmo dinamico, di un accordo tra le pulsazioni del cuore e lo svettare e il frusciare delle piante, il filar via degli animali. Anzi, se si mette a descrivere, per reazione, personaggi oblomoviani, Calvino riesce subito meno persuasivo: nel *Sentiero* c'era Zena il Lungo, che leggeva il *Supergiallo* in mezzo alla battaglia tra tedeschi e partigiani; qui c'è Gian dei Brughi, brigante paralizzato dalla lettura di *Clarissa* e quindi arrestato e giustiziato, quasi simbolo della brutta fine che attende gli anarchici di Calvino quando rinunciano al moto perpetuo.

Il quale è ciò che rimedia alla stasi della situazione, ciò che rende accettabile, e nientaffatto meccanica, la «fantasia meccanica» del libro. Cosimo non evolve mai, la sua essenza rimane tale e quale, ma la sua essenza essendo il movimento (e il movimento a mezz'aria), la varietà deriverà dai diversi modi in cui questa straordinaria essenza si ribadisce e si verifica, assorbendo tutto ciò che le è estraneo, succhiando a sé il mondo dei terricoli e lasciandosi indietro gli spagnoli di Olivabassa, arboricoli per necessità e non per elezione. L'unità epica del soggetto e dell'oggetto nell'essere-nel-mondo-degli-alberi deve continuamente affermare la propria autonomia, e siccome questa autonomia è, in ultima istanza, impossibile, si crea una continua tensione tra il pericolo di distruggerla e la possibilità di ribadirla. Anche l'irrequietezza culturale e linguistica, la glossolalia delle canzoni di Cosimo in fregola, le sue esibizioni nell'uso delle lingue straniere, la sua corrispondenza con gli illuministi e la sua attività di scrittore e giornalista vanno viste anzitutto nella prospettiva di questa autofondazione: la glossolalia sarà il linguaggio dell'uomo-uccello, dell'editore del *Monitore dei Bipedi*, dell'apolide che riassume tutte le esperienze della *polis*.

Col che non si vuol dire che tutto ciò non sia, contemporaneamente, colorito storico settecentesco, e il lettore si divertirà assai al variopinto armamentario di riferimenti che Calvino sa trarre dalle letture sue e di Cosimo. Ma si tratta di due aspetti della stessa intuizione fondamentale. L'arboricolo poteva prosperare particolarmente bene al tempo della cultura cosmopolitica dei lumi, al tempo del mito dello stato di natura e del buon selvaggio, del barone di Lahontan e del viaggio di Bougainville. «La religion et le gouvernement – scriveva Diderot nell'introduzione alla *Promenade du sceptique* – sont des sujets sacrés auxquels il n'est pas permis de toucher... le plus sûr est d'obéir et de se taire, à moins qu'on n'ait trouvé dans les airs quelque point fixe hors de la portée de leurs traits d'où l'on puisse leur annoncer la vérité». Diderot aveva dunque previsto Calvino, cioè *l'homme sauvage d'Ombreuse* aleggiava già nel '700 illuministico prima che Calvino ce lo ambientasse. Però Diderot, sia pure dopo essere stato in prigione, aveva finito per trovare qualche *point fixe* negli stessi salotti borghesi frequentati dai rappresentanti della religione e del governo, e forse per questo rinunciò a scrivere *Il barone rampante*. La scomoda posizione del quale si attagliava assai meglio a uno di quegli aristocratici savoiardi alla Radicati di Passerano che, non avendo dietro di sé una borghesia cui appoggiarsi e con cui fare i conti, passavano direttamente ai sogni di palingenesi egualitaria. Abbiamo citato il giovane Diderot e Radicati di Passerano: se aggiungiamo quel russo decabristeggiante dal nome tolstoiano che appare alla fine del libro inseguendo le truppe napoleoniche non sarà difficile prevedere che tra cent'anni si farà qualche tesi di laurea con titoli di questo genere: *Italo Calvino e Franco Venturi: contributo alla storia del socialismo anarchico nei suoi riflessi letterari.*

Sia lecito anticipare alcune delle conclusioni cui perverrà l'autore di una di queste tesi di laurea. «Emerge da quanto precede – egli scriverà – che il *divertissement* di Calvino è in qualche modo il punto d'approdo di tutta una tradizione italiana e più particolarmente subalpina per cui il soggetto aristocratico, sollevandosi con eroica volontà alfieriana al di sopra della sua classe, muove guerra ai tiranni che l'hanno generato. Calvino ha felicemente inteso alla lettera questo "al di sopra", inerpicando sugli alberi il suo ligure-allobrogo feroce, e creandosi così il distacco necessario a realizzare per quanto possibile la sua vena epica all'interno del romanzo. Vero è che la sussunzione della società nel soggetto non basta ad eliminarne il carattere trascendentale (in senso kantiano). Se anche si ripete dappertutto che Cosimo era più vicino agli uomini sugli alberi che sulla terra, resta il fatto che gli uomini devono guardare per aria onde ritrovare quella loro più verace immagine, e che gli interventi di Cosimo nel loro destino non possono andare più in là di progettazioni di opere idrauliche e fondazioni di massonerie *sui generis*: progettazioni e fondazioni altrettanto allegre quanto la calata del barone in fregola sull'albero di cuccagna, da cui molto non differisce l'albero della libertà.

«Ma ciò non autorizza in alcun modo certi marxisti settari, anche se acuti, quali il Pappafava (cfr. *Su alcune tendenze antirealistiche nella nostra letteratura dello scorso secolo: a proposito dell'articolo del compagno Josif Vissarionovic Bielinskij sulla nozione di realismo*, in "Rinascita", CVI, n. 2, Roma 2049) a collocare Calvino nel novero degli antirealisti. Ché se non si può che sottoscrivere quanto afferma il Pappafava (p. 73), essere "la concezione di Cosimo una concezione sostanzialmente populista, che a un 'popolo' astrattamente concepito contrappone un'individualità rivoluzionaria senza tener conto della reale struttura delle classi e delle capacità rivoluzionarie del popolo stesso", ciò non significa che Calvino "sia al di fuori della realtà del suo tempo e ne evada in un Settecento mistificato in cui può rendere plausibili le sue nostalgie anarcoidi". Il Pappafava continua ricordando le pagine sulla rivoluzione francese e citando le note parole conclusive: "Insomma, c'erano anche da noi tutte le cause della rivoluzione francese. Solo che non eravamo in Francia, e la rivoluzione non ci fu. Viviamo in un paese dove si verificano sempre le cause e non gli effetti". Poi commenta malignamente: "Calvino avrebbe voluto che gli effetti di quelle cause si limitassero sempre alla redazione di *Quaderni della doglianza e della contentezza* in cui alle piaghe sociali si propone come alternativa l'appagamento di meschini desideri individuali, quali la focaccia e il minestrone, le bionde e le brune: insomma, quella specie di 'politica sociale' allora rappresentata da Achille Lauro. Nonché, beninteso, l'arrampicarsi sugli alberi". Il Pappafava dimentica puramente e semplicemente che il punto di vista di un'opera non è quello dei suoi personaggi, e nemmeno (spesso) quello del suo autore. Ammettiamo pure, per semplificare, che l'ideologia di Cosimo sia quella di Calvino (ciò che in questa forma è certo erroneo; cfr. in proposito il Knight, *The Life and Thinking of I.C.*, Princeton 2015, pp. 237 sgg.). Il "realismo" di quest'ultimo consiste appunto nell'aver trasformato (non intenzionalmente, accettando l'ipotesi precedente) la fantastica vicenda del barone in un giudizio storico sulla tradizione anarchico-aristocratica che questi rappresenta. Dicevamo dianzi che il libro del Nostro è, di quella tradizione, il punto d'approdo. Possiamo ora aggiungere: e anche l'autodissoluzione. Poiché Calvino l'ha sconsacrata togliendo all'eroe i coturni della tragedia, ironizzando le sue pose di tribuno, avvolgendo Bruto e Buonarroti nei fuochi pirotecnici del suo umorismo. Né si dimentichi che la storia è narrata da un fratello compiacente, ma non privo di scetticismo, sicché restiamo sempre in dubbio sulla veridicità delle imprese, sia amorose che militari, di cui si vantava un barone che la vecchiaia aveva reso alquanto simile a quello di Münchhausen. Lo stesso rabesco che simpaticamente risuscita l'eroe anarchico, ne proclama la decadenza, poiché non sapremmo trasfigurare mitologicamente una figura storica senza sentirla, appunto, come storica, come non più operante nel presente, pur conservando essa una esemplarità fantastica simile a quella degli ariosteschi cavalieri antiqui. Il libro di Calvino, piaccia o non piaccia al Pappafava, è proprio la miglior prova che le "nostalgie anarcoidi", indipendentemente dalle intenzioni dell'autore, si appagano solo nella sfera del mito e dell'ironia e non hanno più nessun mordente ideologico. Lungi dall'evadere al di fuori della realtà del suo tempo, Calvino vi aveva ben fermi i piedi quando si slanciava sul grande elce di Ombrosa.

«D'altra parte non ci sentiamo di accedere all'autorevole opinione del Kleinvogel, che nella sua fondamentale *Geschichte der phantastischen Erzählung im XX. Jahrhundert* (Stuttgart 2038, vol. II, pp. 695 sgg.) vede il culmine della cosiddetta "serie nobiliare" di Calvino in opere tarde quali *Il duchino natante* e *Il marchese pneumatico*. A noi sembra che nell'invenzione del *Barone* il Nostro abbia esaurito il meglio della sua vena fantastica, e del resto è noto come gli splendidi frutti della maturità e della vecchiaia cui è oggi soprattutto legato il suo nome riprendano, approfondendola e variandola, la problematica giovanile del *Sentiero*, del *Corvo* e dell'*Entrata in guerra*, cerchino cioè di sanare, restando sul piano realistico, il conflitto tra anima solitaria e comunità sbagliata o imperfetta. Col che non vogliamo certo negare che il *Duchino* e altri racconti fantastici elogiati dal Kleinvogel (il quale ha peraltro trascurato quello *Scabino daltonico* su cui attirò giustamente l'attenzione, in un non dimenticato articolo della "Rassegna storica" del 2024, il Lomonaco) non contengano pagine divertentissime che spiegano a sufficienza l'ammirazione dell'illustre maestro di Marburgo.»

Dove si vede che, quanto a sfoggio di citazioni e all'arte di menare il can per l'aia, le tesi di laurea del 2057 non saranno da meno delle attuali.

Indice

«Il barone rampante»
di Italo Calvino
Oscar
Mondadori Libri

Questo volume è stato stampato
presso ELCOGRAF S.p.A.
Stabilimento - Cles (TN)
Stampato in Italia. Printed in Italy